EL AMOR Y OTROS IMPOSIBLES.

Ayelet Waldman

El amor
y otros imposibles

Umbriel Editores

Argentina • Chile • Colombia • España
Estados Unidos • México • Uruguay • Venezuela

Título original: *Love and Other Impossible Pursuits*
Editor original: Doubleday, Nueva York
Traducción: Marta Torent de Lamadrid

Copyright © 2006 *by* Ayelet Waldman
   All Rights Reserved
© de la traducción, 2007 *by* Marta Torent de Lamadrid
© 2007 *by* Ediciones Urano, S. A.
   Aribau, 142, pral. – 08036 Barcelona
   www.umbrieleditores.com

ISBN: 978-84-89367-17-3
Depósito legal: B. 6.121 - 2007

Fotocomposición: Ediciones Urano, S. A.
Impreso por Romanyà Valls, S. A. – Verdaguer, 1 – 08760 Capellades (Barcelona)

Impreso en España - *Printed in Spain*

A mis padres,
Ricki y Leonard Waldman

1

Normalmente, si agacho la cabeza y camino deprisa, puedo soportar el trance de atravesar el parque de juegos infantiles de la calle Ochenta y uno Oeste. En el ascensor empiezo a prepararme, miro fijamente la gran flecha de latón mientras baja desde el séptimo piso, al sexto, el quinto y el cuarto. En ocasiones el ascensor se para y sube uno de mis vecinos, lo que me obliga a romper mi coraza de soledad y fingir urbanidad. Si, por ejemplo, se trata de un vecino joven, el guitarrista de la cresta de pelo rojizo y la piel escamosa, o el director de cine con vaqueros arrugados y chaqueta de piel de color mantequilla, basta un gesto educado con la cabeza. Pero la gente mayor es más exigente. Las mujeres de pelo enlacado enfundadas en estudiados vestidos bohemios, cuyos pliegues morados sobresalen por debajo de los dobladillos de sus capas de lana negras, requieren una conversación sobre el tiempo, lo desgastada que está una zona de la alfombra oriental del vestíbulo o los titulares de la sección cultural de la prensa. Y eso ya es casi insoportable, pues ¿acaso no ven que estoy ocupada? ¿No se dan cuenta de que la autocompasión obsesiva es una actividad que absorbe todo lo demás sin dejar espacio para la conversación? ¿No saben que la entrada del parque está justo al lado de los columpios de la calle Ochenta y uno y que si no estoy completamente preparada, si no me concentro y bloqueo mis sentidos a cualquier otro ruido que no sea mi propia respiración, es muy posible (incluso probable) que en lugar de cruzar a zancadas la zona infantil con la mirada clavada en las desnudas ramas grises de los árboles me desplome delante de la verja del parque mientras las voces agudas de los niños retumban en mi cerebro? ¿No entienden esas señoras, con sus peticiones, sus maridos banqueros fallecidos y sus abultados bolsos de Tod´s, que si dejo que me distraigan para hablar del fraude electoral cometido por los republicanos o de cómo la señora Katz, del segundo B, vio a Anthony, el nuevo portero, dormido en el vestíbulo el martes pasado por la noche, no conseguiré atravesar la zona de juegos para refugiarme en un rincón del parque? ¿Acaso no comprenden que la bárbara agresión de sus voces, el impaciente ruido sordo de sus bastones de metacrilato mientras esperan con insistencia a que mascu lle mis respuestas impedirán que llegue al único lugar de toda la ciudad donde casi soy capaz de sentir serenidad? Porque acabarán obligándome a caminar con paso cansino por la calle Setenta y nueve hasta el East Side, pegada a las mugrientas paredes de piedra e inhalando el humo de los autobuses urbanos. O lo que es peor, me obligarán a coger un taxi.

Hoy, gracias a Dios, el ascensor permanece vacío hasta que llega a la portería.

—Buen paseo, señora Woolf —me desea Ivan mientras me abre la puerta del vestíbulo para dejarme pasar.

Lo lleva haciendo desde el día siguiente de nuestra boda. Al principio intenté explicarle que seguía siendo la señorita Greenleaf. Y sé que me entendió. No es idiota. Pero se limitaba a sonreír, asentía con la cabeza, decía: «Por supuesto, señorita Greenleaf», y al día siguiente me saludaba con un: «Buenos días, señora Woolf». Aunque prefería eso a su respuesta cuando me trasladé a vivir con Jack y le susurré algo como: «¡Oh, no, por favor, llámeme Emilia!» Ivan ni siquiera se molestó en sonreír y asentir. Me miró fijamente tras sus gruesas gafas oscuras, y sacudió la cabeza como si fuese mi profesor de quinto y yo le hubiese decepcionado olvidándome los deberes o, peor aún, diciendo palabrotas en clase. «No, señorita Greenleaf», replicó. Eso fue todo. No dijo un «No sabría...» o «Me sentiría incómodo». Simplemente contestó «No». Porque, naturalmente, jamás llamaría a ninguno de los vecinos por su nombre de pila; ¡cómo podía habérseme ocurrido semejante idea!

Hoy sonrío, asiento con la cabeza, salgo por la puerta y cruzo la calle en dirección al parque.

Febrero es el mes más largo del año.

El invierno nos persigue desde hace una eternidad y da la impresión de que la primavera no llegará nunca. El cielo está gris y lleno de nubes, de la clase de nubes que se ciernen sobre la ciudad, que no amenazan con la nieve de las postales navideñas o con un chaparrón de agua fría y limpia, sino con chuzos que derretirán la nieve de inmediato, dando la sensación de que lo que cae del cielo es barro amarillento. En las aceras hay amontonados montículos de nieve negruzca y bajar del bordillo es como el juego de la ruleta rusa: puedes acabar con el tobillo metido en agua negra helada y el calcetín y el zapato empapados. Normalmente me recluyo; enciendo la chimenea, me abrigo con mantas de felpa y calcetines de lana, vuelvo a leer a Jane Austen y los días cortos y oscuros transcurren más deprisa. Sin embargo, este año ansío abrazar la inexorable severidad del febrero neoyorquino. Necesito este mes de febrero. Incluso ahora, a finales de enero, es como si la ciudad hubiese notado mi aflicción y hubiese decidido demostrar su compasión. Los árboles del parque están especialmente desnudos; atizan el cielo melancólico con inertes ramas que no solamente han perdido sus hojas sino hasta la esperanza de tenerlas. Las pisadas de los paseantes han acabado por arrancar la hierba marrón y ahora sólo queda un lodazal cubierto de una capa de hielo manchada de excrementos caninos. El Bridle Path y el sendero que bordea el Reservoir están enfangados y en algunos puntos sobresalen raíces agarrotadas y entrelazadas que afean los senderos otrora lisos y provocan la caída de los que practican *footing* vestidos, apropiadamente, con forros polares.

Pero el parque de juegos infantiles Diana Ross está lleno de niños. En Nueva York los críos juegan al aire libre haga el tiempo que haga, excepto cuando es de veras inclemente, pues sus niñeras y sus madres siempre están ansiosas por abandonar los confines de sus pisos, hasta de los más espaciosos. Incluso en el día más deprimente del invierno, cuando los columpios están lo bastante mojados para traspasar los pantalones impermeables de nieve, cuando el costoso suelo de goma está tan helado y tan duro que puede romperle a uno los huesos, cuando hasta el más pequeño trozo de metal del parque meticulosamente pensado para niños está lo bastante frío como para que una lengua rosada y regordeta se quede pegada a él hasta que una niñera dominicana vierte la última gota de un café moca del Starbucks sobre el punto de unión entre la carne y el columpio, los niños están ahí, con sus gritos y risas infantiles. Acelero el paso hasta que troto con torpeza mientras mis michelines se balancean sobre mis anchas caderas y los huesos me duelen cada vez que clavo los tacones en el suelo.

En cuanto las voces de los niños se mezclan con el zumbido de fondo del resto del parque aminoro el paso jadeante. En verano Central Park es como el campo, o como una versión del campo en la que el canto de los diversos pájaros compite con el silbido de las ruedas de los monopatines sobre el cemento y las flautas de los músicos ambulantes peruanos, que tocan melodías andinas como si fuesen Simon y Garfunkel. En primavera, cuando los cerezos han florecido y los montículos que rodean Sheep Meadow están cubiertos de narcisos, es fácil amar Central Park. En verano, cuando el Shakespeare Garden es una maraña de flores y ceremonias nupciales, y uno no puede recorrer medio metro sin tropezar con una hilera de asteres o un perro jugando al Frisbee, sientes amor por Central Park. En cambio, en invierno, las palomas vuelan por debajo de los olmos desnudos acercándose a los bancos de The Mall, húmedos por la nieve, donde se reúnen las ancianas solitarias y cuidadosas con bolsas de papel llenas de cortezas de pan. En invierno el parque está reservado a las personas que lo amamos realmente, las que no necesitamos el adorno de glicinas de flores tempranas, las que nos conformamos con las acacias negras cubiertas de nieve, las colinas enfangadas y el sonido del viento rugiendo entre las ramas desnudas. Siempre he pensado que la belleza auténtica reside en el refugio que proporcionan estas 337 hectáreas. Los carnavalescos tonos pastel de la primavera y el verano, y los intensos colores fuego y naranjas del otoño no son más que ringorrangos.

Acorto en dirección norte por el sendero paralelo al Reservoir. Otro parque de juegos infantiles se cruza en mi camino, pero está suficientemente lejos como para poder desviar la vista y no tener que mirar la cabaña Lincoln y el tobogán rojo y amarillo. Es tarde para las madres que hacen *jogging* empujando los cochecitos de sus bebés, así que, si la suerte no me falla, no tendré que verlas. El miércoles pasado salí de casa un par de horas antes para ver a una amiga que había decidido que una mañana comprando zapatos me sacaría de mi abatimiento y me convertiría de nuevo en alguien de cuya compañía ella disfrutaba. Naturalmente, no es eso lo que me dijo Mindy. Me dijo que su marido le había regalado por su cumpleaños unos Manolos del número equivocado y que quería acercarse a la tienda para ver si tenían un cuarenta y medio.

Ese día me encontré con un montón de madres primerizas agachadas detrás de los cochecitos de sus bebés, sus rechonchos traseros de posparto en pompa y las manos sujetas a las asas mientras se ponían de puntillas y volvían a agacharse al tiempo que acariciaban a sus abrigados pequeños, que chillaban, reían o dormían en sus cochecitos de 750 dólares de la marca Bugaboo Frog, iguales que el que hay siempre a un lado de la puerta de nuestro piso, junto a la mesa de largas patas decorada con sedosas orquídeas. El mismo Bugaboo de tela vaquera azul que me produce urticaria cada vez que tengo que esperar el ascensor. El grupo de madres se agachaba y se levantaba al unísono y ninguna dijo ni mu cuando me detuve frente a ellas y gruñí como si me hubiesen dado un puñetazo. Me miraron y luego se miraron unas a otras, pero ni una sola habló cuando empecé a llorar ni cuando me volví y eché a correr por el camino, dejando atrás el primer parque de juegos infantiles y después el segundo hasta llegar a Central Park West.

Hoy tengo suerte. Las madres se han quedado en casa o han ido a tomar un café con leche tras el ejercicio. No veo a ninguna hasta que llego al Bridle Path, en el East Side. Pasa junto a mí tan deprisa que apenas tengo tiempo para fijarme en las bolas de músculo de sus pantorrillas, que laten con fuerza contra sus pantalones de *footing* de color rosa chillón, y en las orejeras de piel a juego que cubren sus orejas. Los bebés que viajan acomodados en el cochecito de doble asiento para hacer *jogging* son diminutos bultos morados de narices rosas, que luego desaparecen. Pasan demasiado rápido como para provocarme algo más que una punzada de dolor momentánea.

En la calle Noventa, tras haber cruzado el parque sana y salva, consulto mi reloj. Mierda. Llego tarde, otra vez, sólo tengo cinco minutos para ir hasta la Noventa y dos y luego dirigirme al hotel Lex. Acelero el paso y siento una punzada en el costado. Mi largo abrigo bate contra mis piernas y con una mano intento mantenerlo cerrado. Podría abrochármelo, pero los botones quedan tirantes sobre mi pecho, y como no soy tan vanidosa como para comprarme un abrigo nuevo de invierno (no pienso gastarme cientos de dólares en una prenda que sé que no necesitaré dentro de un mes), en lugar de abrochármelo, me he puesto una gruesa bufanda para combatir la intensa humedad.

Sólo después de haber cruzado la valla blanca y las macetas de cemento, enseñar un documento de identidad en el mostrador de seguridad y pasar el detector de metales, justo cuando estoy delante de los ascensores, apoyándome en un pie y luego en otro, recuerdo que había adelantado el reloj un cuarto de hora para no volver a llegar tarde, para no darle a Carolyn otro motivo para que llame a Jack y le riña por mi estúpida negligencia, mi falta de atención hacia ella y todo lo que considera sagrado. Me siento desinflada, como si lo único que me mantuviese animada fuesen mis nervios y mi ansiedad. Cuando llega el ascensor me siento diminuta, soy del tamaño de un ratón, el ser más pequeño de la calle Noventa y dos Y.

Un grupo de mujeres entra conmigo en el ascensor. Dos están embarazadas; otra lleva un bebé junto al pecho en una mochila de piel negra de la casa Baby Björn, y la última empuja un cochecito Bugaboo idéntico al que hay aparcado a un lado de la puerta de mi apartamento. Porque, naturalmente, lo irónico es que pese a mi destacada pericia como cartógrafa para recorrer Central Park sin ver un solo niño, mi parada final está justo en la boca del lobo. Mi objetivo, mi destino es la guardería de la calle Noventa y dos Y.

De haberla presenciado en el parque, tanta fecundidad me habría hecho pararme en seco. Central Park es mi refugio y que sea invadido por una brigada de bebés me enfurece y me destroza. Sin embargo, en el jardín de infancia estoy acostumbrada a cierta cantidad y tipo de tristeza. Aquí nunca me he sentido cómoda ni feliz. Acabar llorando en el ascensor al ver las mejillas de un bebé bien alimentado entra dentro de lo normal.

Las mujeres del ascensor me saludan con imperceptibles inclinaciones de cabeza, exactamente el saludo que les dedico a mis vecinos que me permiten semejante frialdad. Hago lo propio y clavo la vista en los números iluminados que hay encima de la puerta del ascensor mientras cuento el tiempo que falta para llegar a la sexta planta.

Como siempre, el vestíbulo de la guardería está decorado con espléndidos dibujos de colores hechos por los niños que cambian con cada festividad judía. Ahora celebramos Tu B'Shevat (fiesta del año nuevo de los árboles) y los niños han pintado diversos tipos de árboles. En el vestíbulo se proclama la proporción entre profesores y alumnos que hay en el centro y de la que éste tanto se enorgullece. Es una constatación de que el alumno es guiado con firmeza y paciencia, y de que la guardería es una fuente de ingenio y creatividad meticulosamente inculcada y de que su presupuesto para arte compite con el de la Escuela de Artes Visuales. Echo un vistazo a los dibujos para ver si hay alguno de William. Para la edad que tiene, William es un gran artista. Ha heredado los dedos finos y ágiles de su madre. Dibuja sobre todo paisajes marinos: peces y pulpos, tiburones de múltiples hileras de dientes y morenas. El último que ha hecho está colgado delante de su clase. Aunque, por lo visto, es el único niño que no ha participado en el homenaje a la celebración de los árboles. Al principio su dibujo me parece poco más que un enorme garabato hecho con lápiz rojo, pero cuando me acerco para verlo

mejor, constato que en la parte inferior de la hoja William ha dibujado un pez papagayo con los colores del arco iris. El papagayo está
tumbado sobre un costado porque un pez espada le ha agujereado
el vientre. El rojo que cubre la escena es la sangre que brota de las
heridas del papagayo. Es posible que el dibujo sea una alegoría y
que el papagayo simbolice al pueblo judío que pierde el vínculo con
la tierra. Pero lo dudo.

Cojo el abrigo y el gorro de William del perchero y espero a
que se abra la puerta de la Clase Roja. Este año a William le ha tocado el color rojo. El año pasado estuvo en la Clase Azul y el anterior en la Naranja. Como no se cansa de repetir, el naranja es su color favorito. Al parecer, es un color más interesante. Muchas de las
cosas predilectas de William son de color naranja. Y no me refiero
a las naranjas. No se trata de cosas tan prosaicas. Aunque no es que
a él no le guste la fruta, porque le gustan las naranjas chinas, especialmente en conserva. Pero las cosas de color naranja que le gustan incluyen la paella con una pizca de azafrán, las mariposas mo-
narca, los orangistas de Irlanda del Norte y de la Universidad de
Siracusa, y especialmente los conos de tráfico. A él le gusta hablar
de este tipo de cosas. También le gusta comentar las semejanzas y
diferencias entre los diversos dromaeosauridos, sobre todo entre el
Dromaeosaurus y el *Velociraptor*, cuál sería su demonio (naturalmente, un gato como el de Will Parry, el protagonista de *La daga*),
y si Plutón debería o no haber sido incluido en el Cinturón de Kui-
per. (William cree que no. Cree que lo de Plutón es un atraco. Cree
que si desde el 18 de febrero de 1930, fecha en que fue descubierto por Clyde Tombaugh, ha sido un planeta, merece seguir siéndolo.) William tiene cinco años y a veces habla como un señor muy
bajito de sesenta y dos. Todo el mundo encuentra encantadora su
forma de expresarse; todos coinciden en que su precocidad resulta
fascinante.

Todos menos yo. A mí William me parece insufrible.

¿Qué clase de persona siente eso por un niño inocente, aunque
te corrija cuando pronuncias mal una palabra, un crío que calcula

con precisión tu índice de masa corporal mientras te estás comiendo un trozo de tarta de queso con chocolate, un niño que rechaza tus intentos por complacerlo con una intencionada sonrisa desdeñosa más propia de un adolescente con acné que de un alumno mofletudo de párvulos? Yo soy la adulta y por lo tanto debería ser capaz de querer a este niño a pesar de sus peculiaridades, y a pesar de mi sentimiento de culpabilidad por haber destrozado su hogar.

Abro la fiambrera de William y tiro al cubo de la basura los restos de comida, aguantando la respiración ante el olor (una mezcla de leche agria y plástico). Me doy cuenta, aunque demasiado tarde, de que las madres me están mirando. Seguro que una de ellas le contará a Carolyn que he tirado las sobras sin fijarme bien en lo que William se ha dejado. Otro punto en mi contra. Una prueba más de que no se puede confiar en mí. Miro sin querer a la madre que lleva al bebé en la mochila. Me sonrojo, pero ella no. Aparta la vista y apoya una mejilla en la cabeza de su bebé. Puedo sentir su suave piel debajo de mi propia mejilla, su mechón de pelo contra mis labios, su ligero pulso bajo los finos huesos de su cráneo. Parpadeo y me vuelvo para estudiar el sangriento dibujo de William.

A estas alturas, el vestíbulo está abarrotado de madres y niñeras. Las puertas de las clases se abren y una profesora asoma la cabeza. «¿Ha venido la niñera de Nora?» Del interior sale una niña gorda y pelirroja. En el pasillo que hay delante de las clases Azul, Verde, Amarilla, Lila, Naranja y Roja tiene lugar una especie de coreografía de bienvenida. Los párvulos salen de uno en uno y saludan alborotados a las mujeres que los esperan. Éstas se arrodillan simultáneamente para cogerlos en brazos. Entonces le llega el turno a William. Permanece de pie en la puerta de la Clase Roja, esperando paciente mientras una mujer con un cucurucho con tres bolas de helado de chocolate abraza contra su pecho a una niña diminuta y pecosa. El pelo de la niñera es como una réplica de su cuerpo en miniatura, una torre que tiembla cuando coge a la pequeña en brazos.

William pasa junto a los balanceantes pies de su compañera de clase y viene a mi encuentro. Me inclino para abrazarlo torpemente con un brazo. Él se tensa y luego parece que se resigna a mi abrazo.

—¿Hoy has venido tú? —me pregunta.

—Es miércoles.

—Eso parece.

¿Qué niño de cinco años dice: «Eso parece»?

—Venga —digo—; vamos. —Necesito alejarme de la multitud de pequeños cuerpos. Puedo olerlos; su sudor huele a leche agria y su champú a fresa. Se arremolinan alrededor de mis piernas, son como arenas movedizas de manos pegajosas y mejillas sonrosadas. El sonido de las diminutas bambas de suelas de goma chirriando contra el suelo es peor que las uñas cuando arañan una pizarra. Tropiezo con una fiambrera de Spiderman y doy un puntapié a un par de chirucas. Sus cabezas me llegan a la cintura y con mis largos dedos podría acariciarlas y juguetear con los rizos de sus cabelleras. Entonces recuerdo la nota que William trajo a casa el mes pasado; es probable que los niños tengan piojos.

—William, vamos —repito más fuerte de lo que me habría gustado. Dos de las madres me miran con las cejas arqueadas y las bocas fruncidas en señal de reprobación—. Llegaremos tarde —susurro, encogiéndome de hombros como si eso fuese una explicación, como si eso fuese a impedir que alguien telefonee a Carolyn. «No es sólo irresponsable; también es brusca.»

William deja que le suba la cremallera de su abrigo y que le abroche bien el gorro debajo de la barbilla.

—¿Dónde tienes los guantes?

Los saca de los bolsillos y se los coloca. Su pulgar izquierdo se resiste a meterse donde corresponde y durante varios segundos me peleo con el guante para introducir el dedo correctamente, pero al final me rindo.

—Listo —anuncio con una sonrisa forzada.

William me lanza una mirada siniestra y se dirige al ascensor. Durante el tiempo que me toma recoger el elevador que su madre dejó en el armario de limpieza que hay junto a la clase, me espera mientras observa cómo se cierran las puertas del ascensor.

—Nos lo han quitado —comenta.

—Te apuesto diez dólares a que vendrá otro.

Nunca fue mi intención sentir lo que siento hacia este niño. Yo había dado por sentado que lo querría. Quiero muchísimo a su padre y estaba convencida de que a él lo adoraría. Ansiaba que William me quisiera. Jack me dejó conocerlo por fin cuando llevábamos seis meses viéndonos, unas cuantas semanas antes de que empezáramos a vivir juntos. Podría habernos presentado antes, pero prefirió dejar durante un tiempo esa decisión en manos de Carolyn, para que ella tuviera la sensación de que al menos controlaba algo. Jack sólo intervino cuando se dio cuenta de que, de ser por ella, William no conocería jamás a la mujer que compartía el lecho de su padre. Ésa fue una de las últimas conversaciones entre Jack y su ex mujer que yo no presencié, por eso ignoro cuánto tuvo que insistir Jack para conseguir que William, él y yo pudiéramos pasar en el Zoo de Central Park aquel sábado por la mañana.

Mi primer encuentro con el hijo me puso mucho más nerviosa que mi primera cita con el padre. Era muy importante la primera vez que nos miráramos a los ojos. Visualicé la escena una y otra vez en mi mente mientras me dirigía en metro hacia el norte de la ciudad. Estábamos en septiembre, pero parecía que fuese agosto, hacía un calor bochornoso, como un día del veranillo de San Miguel, hacía tanto calor en el andén del metro que costaba respirar, como si las moléculas flotasen más cerca del suelo (una especie de polvo licuado que se mete en la nariz y los pulmones). Cogí el tren en la estación cercana a mi piso de Stuyvesant Town, y cuando las puertas se abrieron en la calle Cincuenta y nueve tras sólo dos excesivamente breves paradas disfrutando del aire acondicionado frío y seco, me costó lo indecible levantarme y salir del vagón.

Jack y William me esperaban en la entrada del zoo. Jack llevaba a William a hombros, y a sus tres años las piernas le llegaban por debajo de las costillas de su padre. Jack es guapo, de complexión robusta, igual que mi padre. Mide entre metro sesenta y siete y metro setenta, dependiendo de su estado de ánimo. Por naturaleza es optimista y alegre, y cuando está feliz parece mucho más alto. Las pocas veces en las que está deprimido se encoge, como si se doblara sobre sí mismo, como si quisiera desaparecer. En cierta ocasión me dijo que una de las primeras cosas que le atrajo de mí fue que, aun siendo bajita, nunca desaparezco. Al contrario, da la impresión de que hago lo posible para ser vista. (Eso es porque nunca me ha visto encogerme en la guardería de William.)

La madre de Jack es una judía de origen sirio y él ha salido a su familia materna. Tiene una nariz recta y afilada de delicadas aletas, el pelo muy oscuro, casi negro, y el iris de sus ojos es de color azul marino. Es un color intenso, penetrante y al mismo tiempo de un suave aterciopelado. No lo había visto en mi vida y la primera vez que lo hice me pregunté si sólo lo tendría él o si se reproduciría en sus hijos.

Los ojos de William son azules.

A Jack le gusta correr y escalar, y pese a no ser alto, es muy fuerte, quizá precisamente porque no es alto. Está musculoso y no tiene barriga. Los trajes le sientan de maravilla y tiene un estilo y una elegancia naturales, casi instintivas. Por ejemplo, aunque no se preocupa demasiado por la ropa, jamás lleva chaquetas entalladas cruzadas con dos filas de botones. Dice que con ellas parece aún más bajo. Semanas antes de conocernos, recién licenciada en derecho, me fui a comprar ropa con el objetivo de prepararme para mi nueva vida profesional, y entre el montón de trajes de chaqueta y vestidos rebajados que me compré había un vestido largo negro con solapas cruzadas y dos filas de botones de la marca Tahari. Después de que Jack me explicara su teoría acerca de las chaquetas cruzadas con dos filas de botones nunca pude volver a ponerme ese vestido sin sentir que estaba en una audición para el papel de un munchkin en *El Mago de Oz*. Di el vestido a una organización benéfica que proporciona ropa a mujeres que intentan dejar de vivir de la asistencia social e incorporarse al mundo del trabajo.

Mientras avanzaba con dificultad, en medio del desagradable calor, al encuentro de mi amor y su hijo, vi que Jack sujetaba los pies de William y se apoyaba sobre los talones como si lo fuese a dejar caer. Pude oír los gritos de deleite de William agarrado al pelo de su padre con ambas manos y tratando de enderezarse mientras seguía acercándome a ellos. De no haber hecho tantísimo calor, habría dado media vuelta para correr las seis manzanas de distancia que me separaban del fresco reinante en el metro. Padre e hijo parecían tan felices, de pie debajo del Delacorte Clock delante del zoo. ¡Parecían tan felices...! Sólo faltaba una madre para completar la estampa perfecta de una familia feliz. Sin embargo, la madre estaba en su piso del número 1010 de la Quinta Avenida, en la esquina con la calle Ochenta y dos, tal vez llorando a mares, tal vez tomando dosis dobles de Ativan o Xanax. A lo mejor la madre repasaba viejas fotografías y cartas, tratando de hallar alguna explicación a la traición que había destrozado el triángulo perfecto de su familia. La madre no estaba y yo ocupaba su lugar, con una esperanzada sonrisa pegada a los labios y una bolsa de la juguetería FAO Schwarz en mi palma sudorosa para intentar sobornar a este niño y que se olvidara de que, en efecto, yo había arruinado totalmente su vida.

Enamorarme de Jack fue tan fácil que había dado por sentado que enamorarme de su hijo sería igual de sencillo. Aunque sabía que el chico no me querría de inmediato; no soy tan estúpida. Supuse que tendría que ganármelo, que poco a poco, con el paso de las semanas, los meses e incluso los años, la fuerza de mi cariño acabaría con sus reservas y diluiría su recelo y su resentimiento. William aprendería a quererme y un día se daría cuenta de que mi amor se había introducido en su vida y su corazón. Al fin y al cabo, era un niño muy pequeño, tenía sólo tres años. Pronto no recordaría el tiempo en el que yo no formaba parte de su vida. Tal vez no me querría como a una madre, pero sí como a una tía cercana, una confidente y buena amiga. Y él sería mi colega, mi cómplice y crío pequeño con el que entrenarme antes de ser madre. Me encantan los niños, siempre me han gustado. En mi adolescencia fui una canguro buscada y una monitora de campamento querida. Aquí, por fin, había un niño cuyo derecho a obtener mi afecto era irreprochable. Era el hijo del hombre al que yo amaba. ¿Cómo no iba a quererlo?

Cuando, al fin, me vio, Jack bajó a William de sus hombros. Estaba tan nervioso que le tembló la voz: «¡Mira, Will, ésta es Emilia!»

Si William se hubiese tirado al suelo para patalear, yo hubiera manejado mejor la situación. Si me hubiese mirado con cara de enfadado o me hubiese vuelto la espalda, o incluso me hubiese dado una patada, yo le habría guiñado un ojo a Jack, comprensiva, y habría comenzado a andar hacia el zoo. Si se hubiese puesto a llorar suplicando volver con su madre, habría tranquilizado a mi novio con una compasiva y discreta palmadita, y habría dejado que se marcharan.

Sin embargo, William me ofreció una flácida mano de largos dedos y me dijo:

—Encantado de conocerte. —Yo sonreí incómoda y le di la mano. Sus dedos estaban fríos y algo húmedos, y tenía las uñas perfectamente cortadas, no mordidas.

—Yo también estoy encantada de conocerte —repuse—. Te he traído una cosa. —Le di la bolsa. La abrió y extrajo el dinosaurio de peluche que le había comprado. Jack me había comentado que William estaba obsesionado con los dinosaurios y que el Museo de Historia Natural era su lugar predilecto.

El niño de tres años sostuvo el dinosaurio a la altura del pecho y anunció:

—Los terópodos tienen sólo tres dedos.

Eché un vistazo a la sonriente criatura de diminutas y balanceantes patas delanteras. Era verde con aterciopelados lunares azules.

—Supongo que no es demasiado realista —concedí.

—No pasa nada. Gracias. —William le dio el dinosaurio de peluche a su padre, que lo escondió debajo del brazo y me sonrió como disculpándose.

Ahora había llegado el momento del guiño cómplice, pero por alguna razón no me vi capaz.

—Son casi las diez y media —dijo Jack—. ¡Vamos a ver cómo dan de comer a los pingüinos! —Y empezó a caminar hacia la taquilla del zoo.

2

Cuando estoy con William casi siempre me resulta imposible parar un taxi en la calle Noventa y dos Y. Es algo que nunca me pasa cuando voy a alguna conferencia o en las contadas mañanas en que lo llevo al colegio, así que sé que el problema no radica en la zona, sino en el maldito elevador. Los taxistas saben que tardaré unos minutos en fijarlo en el asiento trasero, en sentar al niño en él y en volver a desmontarlo al llegar a nuestro destino. Me gustaría llevar un cartel que dijera: «Prometo recompensarle». O quizás uno que rezara: «Mire, a mí esto me gusta tan poco como a usted. Es su madre la que insiste, y le juro que le daré una propina de cinco dólares, así que por favor pare y déjenos subir de una maldita vez. ¡Por favor!»

Un sij solidario o al borde de la desesperación tocado con un turbante de color azul pálido para su taxi, y yo abro la puerta y deposito en su interior la fiambrera de William y mi bolso. El elevador del crío es de cinco puntos y para instalarlo hay que usar el cinturón del asiento del coche. Un día, hace algún tiempo, le enseñé a Jack una foto que había visto en Internet de un elevador diseñado para que el niño pudiese sentarse a mayor altura y utilizar únicamente el cinturón del coche que cruza sobre el hombro. Ese artilugio me habría ahorrado tres minutos para ir de casa al colegio y tres más de vuelta, y quién sabe cuántas miradas de odio de los taxistas. Cuando Jack se lo comentó a Carolyn, ella se lo tomó como si yo hubiese sugerido atar a William al parachoques delantero.

En cuanto he instalado el elevador le digo a William:

—¡Venga, sube!

Finge que está muy ocupado contemplando una caca de perro endurecida parcialmente incrustada en la nieve.

—¡Vamos, William!

—Me pregunto a qué temperatura se congelará la caca.

—¡William!

—Como la caca está caliente, se congela más rápido que un polo, ¿lo sabías? El agua caliente se congela antes que el agua fría. La mayoría de la gente cree que el agua fría se congela más rápido porque su temperatura está más cerca del grado de congelación, pero no es así. El agua caliente se congela más deprisa.

—No está bien hacer esperar al taxista. —Estoy a punto de estallar. Un segundo más y cogeré al niño en brazos para meterlo en el taxi.

—Es debido a la evaporación. El agua caliente se evapora más deprisa.

—Sube al taxi, William.

Suspira.

—No quiero sentarme en una silla de bebé —protesta.

—¡He dicho que subas!

—No quiero sentarme en una silla de bebé —repite, esta vez más fuerte imitando al resto de los niños cuando tienen pataletas; al fin y al cabo, ha visto que les funciona. Ha visto cómo sus madres ceden a sus peticiones por extravagantes que sean (a cualquier cosa, lo que sea con tal de que dejen de chillar).

—No es de bebé —replico apretando los dientes. Noto que me empieza a doler la mandíbula. Sufro una disfunción temporal-mandibular, pero no es culpa de William. La padezco incluso desde antes de conocer a su padre. Me empezó en la facultad de derecho, cuando estudiaba para los exámenes acurrucada en una fea silla de teca de la biblioteca Radcliffe, subsistiendo a base de Coca-Colas *light* y Raisinettes, y me pasaba el día rechinando los dientes. Ahora que lo pienso, creo que la silla estaba tapizada con una tela de color naranja.

Sin embargo, sí que fue por culpa de William que tuve que empezar a llevar una férula de descarga en la boca. No estoy loca; sé que no lo hizo conscientemente, aunque creo que si no tuviese cinco años y poco conocimiento (algo que, sin duda, espero) de lo que su padre y yo hacemos en nuestra cama con dosel, estoy segura de que a William le habría encantado que llevase la férula de plástico amarillento que tengo que sacarme de la boca y dejar en la mesilla de noche en un charco de saliva aceitosa y ligeramente maloliente cada vez que quiero hacerle una felación a su padre.

—No es una silla de bebé —insisto.

El taxista toca el claxon y William y yo subimos de un salto.

—¡Caray! —exclama él levantando un pie. Ha pisado de lleno la asquerosa caca de perro.

—¡Maldita sea, William! —protesto. Y le digo al taxista—: Lo siento. —Agarro la pierna del niño y froto su zapato en la acera para sacar la máxima porquería posible. A continuación lo cojo en brazos y lo siento en su elevador. Lo ato y rodeo el taxi hasta la puerta del otro lado. Al abrirla, oigo el estruendo de una bocina.

—Pero ¿qué coño hace, señora? —me grita alguien—. ¿Quiere que la maten o qué?

Miro de reojo al coche que ha estado a punto de arrancarme la puerta de las manos. Me encojo de hombros, en señal de disculpa o quizá de indiferencia, y me meto en el taxi dando un portazo. El taxista sij me está mirando por el retrovisor. Me mira con ojos tristes. Le he decepcionado, igual que a mi portero, igual que a mi marido y, al parecer, igual que a todo el mundo.

—A Central Park West con la calle Ochenta y uno —ordeno.

Mientras cruzamos el parque el taxi gana velocidad y me aflojo la bufanda del cuello. William y yo no hablamos. Nunca lo hacemos. Él mira por su ventanilla y yo por la mía. Un ligero hedor comienza a introducirse por las aletas de mi nariz. La caca de perro del zapato de William ha empezado a descongelarse.

3

En los libros de Olivia no importa que la cerdita blanca no tenga sueño; tiene que dormir la siesta igualmente. Sin embargo, William no está obligado a ello. Su madre ha decidido que, dado que el niño tiene una imaginación tan «activa», puesto que es tan brillante, tan creativo y tremendamente inteligente, necesita una estimulación constante, de ahí que no pueda ser obligado a dormir durante el día. No puedo evitar pensar que Carolyn ha dado una orden semejante sólo porque no es ella la encargada de estimular el pequeño y activo yo de William. Cuando el niño no está con Jack o conmigo, está con su niñera, Sonia. Los días que Sonia tiene fiesta coinciden con el acuerdo de custodia: todos los miércoles y fines de semana alternos. Entonces ella se refugia en las entrañas de Queens y bebe *slivovitz*, toca la *guzla*, un instrumento musical de una sola cuerda, vuelve a ser la amante de un gánster croata o hace lo que sea que hagan los inmigrantes recién llegados de Dalmacia durante los días que no están complaciendo las necesidades y los caprichos de los niños ricos de cinco años que viven en el Upper East Side. La verdad es que no sé prácticamente nada de Sonia, salvo el nombre de la región croata de la que procede y el hecho de que en cierta ocasión le comentó a Jack que uno de sus abuelos era judío antes de la guerra. No sé qué significa eso de «ser judío antes de la guerra». No sé cuánto tiempo lleva Sonia en Estados Unidos. No sé dónde vive cuando no está en el cuartito que hay al lado de la cocina y al que me asomé un día mientras buscaba un lavabo durante una cena de empresa, antes de que Carolyn echase a Jack de casa, antes de que yo me lo tirara en la silla Aeron negra en su despacho de Friedman, Taft, Mayberry y Stein, la mesa que Carolyn le compró cuando le hicieron socio y le dieron una pequeña oficina y dinero para decorarla.

Sonia se ocupa de William todas las tardes después del colegio, excepto los miércoles, día en que me ocupo yo de él, por eso Carolyn no tiene ni idea de lo difícil que es entretener a su hijo una tarde entera. Cuando entro en la página web de UrbanBaby.com, tengo la impresión de que Carolyn Soule es una de las pocas tocólogas de Nueva York, quizá la única, que no deja que otros médicos visiten por ella, que siempre quiere atender los partos, sean en medio de la madrugada, en fin de semana o la mañana de Navidad, en realidad, cualquier día del año menos las tres semanas de agosto que cada año pasa en casa de su familia, en Nantucket. Esto la convierte en una doctora querida y de confianza, y en una esposa un tanto menos querida y de confianza. Aunque esta última impresión no la obtuve al consultar UrbanBaby.com. Probablemente, los pocos fines de semana que no trabaja, cuando no la llaman del hospital para atender un parto o monitorizar a una paciente de alto riesgo, Carolyn se pasa el día entero con William. Quizá tenga más recursos que yo. Quizá le emocione tanto como a su hijo la idea de leer el diccionario de cabo a rabo y comentar lo maravillosa que es cada definición. Quizá le resulte tan asombroso como a él que usemos la palabra «mañana» para el período de tiempo que va desde el amanecer hasta el mediodía en lugar de «antemeridiano», lo que sería más lógico. Quizá madre e hijo coleccionen lupas en el cajón de la cocina para leer el contenido de todo lo que comen, en busca de las temidas moléculas de trigo, lactosa y, Dios no lo quiera, aceite vegetal parcialmente hidrogenado. O bien a Carolyn *debe* encantarle estar con su hijo, no pasa más de media hora seguida con William antes de recurrir a Sonia, porque, de lo contrario, jamás habría prohibido el magnífico recurso de la televisión.

Pocas veces me quejo por las tardes de los miércoles, porque, al fin y al cabo, ¿no es mía la culpa? ¿Acaso a una madrastra más espabilada no se le habrían ocurrido diversas formas fascinantes de pasar el tiempo, a lo mejor construyendo una réplica exacta de la presa Hoover con terrones de azúcar o iniciando un programa de alimentación para las moscas de la fruta genéticamente modificadas, centrándose tanto en solucionar su daltonismo como en enseñarles a montar en bicicletas diminutas? En ocasiones me desahogo con mi madre, quien me hace jurar que jamás le transmitiré una sola queja de disgusto a Jack. Protesto, pero le hago caso. Mi madre también ha sido madrastra. De hecho, es mi modelo de madrastra y no por el éxito de sus resultados, sino por su fracaso estrepitoso, épico y garrafal. Mis hermanas mayores odiaron a mi madre desde el primer momento en que la vieron, años después de que su propia madre las hubiese abandonado dejándolas al incompetente y renuente cuidado de mi padre. Mi madre era una esposa joven entregada a esas niñas abandonadas, las hijas rechazadas de un hombre mucho mayor que ella, por el que bebía los vientos y que le había convencido de que dejara los estudios y se casara con él. Pese a que mi madre accedió a dedicar su vida al cuidado de Lucy y Allison, que entonces tenían ocho y diez años, llevándolas a clases de música y de patinaje, pidiéndoles hora en el dentista, preparándoles las fiambreras, lavándoles la ropa y colgando en la nevera sus impecables ejercicios de ortografía y los resultados de los exámenes escolares, ellas nunca cambiaron de opinión respecto a mi madre. Nunca dejaron de menospreciarla ni dejaron de decírselo.

De hecho, estaban tan contentas cuando mis padres se divorciaron después de casi treinta amargos años que incluso no tuvieron reparos en reconocer el papel que ellas habían desempeñado en el desastre que supuso el matrimonio de mis padres. Lucy me dijo: «No debe de haber sido fácil para tu madre ocuparse de dos niñas que nunca la han querido». A continuación me preguntó si mi madre había engordado mucho desde el divorcio y si había conocido ya a la nueva novia de nuestro padre, que según Lucy era «realmente fabulosa, guapa y delgada». Entonces se echó a reír.

Así que, cuando mi madre me aconseja que Jack no se entere de que estar con William me cansa tanto que noto cómo me empieza a doler la cabeza, la escucho. Sigo teniendo la ridícula fantasía de que la próxima vez William y yo conectaremos de manera mágica, que ese día hablaremos el mismo idioma. Mi otra fantasía consiste en contratar una encantadora estudiante de Columbia para que pasee con William por las tardes mientras yo voy al cine. Cuando trabajaba jornada completa, los miércoles William se iba a casa de su madre con Sonia y Jack lo recogía al salir del despacho. Pero entonces dejé de trabajar y modificamos el horario, dándole a Sonia un día libre. No me parece justo privarla de su día de fiesta sólo porque la carga de William me resulta insoportable. Sobre todo desde que he decidido que Jack no se entere nunca de mi grotesca e inaceptable incapacidad para amar a su hijo.

—¿Sabes lo que es eBay? —me pregunta William, interrumpiendo mi ensimismamiento. Para variar, en lugar de dormir la siesta merendamos. Él está removiendo con la cuchara su bol de sorbete bajo en calorías y sin leche. Según su madre, William tiene intolerancia a la lactosa. Bebe leche de soja y come helados Tofutti y sorbetes sin leche.

—Sí —contesto vagamente.

—El padre de mi amigo Bailey vende cosas en eBay.

—Ajá.

—Dice que su padre reúne todas las cosas viejas que tienen y las vende en eBay. Todo lo que ya no quieren; como la bici vieja de Bailey y los esquís que usaba su padre cuando estudiaba en la universidad.

Asiento con la cabeza, pero no presto mucha atención.

—¿Emilia?

—Sí, William.

—El padre de Bailey gana mucho dinero en eBay. Mucho.

—Pues me alegro por él.

—¿Has entrado alguna vez en eBay?

Suspiro y lo miro.

—No, la verdad es que no.

—Tal vez deberías.

—O podría hablar con el padre de Bailey. Seguro que me vendería un par de esquís viejos, si los necesitara.

William frunce las cejas.

—No, no. Me refiero a que deberías vender cosas. Para ganar dinero como el padre de Bailey. ¿No tienes cosas viejas?

—Podríamos vender los esquís de tu padre. O uno de ellos. ¿Qué te parece eso? Un esquí Völkl de dos años de antigüedad y un palo.

William sacude la cabeza.

—Eso es una tontería. Nadie compraría un solo esquí. Deberíamos vender las cosas del bebé.

No contesto. Permanezco sentada al otro lado de la mesa de la cocina apretando la taza de café con tanta fuerza que no me puedo creer que no se haga añicos.

—Podemos vender la cuna —anuncia—. Costó mil trescientos once dólares. —A William le encanta saber cuánto cuestan las cosas—. Si la vendiéramos en eBay, nos pagarían dos mil dólares. O puede que incluso diez mil.

—No, no nos pagarían eso —replico.

—Así es como funciona eBay —insiste pacientemente—. Anuncias todas las cosas que ya no necesitas y la gente te da un montón de dinero por ellas.

Observo la coronilla de William. Tiene el pelo castaño como Carolyn, pero mientras que el de ella cuelga sobre sus hombros como una cortina inexplicablemente brillante, balanceándose con suavidad, sin ninguna punta abierta o mechón irregular, el de William está lleno de remolinos, y está levantado en un lado de la cabeza y aplastado en el otro. El pelo es bonito y a través de los mechones grasientos puede verse la costra amarilla que tiene en el cuero cabelludo. Jack dice, bueno, más bien Carolyn, que William tiene lo que se llama costra láctea, y que por las noches hay que frotarle la cabeza con aceite para bebés y pasarle un cepillo de cerdas suaves antes de usar un peine de púas delgadas para extraer las escamas con suavidad. Cuando me dice esto, mantengo la boca cerrada para evitar contestarle que el niño es demasiado mayor para tener ese tipo de costra y que, en mi opinión, lo que tiene es ni más ni menos que un caso severo de caspa.

—No obtendríamos diez mil dólares por la cuna en eBay —le digo.

—También podemos vender el cochecito. Seguro que nos darían cinco mil dólares.

—William, eBay no funciona así. Esto no es magia. La gente ha de querer algo para ofrecer dinero. Nadie ofrece miles de dólares por... por un cochecito que pueden adquirir nuevo por ochocientos setenta y cinco dólares. —Tengo la mandíbula tan tensa que siento cómo el dolor va de detrás de las orejas, sube por las sienes y llega a la coronilla.

—El padre de Bailey dice...

—Has malinterpretado al padre de Bailey. O tu amigo lo ha malinterpretado.

William me mira malhumorado.

—Pero si ni siquiera conoces a Bailey. Ni a su padre.

—No quiero oír hablar de vender las cosas del bebé, William.

—Pero ¡eBay está para eso! Para vender lo que no necesitas. Y no necesitas sus cosas, ni la ropa de bebé ni los pañales. Esa absurda muñeca American Girl que compraste sigue en la caja. Deberías vender esa estúpida Samantha en eBay.

Ya no aguanto más.

—¡Cállate, William! Por favor, cállate. —Me levanto de la mesa y tiro la silla al suelo. La miro, ya me siento culpable y estoy indignada por ello. A veces parece como si William fuese el portavoz de Carolyn, su representante. Me pincha hasta que satisfago sus bajas expectativas, hasta que una vez más pongo de manifiesto la horrible persona que soy. Me digo a mí misma que no lo hace intencionadamente, que no intenta que revele mis puntos débiles y mis defectos. No es más que un niño y, sin embargo, Carolyn y yo le hemos dado mucho más poder del que debería tener.

Dejo la silla en el suelo y a William sentado a la mesa, y me voy de la cocina. Me detengo en la pequeña habitación que hay al otro lado del pasillo, la que originalmente, cuando se construyó el edificio, estaba pensada para ser el cuarto de servicio. Es de color verde musgo con una cenefa de rosas de color rosa pálido. Yo misma la pinté, por eso los márgenes están desiguales, casi gastados. Si se observa de cerca, se ve que la cenefa de rosas está torcida, que recorre la pared en sentido descendente, de manera que cuando las rosas llegan al lado izquierdo de la ventana doble están casi cuatro centímetros más bajas que las del lado derecho inicial. Es algo que me molesta muchísimo y que me encantaría enmendar; tendría que pagar a alguien para que lo hiciera correctamente.

Me apoyo en el quicio de la puerta y con los dedos me aprieto el vientre blando. Me palpo en busca del útero, preguntándome si seguirá hinchado y congestionado. Palpo el michelín flácido que en su día era mi cintura y hundo el dedo índice y el corazón justo debajo del ombligo. Me duele, y eso me reconforta. Odiaría que todo hubiese vuelto a la normalidad, que todo hubiese desaparecido o se hubiese desvanecido, que la única prueba de lo que sucedió fuese una cenefa torcida en una pared pésimamente pintada.

Clavo la mirada en el borde de la cenefa sin fijarme en el resto de la habitación. No miro hacia la cuna ridículamente cara con sus sábanas rosas (por un lado cubiertas de hermosas rosas y por el otro de cuadros). No miro hacia el cambiador, el impecable montón de pañales, el calentador de pañales con el lazo alrededor como una serpiente muerta, los frascos de crema para el culito y los champús para bebés. No miro hacia la alfombra de estilo antiguo hecha a mano, que tiene un tono rosa que el vendedor me dijo que era tan poco frecuente que no lo había visto nunca. No miro hacia la mecedora con asiento de cuero de color crema y reposapiés a juego que mi madre encargó especialmente por el nacimiento del bebé. Mi padre nos puso cinco mil dólares en una cuenta. Me pregunto qué hace uno con un dinero que está puesto a nombre de alguien que ya no existe.

Sólo cuando paso la lengua por los labios y noto el sabor salado me doy cuenta de que he llorado lo suficiente para moquear. Me seco las lágrimas con la manga y regreso a la cocina. Tengo que convencer a William de que no le diga a su madre que he vuelto a demostrar lo mala madrastra que soy, que le he dicho que se calle y he dejado que me vea llorar.

4

Jack fue el primer hombre casado con el que salí. Siempre he pensado que las mujeres que salen con hombres casados son crueles e irresponsables, y que traicionan a sus hermanas. Peor aún, creo que son estúpidas. Porque, si se piensan que los hombres casados a los que han seducido les serán fieles, se engañan. Un hombre que engaña a una mujer, sin duda, engañará a otra. La fidelidad es un rasgo de la personalidad; no depende de la situación. Es una cuestión de carácter, no de las circunstancias.

Mi relación con Jack empezó de la forma más típica. Yo era una asociada reciente del bufete del que él es socio. Era mi jefe. La primera vez que nos besamos fue en un viaje por trabajo, frente a la puerta de mi habitación, en la tercera planta del hotel Claremont, en Oakland, California. La primera vez que hicimos el amor, como ya he dicho antes, fue en su despacho. Cuando empezamos a salir yo tenía treinta años y él trataba de asimilar que los cuarenta eran inminentes. Soy el Porsche rojo de Jack.

Todo es de lo más trivial, inmoral, sórdido y humillante, sólo que lo quiero. Lo quiero tanto que, aunque sé que también otras personas sienten este tipo de amor, no entiendo cómo es posible que vivan el día a día sin parar a un desconocido por la calle para declarar la magnificencia de su amor. Lo quiero tanto que vivo con el miedo constante de que le ocurra algo; quiero envolverlo en algodones y esconderlo en mi bolsillo, donde sé que estará a salvo. Sólo me siento totalmente segura cuando lo tengo delante, cuando no corre el peligro de sufrir un accidente de avión, de que lo atropelle un taxi o le caiga una maceta de un edificio que le aplaste el cráneo. Lo quiero tantísimo que me lo comería, empezando por los torcidos meñiques de sus pies hasta el cartílago de sus pequeñas orejas.

Nunca pensé que fuera posible sentirse así. Creía que antes había estado enamorada. Salí con un israelí que trabajaba para una empresa de mudanzas y con el que estaba convencida de que me casaría. Luego fui novia de un chico de mi grupo de orientación de la facultad de derecho con quien probablemente me habría casado, pero él estaba convencido de que contraer matrimonio con una mujer blanca arruinaría sus posibilidades de ser elegido para un cargo público (con su mujer de color moca acaba de mudarse a Washington, D.C., como representante del decimonoveno distrito electoral de Nueva York). Hubo otros, tantos que hoy en día, cuando impera de nuevo la inmoralidad, soy una verdadera marcadora de parámetros. Pero jamás había sentido nada remotamente parecido a lo que sentí por Jack desde el momento en que lo vi. Lo amé durante dos años antes de que se fijase en mí y durante un año más hasta que se permitió a sí mismo tocarme.

Vi a Jack en mi primer día en Friedman, Taft, Mayberry y Stein. La jefa de recursos humanos me guiaba por un pasillo en dirección al despacho que compartiría con otro asociado que llevaba un año en la empresa, un joven licenciado en Yale, lánguido y de ojos entornados, al que daba la impresión de que no le interesaba mucho su trabajo en el bufete, que se tomaba mucho rato para comer y se marchaba temprano, pero que se convirtió en el socio más joven tras forjar una serie de acuerdos para la adquisición de empresas de telecomunicaciones que dejaron al resto de abogados boquiabiertos ante su inesperada avaricia y mendacidad. Seguí a la jefa de recursos humanos con los ojos clavados en sus talones, que sobresalían de sus zapatos de tacón abiertos por detrás. Como eran demasiado pequeños chasqueaban contra sus pies al andar. Yo me esforzaba para estar atenta y despierta, para no parecer desagradecida por ese empleo con un sueldo de seis dígitos. No quería que se notara lo mucho que ese lugar me deprimía: el agradable vestíbulo forrado de madera, los ceñudos rostros de las recepcionistas, los largos pasillos, el laberinto de despachos cuadrados apenas mayores que un cubículo, todos con las puertas abiertas para dejar que los abogados de trajes elegantes mostraran mejor su rendimiento delante de sus superiores falsamente benévolos.

Yo no tenía planes de futuro determinados cuando empecé derecho, es más, cuando ya estaba a punto de acabar aún no tenía claro qué iba a hacer. Actualmente, sigo sin estar segura de por qué me hice abogada, salvo porque mi padre también lo es, aunque eso podría haber jugado tanto en mi contra como en mi favor. No es que mi padre se haya quejado nunca de su profesión. Al contrario, está absolutamente encantado con ella. Es abogado de empresas del sector inmobiliario en Nueva Jersey, cerca de la ciudad donde yo crecí, en una firma cuyas oficinas están a la salida de la autopista 17. Hubo un tiempo en que mi padre fue presidente de la Asociación de Abogados de Nueva Jersey. No es insatisfacción lo que pudo hacerme dudar, sino más bien el hecho de que cuando era pequeña lo único que me ayudaba a relajar mi cerebro insomne era una conversación con mi padre sobre alguno de sus casos. Una motivación adicional para haber escogido otra carrera es que mi hermana, Allison, es abogada del departamento de apelación de la Ayuda Legal Gratuita en Manhattan. Dicen que pronto la elegirán para la judicatura; lo dicen Allison y mi padre.

No empecé la carrera nada más acabar el primer ciclo universitario, como hicieron Allison y mi padre. Después de viajar unos cuantos años y de varios empleos inciertamente artísticos, esos que encuentran los estudiantes con poca ambición y menos talento cuando aterrizan en Nueva York, decidí hacer el test de admisión de derecho. Supongo que lo hice por probar o quizá porque estaba harta de vivir en un piso donde podía encender la cafetera sin levantarme del sofá cama que había en el salón donde dormía. Para ser honesta, no recuerdo realmente por qué hice el examen. Pero lo bordé (lo hice mejor que Allison) y después de aquello estudiar derecho me pareció inevitable. Empecé con la intención de especializarme en derecho público, pero el derecho penal era lo único que me interesaba y tuve miedo de volverme tan competitiva y agresiva como mi hermana mayor. Durante el otoño de tercero de carrera comencé a ir a entrevistas en distintas empresas y decidí que, si mi trabajo tenía que ser monótono, por lo menos que también fuera lucrativo. Por eso entré en Friedman Taft y me encontré a mí misma siguiendo el chasquido de los zapatos dos números más pequeños de la jefa de recursos humanos.

Perdió un zapato delante del despacho de Jack. No sé muy bien cómo ocurrió, pero se le cayó y luego tropezó con él. Yo caminaba demasiado pegada a ella y cuando se tambaleó estuve a punto de derribarla. Conservé el equilibrio agarrándome del pedestal de una escultura de madera tallada de una mujer desnuda que había en el pasillo. La escultura se balanceó hacia delante y hacia atrás, y durante unos instantes pensé que las dos, la mujer de madera y yo, aterrizaríamos encima de la jefa de recursos humanos. Pero no fue así. La escultura se quedó en su pedestal y yo me mantuve de pie; cosa que lamenté de inmediato. Un hombre muy guapo estaba agachado junto a la jefa de recursos humanos y tenía su pie entre las manos.

—¿Te duele si aprieto? —preguntó. La suave tela blanca de su camisa dejaba entrever los músculos de su espalda. Vi cómo se movían cuando levantó el pie en la palma de su mano. Sentí el deseo casi irrefrenable de arrodillarme detrás de él y presionar mi cuerpo contra el suyo, de hundir mis pechos y mi vientre en su espalda, de rodear su cintura con mis manos.

—¡Ay! —exclamó la de recursos humanos con una mueca de dolor. La muy falsa.

—Me temo que tienes una luxación —anunció.

Depositó con suavidad el pie en el suelo, sopló para apartarse un mechón de pelo de los ojos (por aquel entonces estaba pasando por una fase de pelo largo) y la sujetó por la cintura. La levantó y la acompañó hasta su despacho.

—¡Marilyn! —gritó—. ¿Podrías conseguir un poco de hielo?

Su secretaria, cuya mesa estaba en la sala que había frente a su despacho, se puso de pie.

La mujer se volvió hacia mí.

—¿Estaba Frances acompañándola a algún sitio antes de la trágica pérdida de su zapato? —No parecía tener mucha prisa por ir a buscar el hielo.

—Sí, iba a enseñarme mi despacho.

—Pues me temo que tendrá que esperar un rato. ¿Cómo se llama?

—Emilia Greenleaf. Soy la nueva asociada.

—¿Qué número de despacho tiene?

Eché un vistazo al portafolios que llevaba en la mano. En la hoja en que figuraban mi código, mi extensión telefónica y mi dirección de correo electrónico aparecía el número del despacho.

—Dieciocho dieciocho —contesté.

—Doble vida —comentó.

—¿Cómo dice?

—Los números. Significan eso. —Me miró analizándome—. Es usted judía, ¿verdad?

—Sí.

—Me llamo Marilyn Nudelman.

—No soy practicante religiosa.

Ella se encogió de hombros.

—Venga, la acompañaré a su despacho.

Marilyn sigue siendo la secretaria de Jack, y si bien es cierto que bailó una danza judía en mi boda y que le alegra que por lo menos yo sea más judía que Carolyn Soule, decimosegunda generación de los colonos del *Mayflower*, considera que no soy lo bastante judía. Lo sé por los regalos que me hace: un calendario hebreo todos los años antes de Rosh Hashanah, una caja con jaleas de frutas en Pascua, una bolsita de malla con monedas en Hanukkah. Cada obsequio va acompañado de una breve nota aclaratoria, como si realmente pensase que no entiendo lo que son el dinero o los dulces sin trigo. Hay algo pasivo-agresivo en todos estos regalos y yo he respondido a su desafío. Le compro regalos espléndidos a Marilyn que le hago llegar a través de Jack: jerseys de cachemir de Saks, un maletín de Coach con un bolso a juego, bonos regalo para que pase un día haciéndose tratamientos de belleza en Elizabeth Arden... Y le insisto a Jack en que se los dé la víspera de Navidad.

Es probable que esta guerra silenciosa dure eternamente o por lo menos hasta que Marilyn se jubile. Se inició la noche en que Jack sucumbió a las señales que yo llevaba tres años emitiéndole, ya que no se fijó en que yo estaba detrás de Frances Defarge, en la sala de delante de su despacho, el día en que ésta perdió el zapato.

Eran alrededor de las seis de la tarde. Había preparado un alegato para Jack que apoyaba una solicitud de recusación de un juez de Texas que se había referido a Jack, no en una ocasión sino en dos, como el abogado «judeoyorquino» de su cliente. No era la primera tarea que Jack me asignaba en los tres años que llevaba trabajando en Friedman Taft. El año anterior me había encargado unas cuantas tareas de investigación de poca monta, cosas que bien le podría haber dado a un asociado más reciente, pero no desaproveché la oportunidad de trabajar con él. Este alegato era, por fin, una oportunidad para que se fijase en mí. Se me daba bien redactar. En la universidad aprendí que el estilo, aunque no sustituye del todo a la argumentación adecuada y al conocimiento profundo de las leyes, podía hacer que uno se ganase al juez o que éste se durmiese de aburrimiento. El alegato no debía persuadir al juez de Texas. Seguramente el hombre tendría sus problemas cada mañana para decidir qué toga ponerse, si la negra o la blanca, y para él yo también sería otra picapleitos «judeoyorquina». Redacté el alegato para el Tribunal de Apelación y para Jack. Era lúcido, mordaz, desmontaba y despedazaba al intolerante juez y lo dejaba sangrando y quemándose en una cruz merecida. Y era divertido.

Me senté en una silla frente a la mesa de Jack y le observé mientras leía. Al principio su rostro no denotaba la más mínima emoción, pero a medida que avanzaba empezó a delinearse una sonrisa. Jack tiene los labios muy rojos, parece que se los haya pintado de color ciruela, excepto en pleno invierno, entonces se le secan cuando esquia y se le pelan. Cuando sonríe frunce la comisura derecha del labio superior. Esbozó una media sonrisa y cuando acabó de leer la carta se estaba riendo.

—Está muy bien —me felicitó.

—Gracias.

—Al juez Gibbs le dará un ataque cuando lea esto.

Tengo la piel muy pálida y pecosa, y me sonrojo con facilidad, pero mi rubor no es bonito. Me salen manchas. Cuando sé que me ruborizo me doy cuenta de mi lamentable aspecto y eso hace que me ponga aún más roja hasta que, a menudo, alguien me pregunta si necesito atención médica. Jack observó el efecto que su cumplido produjo en mí. Sus ojos descendieron hasta el escote de mi blusa. Ese día llevaba puesta una blusa blanca de algodón con el cuello perfectamente almidonado. Mi garganta quedaba al descubierto, algo que aquella mañana me resultó recatadamente sexy. Ahora era el lienzo al descubierto de la más escandalosa pirotecnia de mi sistema cardiovascular.

—Lo he dicho en el mejor de los sentidos —añadió Jack.

—Lo sé —repuse.

Contempló mi garganta y la expresión de su rostro cambió; fue como si empezara a brillar. Ahora sé que también se había ruborizado, pero en aquel entonces no estaba suficientemente familiarizada con la topografía de su piel para entender lo que significaban las variaciones de color y de tono. Jack tiene la misma piel aceituna que su madre y cuando se ruboriza no se pone rojo como yo. Su rostro adquiere un matiz subcutáneo, brillante y cobrizo. El cambio es sutil, y al principio lo que uno percibe es que está más guapo, más vivo, más vibrante. Jack brilla cuando algo le da vergüenza o le desconcierta.

—Sólo hay un par de cosas que cambiaría —comentó.

Depositó las hojas del alegato encima del aparador negro de su despacho. Estos muebles siempre son un poco demasiado bajos y cuando me dispuse a leer sus correcciones tuve que inclinarme un poco hacia delante. El barniz del sobre de madera del aparador era brillante, y nuestros cuerpos, uno al lado del otro, se reflejaban perfectamente en él, casi como si nos miráramos en un espejo. Pude ver el interior de mi blusa. Uno de mis pechos caía hacia delante y se había salido de la copa de mi sujetador relleno dejando al descubierto el pezón. Jack estaba de pie a mi izquierda colocando las hojas con la mano izquierda, una a una, la derecha la tenía metida en el bolsillo. Ahora sé, porque él mismo me lo dijo, que estaba haciendo lo posible por ocultar su erección.

Yo llevaba una minifalda negra, no tan corta para ser indecorosa, pero tampoco tan larga como para superar el escrutinio de la directora de un colegio católico. Debajo me había puesto medias y un liguero. De haber sido julio o agosto, podría haberlo justificado diciendo que lucía semejante modelo en desuso de lencería porque hacía calor y porque, en Nueva York, llevar *pantys* en verano es una invitación a una infección de hongos. De hecho, por eso usaba un liguero. Pero estábamos en marzo. Las primeras flores empezaban a asomarse entre los restos de la última nevada. Llevaba un liguero y medias porque había fantaseado con la idea de seducir a Jack. Me había vestido para la fantasía, pero no era algo que hubiese planeado. No me había imaginado que lo conseguiría.

Me incliné sobre el aparador y reescribí la frase que me había corregido. Aceptaba que me había expresado con torpeza, pero su corrección era aún peor. Apoyé la mejilla en mi mano izquierda, garabateé una frase mejor que la que él había escrito y taché otra del párrafo siguiente que ahora sonaba redundante. En ese momento me di cuenta de que se me había subido la falda, de que, seguramente, las cintas negras del liguero estaban a la vista, pegadas a la piel posterior de mis muslos, y de que se me veían varios centímetros de piel blanca y suave. Me detuve y sostuve el bolígrafo sobre el papel. Pude oír el siseo de Jack al respirar. Antes de que pudiera impedirlo, antes de que pudiera siquiera pensar en las consecuencias de lo que estaba haciendo, separé los pies ligeramente, abriendo las piernas y luego me reclíné sobre el aparador, hasta que noté que la lana de sus pantalones rozaba mi pierna.

Jack presionó contra mí. Era como volver al cole, como el baile de un viernes por la noche, como dar saltos y contonearse frente a un chico estúpido con la cara llena de acné que sabe con desesperante certeza que nunca, aunque pasen mil años, tendrá relaciones sexuales. Sólo que aquí no había saltos ni contoneos, sino una presión suave e insistente. Sólo que me habría tirado a Jack en ese instante, allí mismo, con la puerta abierta para que nos viera todo el mundo.

Me volví hacia el pasillo y de pie junto a la puerta, con la mano en el pomo, estaba Marilyn. Nuestras miradas se cruzaron y a continuación cerró la puerta y se oyó el clic del picaporte.

Sentí una aguda punzada de culpabilidad. Me sentía como si hubiese acosado a Jack, como si lo hubiese atrapado y cazado, y lo hubiese cargado sobre mis hombros sin pensar en absoluto en su mujer y su hijo. Pero no es verdad. Sí que pensé en ellos. Pensaba en ellos constantemente. Me sentía culpable y miserable, y me odiaba a mí misma por desear alejarlo de ellos con tanta intensidad y tanto ahínco, no sólo porque sabía que estaba mal ir detrás de un hombre casado, sino porque sabía exactamente cómo se sentían Carolyn y William. Sabía lo que era que te traicionara el hombre alrededor del cual ha girado tu vida, que te abandonara y se fuera con un objeto de deseo más joven y apetecible.

Cuando mi hermana Lucy me habló de las muchas infidelidades de mi padre, no me pilló por sorpresa. En realidad, hay secretos acerca de mi padre que horrorizarían a mi hermana, si se enterara. Fui yo quien le sujetó el pelo a mi madre mientras vomitaba su desesperación en el váter azul pálido del cuarto de baño principal de la casa en la que crecí. La que se sentó en la sala de espera de su ginecólogo (el mismo médico que, diez años antes, me había recetado Zovirax además de darme una conferencia sobre responsabilidad sexual) mientras mi madre se tumbaba en la camilla e intentaba explicar, sin llorar, por qué una mujer de cincuenta y tres años que sólo ha dormido con un hombre en toda su vida necesita hacerse la prueba del sida. Sólo yo (ni mis hermanas, ni los amigos de mis padres, ni mi abuela, ni supongo que los socios de mi padre) sé que no fue mi padre quien dejó a mi madre. Fue ella la que lo echó de casa tras descubrir que se había gastado nada más y nada menos que cincuenta mil dólares anuales en mantener a una bailarina de *striptease* rusa. No lo sabe nadie más que yo, y mi padre ignora que lo sé. Nunca se lo he dicho, ni a él ni a nadie, ni siquiera a Jack, para el que no tengo secretos. He guardado el secreto de mi padre, aunque me ha costado. Cada vez que veo a mi marido y a mi padre juntos me siento sucia, como si mi silencio me hubiese hecho cómplice de su suciedad. No sé por qué no se lo he dicho a Jack. No sé si es porque me da miedo que le produzca aversión hacia mi padre y hacia mí o porque me da aún más miedo que no sienta asco, y que a mi querido marido el comportamiento que encuentro tan horrible le parezca normal.

Me preocupa que los hombres hagan estas cosas. Tal vez haya oculto un gran secreto que las esposas y las hijas desconocen. Tal vez todos los hombres estén ahí, en los tugurios de Nueva Jersey, observando a alguna chica adolescente, de nalgas ligeramente moteadas de acné rosado, abrir sus largas piernas vestida únicamente con un tanga de poliéster mal lavado. A lo mejor todos los hombres se sientan en cuartos oscuros mientras sus dedos se mueren por explorar los rollizos cuerpos de chicas más jóvenes que sus hijas. A lo mejor es absolutamente normal pagar billetes de cien dólares a gordos proxenetas con cadenas de oro que estrangulan sus cuellos y luego ocupar durante un par de horas la habitación de un hotel de tres estrellas, abonando un plus por dejar el condón en su envoltorio y todavía más por hacer cosas que las esposas y las hijas jamás imaginarían.

O tal vez mi padre sea un jodido psicópata. Pensar que está loco me ayuda a no odiarlo. Me ayuda a mantener algún tipo de relación con él después de que destrozase a mi madre y la dejase sola en una casa de falso estilo Tudor de cinco habitaciones, llorando mientras bebía vino blanco con agua de soda y preguntándome a mí si creía que él le habría sido fiel de no haber engordado tanto con el paso de los años. Me ayuda a querer a mi marido pensar que sólo los hombres que padecen la enfermedad mental de mi padre (compulsión sexual, obsesión sexual, seguro que en el manual de diagnóstico de los trastornos mentales hay alguna entrada en la que catalogar a mi padre) harían algo semejante.

De modo que sí, he conocido la traición y sus consecuencias. Estando ahí de pie, reclinada sobre el aparador de Jack con su miembro erecto presionando contra mi culo, incluso antes de ver mi propia bajeza reflejada en los ojos de Marilyn, una parte de mí se sentía miserable y lamentaba lo que les estaba haciendo a Carolyn y a William. Sin embargo, me sentía tan feliz y alegre por el patente fervor de Jack que deseché el pensamiento del daño que les estaba haciendo a su mujer y su hijo. Yo era la bomba atómica del deseo y ellos eran Hiroshima y Nagasaki. No tenía tiempo para la compasión. Tenía una guerra que ganar.

5

Cuando Jack llega a casa, William está en su cuarto construyendo un robot megabiónico. Ya me ha comentado dos veces que, según pone en la caja, este complejo Lego está recomendado para niños de entre siete y doce años, y yo, además de expresarle mi asombro y mi admiración por su destreza, le he dicho que los fanfarrones no caen bien a nadie. Estoy en la cocina sacando la cena de esta noche de sus envases de aluminio y cartón desechables. De nuevo, uno de los recipientes está mal cerrado y una capa de salsa *curry* de las gambas tigre cubre el fondo de la bolsa de plástico. El aceite se ha separado de la leche de coco y se me pegan en los dedos pequeños grumos de salsa de cacahuete. Para cuando me doy cuenta de que parezco una auténtica Lady Macbeth en el fregadero de la cocina, ya he gastado casi media botella de lavavajillas para lavarme las manos.

Mi madre me enseñó a cocinar. Tiene un talento innato. Empezó de niña añadiendo especias picantes en las comidas familiares y explorando métodos alternativos para cocinar la carpa que cada viernes nadaba en un barreño, y enseguida pasó a preparar platos franceses hechos con mantequilla que aprendió de Julia Child. Dos de mis libros más preciados son gastadas ediciones en rústica de *French Provincial Cooking* y de *Italian Food*, de Elizabeth David, que mi madre me regaló cuando empecé la universidad. Detestaba la idea de que subsistiese con la comida de la residencia después de haber crecido comiendo *coq au vin de Bourgogne* y *saltimbocca alla romana*. Pese a haber sido criada, como la mayoría de las niñas judías de su generación, con una dieta a base de pollo hervido y *kasha* y pese a haber alimentado a su propia familia durante el erial culinario de los años setenta, mi madre jamás convirtió las judías verdes en un engrudo ni empezó una receta con sopa de cebolla de paquete o gelatina de sobre. Las hortalizas que nos servía estaban cocinadas *al dente*, a menos que tuvieran que deshacerse en la boca, en cuyo caso eran algo refinado. Plantaba sus propias hierbas y verduras, y era capaz de conducir durante horas para dar con buenos tomates o con un lugar apartado donde había oído que había setas colmenilla. Si no se hubiera casado, podría haberse convertido en una de esas cocineras revolucionarias que, en las postrimerías del siglo XX, transformaron el paladar estadounidense. Seguramente, de haber sido mucho más joven tras el divorcio como para poder soportar el esfuerzo a que está sometido un cocinero profesional, habría abierto su propio restaurante. O eso me gusta imaginarme. Ella asegura que habría vuelto a estudiar para acabar sus estudios de biblioteconomía.

Yo nunca he alcanzado su nivel de maestría, pero la primera vez que cociné para Jack fue una revelación para él. Todavía tenía el piso prácticamente sin amueblar y tuve que traer mis propias sartenes y ollas. Hice una sopa fría de tomates amarillos con pimientos, pepino y albahaca; albóndigas con alcachofas, aceitunas y estragón, y una sencilla ensalada de lechuga e higos. De postre hice una tarta de crema de limón. Lo cociné todo delante de él, moviéndome por la cocina con un largo delantal blanco y el pelo recogido en un moño. Él se sentó en la encimera y abrió la boca obediente para probar los trozos de pan mojado en vinagre balsámico que le daba, las aceitunas, las puntas de hortalizas frescas y las cucharadas de crema chantillí. Yo era la bruja del bosque y Jack mi Hansel solícito. Sólo que nunca engordó y el canibalismo no ocurrió más que en sentido figurado.

Ahora llevo meses sin cocinar. Sigo comprando como si fuera a hacerlo. Voy a Fairway cada tanto y lleno un cesto con hermosas verduras, quesos tiernos y suaves, salmón salvaje de un rojo intenso y pollos de crianza ecológica para asar. Me encantaría cocinar para Jack. Quiero alegrar su paladar y llenar su estómago con una comida que le haga feliz; pero no logro reunir el valor necesario para sacar mis maravillosamente cuidadas sartenes de acero, mis cazuelas

de Le Creuset y los utensilios de cocina de Piazza que mi madre me
ha traído hace poco de un taller de cocina al que ha asistido en un
complejo hotelero de Carolina del Norte. Así que las verduras se
marchitan, y los filetes y las chuletas se ponen pálidos y empiezan a
oler mal. Cada quince días viene una brigada de limpieza que tira
los alimentos rancios de la nevera.

Cuando Jack gira la llave en la cerradura y abre la puerta de casa
se detiene, y yo sé que levanta la cabeza y olfatea para ver si el aire
huele a estragón y tomillo, a una reducción de mantequilla y vino
blanco, a un agradable limón. O, una vez más, a camarones del Em-
pire Szechwan.

—Hola, mi amor —saluda al entrar en la cocina—. ¿Puedo ayudarte en algo?

—Lo tengo todo controlado —contesto mientras levanto la cara
para que me bese.

—¿Qué habéis hecho esta tarde?

—¡Oh! Pues, verás, hemos construido un reactor de fusión fría
con cinta aislante y palillos.

Jack se ríe forzadamente y me recuerdo a mí misma que debo
parar de bromear sobre la precocidad de su hijo.

Se oyen unos pasos por el pasillo y William entra corriendo en
la cocina, deslizándose por el suelo y abalanzándose sin pensarlo sobre su padre. Hunde la cabeza en el abdomen de Jack y la frota alo-
cadamente de un lado a otro mientras grita:

—¡Papi, papi, papi! ¡Cuánto te he echado de menos!

—Yo también te he echado de menos, hombrecito —contesta
Jack, y lo coge en brazos. Sé que es una escena conmovedora y que
debería aplaudir y sonreír bondadosa a mis chicos.

—¿Qué hay para cenar? —me pregunta Jack.

—Comida tailandesa —respondo.

—Estupendo —dice, y me encantaría que no lo dijera. Me encantaría que dijera: «Maldita sea, Emilia, me paso todo el día trabajando, ¿tanto te cuesta cocinar algo?» Me encantaría que me pre-
guntase qué hago durante el día mientras él se ocupa de ganar

dinero. Pero es demasiado bueno, demasiado considerado conmigo y con mi corazón hecho pedazos. No es justo que desee que él sepa que su amabilidad hace que me resulte más fácil ser tan asombrosamente indulgente conmigo misma.

—Emilia me ha dicho que me calle —comenta William.

Jack lo deja en el suelo y nos mira al uno y después al otro.

—¿Qué ha pasado aquí?

Me concentro en la bolsa de comida y acabo de extraer las bandejas de aluminio con tapas de cartón.

—Pregúntaselo a él —contesto.

Jack se acuclilla junto a su hijo.

—¿William?

—Le estaba hablando a Emilia de eBay, papi. Y me ha dicho que me calle.

—William me ha sugerido que vendamos las cosas del bebé en eBay —matizo—. El cochecito, la cuna y la muñeca American Girl.

—¿Qué? —se extraña Jack—. ¿De qué va todo esto, William? —Está haciendo lo posible por no alzar la voz y su rabia contenida me hace muy feliz, aunque al instante me siento culpable por ser tan mala y tan inmadura como para disfrutar fomentando el conflicto entre padre e hijo.

—No es necesario que vendamos eso —rectifica William—. Podemos vender cualquier cosa que no usemos. Por ejemplo mi viejo Lego, que ya no utilizo.

Jack le pasa la mano por el pelo.

—Cariño, ¿qué es esta historia de eBay?

—¡Quería vender las cosas del bebé! —exploto—. Quería que subastáramos toda la ropa del bebé y sus juguetes en eBay.

Jack pone una mano sobre mi brazo.

—Dame un segundo, ¿vale? —Y se vuelve a William—. Hombrecito, ¿en serio querías vender las cosas del bebé?

No me puedo creer que de algún modo esto se haya convertido en una pelea arbitrada y que Jack me esté cuestionando.

William no oculta las gruesas lágrimas que humedecen sus pestañas.

—Yo quería vender cosas en eBay y me puse a pensar en cosas que no usamos. Pensé que, como el bebé está muerto, no podrá usar sus cosas. No pretendía que Emilia se enfadase tanto.

Jack levanta la vista y me mira. Noto que mi rostro arde.

—Emilia no está enfadada —lo tranquiliza Jack.

—Sí que lo está.

—No, cariño, no lo está.

Sí lo estoy.

—Emilia está tan triste por lo del bebé que le cuesta mucho hablar de vender sus cosas. Tienes razón, nunca las usaremos, pero tampoco las venderemos en eBay.

—Lo siento, papi. —Ahora William rompe a llorar y hunde la cara en el abdomen de su padre.

—No pasa nada, cariño —dice Jack mientras lo coge en brazos—. No pasa nada, hombrecito. Sé que no querías herir los sentimientos de nadie.

—No, no quería herir los sentimientos de nadie —solloza William—. Sólo quería vender cosas en eBay.

—Lo sé, y Emilia también lo sabe, ¿verdad, Emilia? Ella también lo siente, cariño. —Jack me mira y me dedica una breve sonrisa de ánimo o de súplica.

Sí, lo siento, claro que lo siento. ¡Siento tantísimas cosas! Siento que tu hijo tenga la aparente habilidad de herirme directamente en el corazón. Siento no ser capaz de sobreponerme a ello, de darme cuenta de que él es un niño y yo una mujer adulta. Siento que el bebé muriera y me dejara sumida en un caos de rabia dominado por la culpa, incapaz de reírme ante la idea de ganar dinero vendiendo el cochecito Bugaboo Frog en eBay. No tienes ni idea de cuánto lo siento, Jack. ¿Me querrías si algún día te enteraras de todo lo que lamento?

Saco tres platos de Fiestaware de color verde oscuro.

—¿Quién quiere un poco de lima en la comida? —pregunto.

6

Por la noche, en la cama, Jack comenta:

—William no es consciente de lo que dice.

—Lo sé.

—Sólo intenta encontrar la forma de asimilar todo esto.

—Lo sé.

—Él también la echa de menos.

No contesto, sino que repito su nombre en mi mente. Lo elegí cuando estaba embarazada de tan sólo unas cuantas semanas, antes incluso de haber compartido la noticia con Jack. Me estaba hablando de su abuela, la madre de su padre, que de pequeña abandonó Marsella para emigrar a Estados Unidos, pero que siguió hablando con marcado acento francés hasta el día de su muerte. Mientras me lo contaba, me anudó un pañuelo de Prada alrededor del cuello, un pañuelo que dijo que a su abuela le habría encantado; aunque nunca fue rica, tenía mucho ojo para la ropa y le gustaban los colores intensos. Habíamos comido en un restaurante caro, en Nobu, y habíamos dado un agradable paseo hasta Barneys. Era el aniversario de la primera vez que hicimos el amor y, aunque se nos había pasado por la cabeza celebrarlo repitiendo nuestros acrobáticos movimientos en la silla Aeron, decidimos no ofender la extrema sensibilidad de Marilyn y en su lugar hacernos espléndidos regalos. Jack llevaba en una mano una bolsa con una chaqueta de piel marrón oscura que se tragaría una buena parte de mis ingresos del mes siguiente y, en cuanto a mí, tuve que apartar tres o cuatro bolsas negras para que Jack pudiese anudarme con manos expertas la seda verde esmeralda alrededor del cuello.

—Deberíamos ponerle al bebé el nombre de tu abuela —comenté mientras me miraba en el espejo.

—¿Mmm...? —repuso Jack como si no me hubiese oído.

—Bueno, si alguna vez tenemos una hija.

Jack me cogió de la mano y me apretó los dedos.

—Tendremos un hijo, Em. Algún día. Pero aún no es el momento, ¿vale, mi amor?

Yo no dije nada.

—Todavía no tengo el divorcio; William necesita tiempo para adaptarse al hecho de que vivimos juntos, y tú sólo tienes treinta y un años; aún eres una niña.

Me hubiese encantado reírme con naturalidad, acariciarle la mejilla con una de mis largas uñas y decirle: «¡Lo siento, mi amor, demasiado tarde! ¡Vas a ser padre!» *Esprit de l'escalier*. Sin embargo, me puse a sollozar de tal forma que mis lágrimas dejaron un visible rastro de caracol en el pañuelo de Prada, que Jack pagó en efectivo para no tener que esperar a que pasasen la tarjeta de crédito antes de sacarme de la tienda.

Ocho meses después nació nuestra hija.

Era un bebé absolutamente sano y según la comadrona el parto fue fácil y normal. Yo tengo mi propia opinión al respecto. Mis amigas que han sufrido partos largos (una en concreto aprovecha siempre que puede para quejarse, con una jactancia irritante, de las cuarenta y cuatro infernales horas que tuvo que vivir) no se solidarizan mucho con esta parte de mi experiencia maternal. (Sin embargo, el resto de la misma les ha afectado tanto que la mayoría de ellas ni siquiera se atreven a llamarme. En cambio, me envían e-mails de apoyo ligeramente crípticos que jamás mencionan el nombre del bebé ni hacen referencia a la niña, sino que se limitan a preguntarme qué tal estoy y me dicen que esperan que me «sobreponga» o «me sienta mejor». La verdad, ¿cómo voy a culparlas? A mí tampoco me haría mucha ilusión llamar a alguien que padece una melancolía lo suficientemente desoladora y contagiosa que podría infectar a una persona a través de los cables de fibra óptica. Si la situación fuese a la inversa, ¿habría hecho yo algo más que mandar un cesto de frutas y una tarjeta de sentida condolencia no demasiado sentimentaloide?

Probablemente no.) Mi parto apenas duró nueve horas. Teníamos pensado pasar la mayor parte del tiempo en casa, en la bañera, o saltando encima de la enorme pelota de ejercicios morada que Felicia, la partera, nos había dado. Pero acabamos en el hospital. En las clases de preparación al parto, cuando nos dieron un puñado de hielo para estimular el dolor, me había mostrado muy tranquila. Había podido respirar por la nariz y la boca mientras visualizaba los pétalos de la flor de loto sobre mi cabeza; pero en cuanto tuve la primera contracción de verdad, empecé a chillar y a hiperventilar.

Así que nos fuimos al hospital con los mejores deseos de Ivan para los señores Woolf, y nos recordó con cariño que abrigáramos al bebé al volver a casa, porque el mes de noviembre siempre era más frío de lo que parecía. Durante el trayecto en taxi a través del parque apoyé la cabeza en el regazo de Jack. Me golpeteó con la yemas de los dedos alrededor de los ojos, como hace cuando me duele la cabeza.

—Dame un beso —le pedí.

Se inclinó y me besó en los labios con fuerza. Estaban un poco cortados; había ido a esquiar porque sabía que no podría ir durante lo que quedaba de temporada. Lamí la áspera piel de su labio inferior. Me volvió a besar. Justo entonces tuve una contracción e intenté apartarme de Jack, pero no me dejó. Me besó durante la contracción, moviendo su lengua alrededor de la mía, saboreándome y lamiéndome hasta que ya no supe si las punzadas que me retorcían el vientre eran de placer o de dolor.

Nuestra hija nació en el Hospital New York Presbyterian de York Avenue, aunque si hubiese sido por mí, habría nacido en el Mount Sinai. Atendió el parto el doctor Fletcher Brewster (no Brewster Fletcher, como aparece erróneamente en UrbanBaby.com); fue la primera vez que un médico no judío me tocó alguna parte del cuerpo, íntima o no, a excepción del dentista nepalés que me arregló un diente que me rompí al tropezar con una pezuña de vaca en una calle de Katmandú. No tengo ninguna inclinación por los médicos no judíos, aunque tampoco soy una chovinista judía como mi padre, pero estoy convencida, seguro que supersticiosa y erróneamente, de que si mi médico se hubiese apellidado Abramowitz o Cohen, si hubiese dado a luz en el Mount Sinai, si no me hubiesen tocado esas manos no judías, de ese hospital no judío, a día de hoy mi hija estaría viva.

La doctora Carolyn Soule sí trabaja en el Hospital Munt Sinai.

Ahora, tumbada en la cama al lado de Jack, repito el nombre del bebé en silencio. Muevo los labios, pero sin aire para que Jack no me oiga.

Isabel.

Jack suspira.

—William también está triste —repite.

—Lo sé.

Jack se pone las manos debajo de la cabeza y contempla el techo. Cuento los pelos grises de su oreja izquierda. A veces lo hago en voz alta y él finge que se enfada; no creo que le guste mucho. Le recuerda que es nueve años mayor que yo.

—Em —dice con voz suave y ronca.

—Lo sé —contesto.

—¿Qué es lo que sabes?

—Sé que tenemos que vaciar su habitación.

Jack no dice nada. Hace tiempo que dejó de preguntarse cómo es posible que en ocasiones le lea el pensamiento, que sepa lo que está pensando o sintiendo incluso antes de que él mismo lo sepa. Le he explicado que se debe a que él es mi *bashert*, mi media naranja. Lo supe desde el instante en que lo vi. Hay una leyenda judía, un Midrash, según la cual antes de que nazcamos un ángel nos muestra cómo será nuestra vida y nos enseña a la persona con la que estamos predestinados a contraer matrimonio. Después el ángel nos da un golpe en el labio superior, dejando en la piel el sutil canal que va de la nariz a la boca, y nos hace olvidar cuanto hemos visto. Pero no del todo. Queda un vestigio suficiente para evocar un reconocimiento repentino, si tenemos la suerte de topar con nuestro *bashert* en algún momento de nuestra vida. Cuando vi a Jack arrodillado sobre la alfombra con el pie de Frances Defarge en la mano, supe que era mi *bashert*. Lo reconocí.

—Pero todavía no estoy preparada —añado.

—Está bien —dice Jack.

Desliza un brazo por debajo de mi nuca y yo froto mi mejilla contra el suave algodón de la manga de su pijama. Jack únicamente lleva pijama cuando William duerme en nuestra casa. Yo no. Al principio lo intenté, pero al dormir daba vueltas en la cama porque los camisones se me enrollaban alrededor del cuerpo. Siempre acababa quitándomelos. Ahora dejo uno a los pies de la cama y me lo pongo cuando William nos llama o aparece en nuestra habitación.

—No es que pretenda hacer un santuario ni nada por el estilo —me justifico.

—Lo sé, Em.

—Es sólo que... no estoy preparada.

—De acuerdo.

—Siento haberle dicho que se callara.

Jack cambia de tema.

—¿Qué has hecho hoy antes de recoger a William?

Me encojo de hombros.

—Nada en especial. He leído el periódico y he hablado con papá.

—¿Cómo está mi viejo amigo Greenleaf? —me pregunta. Así es como Jack y mi padre se llaman. Viejo amigo Greenleaf y viejo amigo Woolf. Supongo que todo empezó porque al principio mi padre estaba indignado por mi relación con Jack, le horrorizaba la diferencia de edad. No se le ocurrió lo irónico de su actitud, teniendo en cuenta que se casó con una mujer catorce años menor que él y que luego la engañó con una chica que seguramente no tendría más de veinte años. Cuando le comenté lo primero (lo segundo no, mantuve mi promesa y la boca cerrada), reconoció a regañadientes que tenía razón, aunque me recordó que su matrimonio con mi madre había acabado en divorcio, y que quizá podría extraer alguna lectura de ello. Le recordé que su matrimonio había durado treinta años, y una vez más logré contenerme para no sacar a relucir el tema de la bailarina de *striptease*. Después conoció a Jack y enseguida le cogió simpatía. Le chinchaba llamándolo «viejo amigo». El cariño era mutuo y Jack le devolvió la broma. De ahí lo de viejo amigo Greenleaf y viejo amigo Woolf. Se gastan bromas, se burlan el uno del otro y se ríen de las bromas y los chistes del otro. Yo agradezco la relación que tienen, aunque la mayor parte del tiempo que estamos con mi padre no dejo de pensar en lo que diría mi marido, si supiese que su viejo amigo Greenleaf introducía gran parte de sus ingresos en la ropa interior de encaje de una exuberante bailarina.

—Está bien —contesto—. Ha discutido con Lucy.

—¿Por qué?

—No lo sé; la verdad es que no he prestado mucha atención. Seguro que Lucy ha hecho alguna de las suyas. —Sé que soy desconsiderada con mis hermanas, especialmente con Lucy, pero es que nunca les he perdonado la forma en que trataron a mi madre. Se portaron tan mal durante tantos años que no sé si podría perdonarlas incluso aunque me pidieran perdón; claro que como nunca se les pasará por la cabeza que tengan nada de que arrepentirse, jamás tendré que hacer frente a semejante posibilidad. Aun así, estaría bien que algún día lamentaran su comportamiento y dijeran que lo sienten, no a mí, sino a mi madre.

De repente, recuerdo que no le he mandado a Lucy una tarjeta de agradecimiento por los cubiertos de plata labrada de Tiffany y los platos que me regaló para el bebé. ¿Qué dice la etiqueta en estos casos? ¿Hay que enviar una tarjeta? Y si es así, ¿qué hay que poner? ¿Gracias por el regalo; siento que el bebé no vaya a poder usarlo? ¿Hay que devolverlo? ¿Y qué pasa si quien hace el regalo ha dejado bien claro que el regalo es caro, porque lo ha comprado en una tienda que cobra aparte por la caja azul pálido y el lazo blanco? Tal vez debería escribir a Doña Modales. Seguro que no soy la única que se ha encontrado en esta situación. Mañana entraré en Internet para buscar páginas donde se pongan en contacto las madres de bebés fallecidos. Es posible que alguien haya colgado una respuesta a esta pregunta.

Normalmente trato de evitar estas páginas web así como los diversos grupos de apoyo que hay en la ciudad. Estar en compañía de otras madres desoladas no me consuela. Al contrario, me deprime más. Como me deprime estar en compañía de madres no desoladas. Aparte de Jack, sólo puedo estar con personas que no han sido padres o que nunca lo serán, como mi amigo Simon, gay y soltero declarado. En cierta ocasión Jack intentó convencerme de que asistiera a una reunión de un grupo de apoyo a padres que habían pasado por un «embarazo y la pérdida de su bebé». Le enseñé un artículo del *Times* que citaba estudios que demostraban cómo la mayoría de gente que sufre la pérdida de un ser querido ni necesita ni le beneficia participar en un grupo de duelo o recibir ayuda terapéutica.

—¿Has hablado con tu madre? —me pregunta ahora Jack.

Asiento. No hace falta ni decirlo. Hablo cada día con mi madre, en ocasiones más de una vez al día, sobre todo cuando está preocupada por mí, como lo está desde que Isabel murió. Me he convertido en la causa cotidiana de mi madre y, sinceramente, me preocupa bastante que esto vaya en detrimento de su dedicación al Banco de Alimentos del Condado de Bergen y la Asociación de Vecinos de Glen Rock.

Jack se vuelve y apaga su lámpara. Arrastra vacilante una mano por la cama y la pone sobre mi cadera, dibujando una línea con su dedo meñique por la zona en la que la piel está suelta y flácida por el embarazo.

Me pongo rígida.

—¿Te importa si leo? —le pregunto—. Aún no tengo sueño.

—No, en absoluto. —Su desengaño es tan obvio que casi resulta divertido. Parece un niño de cinco años que abre un regalo de Navidad esperando que sea una pistola láser y se encuentra con un libro.

Pobre Jack. Me imagino que cuando se casó con una mujer casi diez años más joven que él se imaginó que su vida sería parecida a una larga carta dirigida al fórum de *Penthouse*. Y, durante más de un año y medio, sus noches fueron bacanales, hacíamos el amor de una manera que nos dejaba exhaustos, húmedos y sudorosos, con restos de sustancias en las comisuras de los labios y debajo de las uñas. Seguramente pensó que eso sería eterno. Seguramente pensó que tendría que empezar a tomar Viagra para mantener el ritmo. Sin embargo, han pasado dos meses y medio desde la última vez que dejé que me tocara de un modo que no sea el meramente cariñoso. Dos meses y medio desde el nacimiento de Isabel.

Me pongo a leer mi libro, una novela sobre jóvenes neoyorquinos cuyas vidas transcurren en medio de un despliegue de restaurantes, inauguraciones de galerías de arte, clubes sadomasoquistas y metanfetaminas. Es el único tipo de libro que puedo leer últimamente: sin bebés, sin tan siquiera la posibilidad de reproducción. En cuanto me aseguro de que Jack está dormido espero unos minutos más mientras con el dedo marco el punto por el que voy. Entonces doblo la esquina de la página, dejo el libro en la mesilla de noche sin hacer ruido y, con cuidado, con mucho cuidado, abro el cajoncito donde guardo los secretos más íntimos de nuestro matrimonio: condones, lubricante y un vibrador azul con el extremo redondeado y plateado; las pinzas que utilizo para sacarle a Jack los pelos que tiene en el entrecejo y los que me salen a mí alrededor de los pezones; un porro escondido en una caja de cerillas y un sobre con fotografías.

La semana antes de dar a luz le regalé a Jack una cámara digital. Llevaba meses bromeando con filmar el parto, con grabar un primer plano de mi vagina justo en el momento de expulsar el contenido de mi colon antes de que apareciera la cabeza del bebé. Le dije que sabía que eran amenazas vanas (la cámara de vídeo se la quedó Carolyn cuando se divorciaron. También se quedó con la cámara de fotos, y la única que yo tenía, una Nikon F3 de enfoque manual, era demasiado complicada para Jack). Al final, tampoco hizo tantas fotos, no tantas como me habría gustado que hiciera, no tantas como habría hecho, de haber sabido que las fotografías serían lo único que nos quedaría de nuestro bebé.

Hay exactamente diecisiete fotos de Isabel Greenleaf Woolf. Jack debió de encargar copias a alguna empresa por Internet antes que ella muriera. Un día llegaron por correo y las cogí sin decírselo.

En la primera aparece su cara, morada por el esfuerzo, con los ojos cerrados, las mejillas infladas y con hoyuelos, y un resto de grasa sobre un párpado. El resto de su persona sigue estando en mi interior. Justo después de hacer esta foto Jack le pasó la cámara a Felicia y se arrodilló al lado del doctor Brewster. Colocó las manos encima de las del médico, tal como le dijeron, y cogió a Isabel con las palmas extendidas. Cuando percibió el aire frío y el cálido tacto de su padre mi hija rompió a llorar con fuerza, pero paró en cuanto el doctor Brewster le quitó la toalla y me la puso en el regazo. Felicia insistió en que dejaran mamar al bebé un poco antes de llevarla a pesar y medir, e Isabel se agarró al pecho como si hubiese estado esperando impacientemente en mi interior a que le dieran la oportunidad de succionar el pezón que consideraba de su propiedad.

Hay dos fotografías de Isabel mientras la pesan, en una de ellas se puede leer lo que marca la báscula digital: tres kilos cuatrocientos gramos. Un buen peso. Un peso medio, perfecto. Hay una fotografía del doctor Brewster sosteniéndola en brazos y otra en la que aparece en brazos de una de las enfermeras. Hay otra en la que está con Felicia. Una foto borrosa de Jack y una segunda enfermera dándole a Isabel su primer baño, más o menos al cabo de una hora de nacer. Otra foto más nítida de Jack con ella en la habitación del hospital. Sonríe de oreja a oreja. Isabel tiene un ojo abierto y otro cerrado, y en la esquina derecha se ve un trozo de mi pie hinchado dentro del calcetín acrílico y verde pálido que me dio el hospital. Ésta es la única fotografía que hay de los tres juntos.

Hay tres fotos en las que salgo con Isabel en la cama del hospital. Tengo el pelo lacio, sucio y chafado. La cara redonda y la piel tirante. Mi cuerpo entero parece un neumático hinchado, como si lo hubiesen conectado a un tanque de aire comprimido y lo hubiesen inflado hasta estar a punto de reventar. Por lo demás, Isabel es bastante mona para ser una recién nacida. Tiene las mejillas regordetas y la cabeza cubierta de una pelusa suave y oscura que forma bucles sobre sus orejas. Jack asegura que William nació exactamente con este tipo de pelo y que se le cayó a los dos meses.

Isabel tiene la boca de Jack, una boca en forma de beso de color ciruela. Sus ojos son redondos, no como las grietas sin pestañas de algunos bebés. Son de color azul marino. Lo sé. Jack y Felicia me dijeron que era difícil saberlo, porque los ojos de los bebés cambian, pero reconocería ese color en cualquier parte.

El resto de fotografías son de Isabel en su primer y único día en casa. Isabel dormida en el moisés. Isabel apoyada en un cojín del sofá. Isabel en el mueble cambiador y sin pañales, con el trasero desnudo y cubierto de una sustancia negra y pegajosa, que le estoy limpiando con cara de asco, la lengua fuera y los ojos entornados. Isabel con un pañal limpio y un pelele que le va demasiado grande. Isabel encima de la estera de piel de oveja que alguien me regaló en la fiesta de celebración previa a su nacimiento. Isabel echada en nuestra cama, una silueta diminuta en un vasto espacio blanco, vista, premonitoriamente, como un punto insignificante, demasiado pequeña para aguantar mucho tiempo en tan inmenso espacio.

Contemplo la foto con un nudo en la garganta y las lágrimas a punto de aflorar, y entonces me doy cuenta de que Jack ya no duerme. Está inmóvil, pero siento que la energía emana de él. Miro en su dirección. Tiene los ojos abiertos y me está mirando. Se me caen las fotos sobre la colcha, la de Isabel perdida en nuestra cama es la primera del montón.

—Odio esa foto —comenta Jack—. No puedo ni verla.

Alarga un brazo y echa un vistazo a las fotografías. Coge una en la que aparecemos Isabel y yo en el hospital. Estamos de perfil, mirándonos a la cara. La sujeto con los pulgares debajo de sus brazos, su cabeza está apoyada en los cuatro dedos restantes de mis dos manos y su trasero descansa sobre los ángulos de mis codos. Tenemos la misma papada.

—Ésta es mi favorita —declara Jack—. Ésta y la otra en la que sales cambiándole el pañal. Las tengo enmarcadas en la mesa de mi despacho.

—¿Tienes fotos de Isabel en el despacho?

—Sí.

—No lo sabía. No me lo habías dicho.

—No me lo habías preguntado.

Le quito la fotografía de las manos y la vuelvo a mirar.

—Estoy gorda.

—Estás como cualquier parturienta.

Entonces, por supuesto, me pongo a llorar. No pretendo forzar a Jack para que me consuele, pero lo hace. Se incorpora y me abraza, acercándome la cabeza a su pecho.

—¿Por qué no estás enfadado conmigo? —digo entre sollozos. Lleva la camisa del pijama desabrochada y me enjugo la nariz en el vello de su pecho.

—¿Por qué?

Hundo el rostro en su pecho.

—¿Por qué, Emilia? ¿Por qué debería estar enfadado contigo?

—Por... por haberte robado las fotos.

—Pedí otro juego de copias y me las enviaron al despacho.

Levanto la cabeza.

—Pero ¿no te molestó que no te dijera que las tenía yo? ¿Ni que las escondiera en mi cajón?

Jack coge un pañuelo de papel de la caja que hay en su mesilla de noche y se limpia los mocos que le he dejado en el pecho.

—Por supuesto que no.

—¿Por qué? Deberías haberte enfadado.

—Hablas como si quisieras que estuviera enfadado contigo.

Vuelvo a hundir mi rostro en él. Está caliente y el vello de su pecho me hace cosquillas en la piel.

Jack me da un beso en la cabeza.

—¿Qué te parece si eliges un par de fotos y las amplío? Podríamos comprar unos marcos bonitos y ponerlas en alguna parte. Tal vez aquí o en el salón.

—¡No, Dios mío, no! —exclamo—. Bueno, aún no. Todavía no estoy preparada.

Su suspiro es casi imperceptible.

—No digo que algún día no quiera poner una foto suya. Pero es que... aún no.

—De acuerdo.

—De momento necesito que sean algo privado, que sean mías y de nadie más. —Tardo unos segundos en percatarme de lo que he dicho—. Y tuyas también, naturalmente.

—Naturalmente.

Cojo de nuevo el pequeño montón de fotos y las ojeo hasta encontrar esa de Jack e Isabel con mi pie en una esquina.

—¿Te gusta ésta? —le pregunto.

—No especialmente —contesta—. La niña se parece a Popeye con un ojo abierto y otro cerrado.

—Pero tú estás guapo. —Paseo un dedo por su sonrisa—. Se te ve feliz.

—Estaba feliz. El día del nacimiento de William e Isabel han sido los dos días más felices de mi vida.

—Yo también estaba feliz —comento.

—Lo sé, Em. Lo sé.

Tardamos mucho rato en dormirnos.

7

Al día siguiente le propongo a Simon que haga novillos en el trabajo y venga conmigo al cine. Sé que no tiene tiempo para hacer tonterías, que tiene cosas serias y adultas de las que ocuparse, que de verdad tiene trabajo que hacer. Simon es un abogado laboralista que está a la espera de que la ACLU, la Unión Americana para las Libertades Civiles, lo contrate. Todos los años presenta su solicitud para cada vacante que hay, incluso las del proyecto de los derechos de reproducción. Entretanto es posible que en el despacho laboralista lo hagan socio, aunque odie su trabajo. Simon es listo, diligente y no se agobia con facilidad. Su dedicación a un trabajo que detesta es la razón por la que me veo obligada a chantajearlo con mi estado de ánimo.

—Eso no es justo, Emilia —protesta.

—¡No me digas! —exclamo—. La dan en el Angelika, la peli es camboyana y dura tres horas y media. Te invitaré a un *espresso* doble.

A pesar de la nominación al Oscar que ha recibido esta adusta producción de Extremo Oriente, a las once de la mañana somos los únicos espectadores que hay en el cine. La película es tan deprimente que Simon empieza a inventarse los subtítulos.

—¡Oh, Dios mío, Dios mío! —finge que lee con un marcado acento sureño. A menudo Simon finge que es de Alabama o Mississippi. Creció en Great Neck—. ¡Qué difícil es tener el pelo limpio en estos apestosos campos!

Por primera vez en mucho tiempo rió entrecortadamente.

—¡Eh, tú, el de la pistola! ¡Yuju! ¿Tienes suavizante? ¿Un pequeño frasco de Paul Mitchell? ¿O algo que me dé volumen? Nunca había visto tan poco cuerpo, o más cuerpos, ya me entiendes.

Ahora me río en voz alta. La protagonista femenina de la película camina haciendo eses junto a un río, arrastrada por un soldado armado con una bayoneta. Simon sigue con sus comentarios.

—¡A Dios pongo por testigo que jamás volveré a estar tanto tiempo sin lavarme y marcarme el pelo!

Le doy un codazo en el costado y le suplico:

—¡Por Dios, para ya! ¡Que estamos viendo un genocidio! —A estas alturas me estoy riendo tanto que creo que se me va a escapar el pipí.

—No, amiga mía, lo que estamos es viendo una película malísima —me corrige Simon, y luego se calla. Miro hacia la pantalla. La mujer se ha caído al agua. Sale a la superficie con el pelo empapado y el agua chorreándole sobre los ojos. Está rodeada de cadáveres de niños. Flotan en el agua, desnudos y con los ojos abiertos. Trata de apartarlos con las manos, gritando, chillando, sollozando de terror y de asco.

—¡Joder! —exclama Simon—. Salgamos de aquí.

—No.

—Emilia, venga. No tienes por qué ver esto.

Discuto con él. Le recuerdo que jamás nos hemos ido de un cine, por muy mala que sea la película. Nos hemos tragado todas las insípidas películas asiáticas que han proyectado los cines de Nueva York. Se las enumero en voz alta: *La linterna roja. El olor de la papaya. La linterna roja II.* Hemos ido a ver películas espantosas intencionadamente y hemos aguantado hasta el final, incluso hasta que aparecen los títulos de créditos. No podemos irnos; es una cuestión de orgullo.

Simon me rodea con el brazo y me obliga a ponerme de pie.

—Nos vamos, querida —anuncia mientras me saca del cine.

Nos ponemos los abrigos y las bufandas en el vestíbulo. Simon estrena un abrigo de invierno nuevo, es largo y negro. Ondea cuando se lo pone encima de los hombros. Toda su ropa es negra, gris o blanca. Su piso es completamente gris. Simon justifica la monotonía de su paleta de colores diciéndole a la gente que es daltónico. Pero no lo es. Es un gay sin sentido del estilo. Es alto, y un poco pálido. Tiene los ojos saltones, como si tuviese hipertiroidismo, aunque no es así. Está perdiendo pelo y el que le queda lo lleva tan corto que se le ve perfectamente la piel del cráneo. Su aspecto es melancólico, pero aun así, es guapo.

—Bueno, ¿y ahora qué hacemos? —le pregunto.

—¿Vamos a comprar zapatos?

—¿Por qué coño se empeña todo el mundo en llevarme a comprar zapatos? —protesto—. Mindy me insistió en que fuese con ella a Manolo Blahnik. ¿Por qué tenéis todos la sensación de que los zapatos me harán sentir mejor?

—Porque te gustan.

—Sí, vale, también me gusta el *sushi*, pero nadie piensa que un *California roll* solucionará todos mis problemas. Y me gusta Jane Austen, pero nadie piensa que si vuelvo a leer *Orgullo y prejuicio* me recuperaré de la pérdida de mi bebé.

—Te quiero y me gustaría ayudarte a recuperarte de la pérdida de tu hija.

Simon no me mira a los ojos cuando dice esto. Está mirando hacia abajo mientras se anuda la bufanda escocesa dándole dos vueltas y luego la introduce en el cuello del abrigo. No ve que tengo los ojos llenos de lágrimas y, si lo ha visto, no dice nada. Tal vez sea porque él también llora. Meto una mano en su bolsillo y digo:

—De acuerdo, estupendo. Vayamos a comprar zapatos.

—Por lo menos es mejor eso que la otra idea que tuvo Mindy —comento mientras caminamos en dirección norte hacia nuestra zapatería favorita.

—¿Qué idea?

—Un Paseo para Recordar —contesto estremeciéndome.

—¿Un paseo para qué?

A diferencia de mí, Mindy se ha integrado abiertamente en la comunidad de duelo, tanto en la teoría como en la práctica. Está intentando quedarse en estado tras los tres abortos que ha sufrido en dos años. Acude a un terapeuta y participa activamente no en una sino en dos páginas web sobre infertilidad. Algunas veces pienso que mis constantes burlas son lo único que impide que Mindy cree un *blog* dedicado a su lucha contra la infertilidad, con conciertos de violín y *clip arts* con querubines alados. Me convenció de que me apuntara a su última locura jugando hábilmente con mis sentimientos hacia los bebés de Central Park.

—Lo que de verdad necesitas —me aconsejó Mindy— es estar en el parque con otras personas como nosotras.

—¿Como nosotras?

—Sí, con gente que haya pasado por una pérdida como la nuestra; así podrás recuperar el parque y superar la presencia de las mamis relamidas.

El plan de Mindy para «recuperar el parque» incluye un paseo en grupo. Este acontecimiento anual normalmente tiene lugar en el mes de octubre, mes que recibió el dudoso honor, ni más ni menos que de Ronald Reagan, de ser nombrado «Mes Nacional de los Embarazos y la Toma de Conciencia de la Pérdida de Bebés». Un mes entero consagrado al recuerdo de los bebés muertos en abortos, de los embarazos ectópicos, de los bebés nacidos muertos y de los que murieron al nacer. Maravilloso octubre. Este año tenemos la suerte de haber sido invitados a un paseo con un segundo grupo en honor del hijo de la fundadora del paseo neoyorquino.

—¿Qué se celebra? ¿Su embarazo ectópico? —inquirí.

—No seas perversa, Emilia —me regañó Mindy—. Esa mujer ha perdido dos bebés por una enfermedad renal congénita. El mayor murió hace ocho años, un veintinueve de febrero. Este año daremos un paseo especial en su honor porque es bisiesto.

Tras la pertinente reprimenda, estaba lo bastante turbada como para acceder a acompañar a Mindy y al resto de afligidos progenitores.

—Será terapéutico —me aseguró.

—Lo dudo —respondí.

—¿Quieres que vaya contigo? —me pregunta ahora Simon resueltamente.

—¡Por Dios, no!

En la zapatería me compro unas botas rojas de piel que no creo que me ponga nunca. Simon se compra un par de zapatos de charol blanco que sé que no se pondrá. Sólo se los compra porque el dependiente lleva unos iguales y le dice a Simon lo monos que son y lo bien que quedan en sus pies alargados y elegantes. Espero a que el vendedor nos hable del trillado refrán sobre la relación que hay entre el tamaño del pie y el del pene, pero no le hace falta. Está concentrado en los pies de Simon, masajeando su empeine y frotando el talón. Cuando el vendedor desaparece en busca de un número más grande, le digo:

—No sé si la abuela de Jack habría aprobado la compra de unos zapatos blancos después del Día del Trabajo.

—¿La abuela de Jack?

—Isabel, la reina del estilo.

Simon arruga el entrecejo, juntando las cejas como las alas cerradas de una paloma. Parece un payaso triste y me entran ganas de darle una patada.

—La abuela por la que le pusisteis el nombre al bebé —constata.

—Sí —contesto sin añadir nada más. Siento el cruel y absolutamente inaceptable impulso de decirle a Simon que la única razón por la que el vendedor se muestra tan amable es la comisión que recibirá. Pero no se lo digo, porque él no es sólo mi mejor amigo, sino que poco a poco se está convirtiendo en mi único amigo. No puedo dejar que también se aleje de mí. No tengo contacto con mis amigas que son madres ni con las que están embarazadas. Incluso me cuesta estar con Mindy. Se cree que nos une el mismo dolor, que somos hermanas en el duelo, que podemos sentarnos juntas y observar con amargura a las acicaladas madres que pasean con sus cochecitos y turgentes barrigas. Pero cuando estoy con Mindy tengo miedo de decirle en cualquier momento que no tiene ni puñetera idea, que un remolino de carne y ADN flotando en una palangana llena de sangre no es un bebé, y que sentir cómo los residuos de un embarazo se escurren entre las piernas no es nada, nada comparado con tener en brazos a tu bebé muerto. Aunque supongo que este comentario no beneficiaría mucho nuestra amistad.

Simon es el único amigo que tengo de quien puedo asegurar que nunca tendrá hijos, de ahí que no pueda apartarlo de mí, aunque a veces reaccione con una cara de pena forzada cuando menciono el nombre de Isabel. Además, me quiere, y llora a mi hija. Creo que es la única persona que llora por ella sin llevar su sangre. No tiene la culpa de no expresar su tristeza exactamente del modo en que a mí me gustaría. La culpa es mía por pretenderlo.

Durante la comida estoy callada y Simon es el que más habla, aunque normalmente no pasa esto. Normalmente bromeamos sin parar. Normalmente somos Emilia Greenleaf y Simon Fargo Hour, y somos un equipo en el que cada miembro escucha al otro con atención. Así ha sido siempre, desde el día en que nos conocimos en el primer año de derecho, en un grupo de estudio que habían organizado unos cuantos alumnos de nuestra clase. Yo no duré mucho en el grupo (eran demasiado disciplinados y serios para mí, pero Simon sí, y durante el resto del año me pasó generosamente los apuntes que el grupo compartía, violando no sólo las normas del grupo, sino un contrato escrito que uno de los miembros más neuróticos redactó después de tratar en la clase de derecho contractual el tema de la oferta y la aceptación).

Simon picotea su ensalada César. Yo me la acabo toda y luego pido boniatos.

—Me da pánico este fin de semana —me cuenta.

—¿Por qué?

—Tengo otra despedida de soltero. Puede parecer que por ser gay me libro de asistir a estas horribles fiestas, pero no es así. Cada vez que se casa uno de mis antiguos compañeros de habitación de la universidad me toca pasar una noche bebiendo chupitos de tequila y viendo a una pobre chica rusa bailar alrededor de una barra. Y, sinceramente, Emilia, no te imaginas lo desnudas que van esas chicas. Si tuviera un espéculo y un par de bastoncillos de algodón, podría hacer prácticas de ginecología.

Creo que voy a vomitar la ensalada. La camarera me trae los boniatos y los miro fijamente. Parecen un revoltijo de pelos. Resecos. Muertos.

—No entiendo por qué no cierran esos sitios —declara Simon—. No están escondidos. Quiero decir que las chicas hacen mamadas en los mismos clubes. Pero ¡si hasta intentaron hacerme una a mí, por Dios! Si me hubieras visto... Nada más triste que verme explicando el significado de la palabra «homosexual» a una campesina adolescente de Moldavia. Acabé pagándole más para que no me la mamara.

No puedo contestar. No puedo articular palabra. Tengo en mi mente la imagen de mi padre y la bailarina de *striptease* rusa de la que aseguraba estar enamorado. La chica en Plainfield, Nueva Jersey, con la que se vio cada lunes por la mañana durante cerca de un año, la chica por cuya compañía pasaba en coche cada lunes por la mañana exactamente a las nueve en punto por delante de la ventanilla del Citizen First National Bank y sacaba mil dólares. Si no hubiera convencido a mi madre de lo divertido que es hacer las operaciones bancarias por Internet, jamás habría reparado en esas transacciones. Aun así podría no haberlas detectado, pero eran demasiado regulares y las cantidades eran grandes. A medida que los movimientos se reflejaban en su cuenta común y vio cómo el saldo descendía de manera escandalosa, el asombro de mi madre aumentó. Al final, reacia como siempre ha sido al progreso tecnológico, recopiló los extractos bancarios y los leyó por primera vez en su vida. Por fin entendió por qué estando casada con un prestigioso abogado, presidente de la Asociación de Abogados y dos veces elegido Abogado Inmobiliario del Año del Norte de Nueva Jersey, nunca tenía suficiente dinero para los cruceros que sus amigas hacían cada año, el entrenador personal que siempre había deseado tener para que le ayudase a perder peso y un coche bonito que sustituyese al Honda Accord de toda la vida. Al principio pensó que mi padre era adicto a las apuestas. Le enseñó los extractos bancarios y le suplicó que fuese a Jugadores Anónimos. Mi madre me explicó que la pelea duró hasta altas horas de la noche y que casi clareaba cuando, por fin, confesó. No se había gastado el dinero en carreras de caballos ni en cartas. Nunca había estado en Atlantic City. Se lo había gastado en Oksana.

En mi imaginación esta chica tiene la frente ancha y redondeada, el pelo ondulado recogido en una coleta y los labios gruesos. Mi padre le dijo a mi madre que solamente tenía unos cuantos años menos que yo, pero yo me la imagino mucho más joven, casi adolescente. He logrado despojarla de los patines sobre hielo, pero su vestimenta sigue en mi mente, destinada a alimentar la fantasía. No lleva *body* de color carne debajo de la ropa, sino que veo su propia piel asomándose por la minifalda de lentejuelas y el tanga. Cuando los visualizo juntos, a mi padre y su puta rusa, me los imagino haciendo un trío pornográfico. Supongo que si la chica se llamase Nadia u Olga, mis fantasías habrían incluido saltos mortales hacia atrás y las barras paralelas. Lo más patético de todo es que mi padre aseguró que Oksana lo amaba. Le dijo a mi madre que esta chica lo consideraba especial, que no pensaba en él como en un cliente, sino como en su amante, su novio, el hombre con el que se casaría, si pudiese. Le dijo esto mientras salía el sol una fresca mañana de otoño en que los árboles eran un despliegue de colores y el aire olía al inminente invierno. Después se fue a trabajar y mi madre me llamó por teléfono. Cogí un autobús en Port Authority, me planté en casa en poco más de una hora y pude sujetarle el pelo mientras vomitaba. Le ayudé a hacer las maletas con las cosas de mi padre y crucé los brazos, y la amedrenté con la mirada cuando intentó cambiar de opinión.

—Llevamos treinta años casados —se lamentó. Estaba de pie en su habitación con un montón de jerseys de lana en la mano. Llevaba la bata de estar por casa mal abotonada, uno de los bordes superiores le llegaba hasta la oreja y sus pies pequeños y estrechos, llenos de venas azules y con las uñas pintadas de rosa, estaban descalzos.

—Veintinueve —corregí.

—Casi treinta.

—¿Y cuánto tiempo lleva engañándote?

—No lo sé. —Metió los jerseys en una maleta, poniendo una hoja de papel de seda entre cada uno de ellos.

Saqué los papeles, los estrujé hasta formar una pelota y los tiré a la basura. Conteniendo el aliento, abrí el cajón de ropa interior de mi padre e introduje el contenido en una bolsa grande.

—Dice que esta chica rusa lo quiere.

—Ya, claro —repuse—. ¿Y ha habido más chicas rusas? ¿También lo querían?

Acompañé a mi madre mientras le enviaba un e-mail a mi padre diciéndole dónde podría encontrar sus cosas y luego llevé las maletas a un hotel Ramada Inn, en la autopista 17, no lejos de su despacho. Reservé una habitación a su nombre, cargué los gastos en la tarjeta de crédito de mi madre y falsifiqué la firma que perfeccioné en la escuela. Cuando regresé a casa, me la encontré de pie en el recibidor, todavía con la bata puesta.

—No sé si puedo hacer esto, Emilia —confesó.

Permanecí en la puerta con las llaves tintineando en mi mano.

—Si dejas que vuelva a casa, nunca te lo perdonaré, mamá.

Mi madre me miró fijamente, su rostro parecía derrotado y pálido.

—¡Oh! —exclamó.

Se apoyó en un pie y luego en otro y supe que no podría soportarlo. También supe que jamás diría que, al margen de lo que yo sintiera o pensara, a quien mi padre había traicionado era a ella y no a mí.

—Perdona —me disculpé y me acerqué a ella. La abracé y se derrumbó, lánguida y húmeda, como si la desesperación emanara de ella humedeciendo su piel y su ropa—. No tenía derecho a decir lo que he dicho. —Era cierto, no lo tenía. Pero también lo era que jamás la habría perdonado y ella lo sabía tan bien como yo.

Ahora, sentada en una cafetería del Soho delante de Simon, hay una imagen que no logro apartar de mi mente. Aparecen mi padre y una joven bailarina de *striptease* rusa. Veo la espalda desnuda de mi padre, su piel flácida y envejecida, salpicada de manchas de nacimiento marrones. Por encima de su hombro veo el rostro lozano de ella, aburrido y ansioso mientras mira el reloj que hay encima de la puerta; si se pasa de la hora, la reprenderán. Sé que tengo una imaginación activa e intensa, fomentada y distorsionada por un exceso de televisión, una dieta constante a base de novelas góticas y un complejo de Electra por el que podría pasarme veinte años sentada en el diván de Freud. También sé que, igual que mi amigo Simon, mi padre es un hombre sensible. ¿Cómo puede vivir en paz consigo mismo?

—¿Emilia? —pregunta Simon.

—Perdona.

—¿Me estabas escuchando?

—No, lo siento.

—Te estaba contando lo de las bailarinas de dieciséis años que les hacen mamadas a los clientes.

—Creo que voy a vomitar.

—Lo sé. Es realmente asqueroso. ¿Y qué hace la poli al respecto? ¿A qué se dedica el FBI? A detener a quienes consumen mariguana con fines médicos. A librar al mundo de esas inofensivas señoras con cáncer de ovarios que cultivan maría en sus jardines. Por no hablar del tiempo y el dinero que el Departamento de Justicia invierte en dar su opinión a favor de la llamada prohibición del «parto parcial». —Con los dedos dibuja en el aire unas comillas—. Se aseguran de que las mujeres que tienen bebés con hidrocefalia pasen en la cárcel el tiempo que merecen. Menudo país de mierda, ¿no te parece?

Simon ha ido subiendo el tono de voz. Normalmente es bastante comedido y su sentido del humor es más bien sardónico, habla entre dientes más que en voz alta. Pero cuando le indigna alguna injusticia, cuando tiene algún comentario político que hacer, se hace oír. Dejo que siga con la esperanza de que su manifiesta ira disimule lo poco habladora que estoy. Ignoro por qué no le he contado lo de mi padre; es más comprensible que se lo haya ocultado a Jack. Al fin y al cabo, él ve a mi padre regularmente y debe con-

versar con él y aparentar que le tiene afecto. Pero Simon ha visto a
mi padre sólo unas cuantas veces y no fueron encuentros positivos.
Aunque sería incapaz de reconocerlo, aunque amenazaría con pegar a cualquiera que lo acusara de ello, mi padre, antiguo colabo-
rador del Partido Demócrata, otrora miembro de la Joven Liga
Comunista y sibarita sexual, es homófobo. Por lo visto fue el único que necesitó que le explicaran por qué mi primo Seth, que en
Fair Lawn vivía en el pueblo de al lado y al que en mi infancia veía-
mos con asiduidad, llevaba los ojos pintados y pantalones acampanados y bajos de cintura prácticamente en todas las reuniones familiares. Cuando, por fin, mi tía Irene le explicó, con un lenguaje
que uno usaría con un niño tonto, que a Seth «le gustaban más los
chicos que las chicas», mi padre se puso pálido, y se quedó sin habla y boquiabierto. Desde entonces nunca lo he visto abrazar a su
sobrino y en las contadas ocasiones en que él y Simon se han visto,
de un modo u otro, se las ha ingeniado para no darle la mano. A Simon le encantaría enterarse de la historia abominable de mi padre
y no entiendo por qué no me he atrevido a contársela. ¿Por qué
soy tan leal hacia un hombre que parece totalmente ajeno a este
concepto?

Sin embargo, el hombre que está sentado frente a mí, no conoce otra cosa que la lealtad. Ha sido mi fiel amigo desde hace diez
años, y ha permanecido a mi lado incluso en estos últimos meses en
que yo he estado tan antipática. Y, lo que es peor, aburrida.

—Simon —le digo—. Simon, tengo que decirte algo.

—¿Qué pasa? —Hace una mueca de preocupación, reaccio-
nando al tono de urgencia de mi voz.

—Eres mi mejor amigo, y te quiero.

—¿Y?

—Nada, sólo quería que lo supieras.

—¿Eso es todo? Ya sé que me quieres, amiga mía. Yo también
te quiero. —Me roba un boniato, lo moja en alioli y se lo mete en la
boca.

—No te merezco. No merezco un amigo como tú.

—¡Oh, vamos! ¿Y de cuántos novios impresentables me has salvado tú? —Se estremece—. ¿Acaso no te presentaste en casa del inútil de Christopher y lo presionaste hasta que me devolvió mis cosas? ¿Y dónde estaba yo? Muerto de miedo en el ascensor mientras apretaba el botón para que no se cerraran las puertas.

—No te convenía.

—¡Exacto! Y entraste en su casa como una apisonadora y recuperaste mis dos pares de calzoncillos negros Hanro, mis magníficos vaqueros Diesel y mi cepillo de dientes. ¡Incluso conseguiste llevarte un champú que ni siquiera era mío! Por cierto que me encanta ese champú. Todavía uso la misma marca. Bumble and Bumble. Es tremendamente caro, vale como un dólar cincuenta por folículo piloso.

Me niego a cambiar de tema.

—Has sido tan bueno conmigo desde que murió Isabel.

—¿Piensas continuar con tanto sentimentalismo? Porque en ese caso me pediré un postre. No aguanto el dramatismo sin postre. Creo que aquí hacen un bizcocho increíble.

—Pero ¡si no te gusta el bizcocho! William y tú sois las únicas personas del mundo a las que no os gusta el bizcocho.

—¿Cómo está el pequeño William? ¿Qué hace ahora? ¿Está estudiando el examen de aptitud escolar o se prepara para entrar en medicina?

Simon se muestra sarcástico sin mala intención. La verdad es que William le cae bien. Cuando nos viene a ver siempre acaban enzarzados en alguna animada conversación sobre lo mucho que les gusta Philip Pullman o se encierran en el cuarto de William para contemplar alguna compleja construcción de Lego. Tengo la sensación de que Simon ve reflejado en William parte del niño que fue, un niño torpe y precoz, que estaba más cómodo entre adultos que con otros niños de su edad, un niño raro capaz de explicar las órbitas cambiantes de las lunas de Saturno, pero incapaz de pedirle a un compañero que jugara con él en los columpios.

—Está estupendamente. —Le cuento a Simon el desastre de eBay.

—¡Vaya! —exclama—. Pobrecilla, menuda pesadilla. —Toma un sorbo de su agua con gas—. Seguro que sólo pretendía obtener algo de dinero. Cuando yo era pequeño siempre me las ingeniaba para ganar unos cuantos dólares.

—Pero ¡si no necesita dinero! Su madre le da cuanto quiere.

—Da igual. Se trata de tenerlo. Yo solía pedirle a mi abuela que me diera mi regalo de cumpleaños en billetes de un dólar para que abultara más. Cuantos más billetes mejor. Me gustaba tenerlos. Los esparcía por la cama y rodaba sobre ellos.

—Es demasiado pequeño para eso —replico con amargura.

—¿Quién? ¿William? No es demasiado pequeño para nada. Querida, tu hijastro es más maduro que tú y que yo.

8

De nuevo es miércoles y hoy llueve, y aunque eso hará que mi viaje a la guardería sea aún más desagradable, podré pasear por un parque desierto. Mis primeras visitas a Central Park con mi padre, cuando era pequeña, tenían algo de irreal y solitario. No estoy hablando de ninguna soledad bucólica (a principios de la década de 1980 el parque estaba muy abandonado). El Turtle Pond estaba repleto de latas de cerveza y, de haber habido ovejas en Sheep Meadow, habrían tenido que sobrevivir a base de tierra en lugar de hierba. Pero mi padre, que ya estaba en la edad madura, sentía un anhelo nostálgico por los senderos del parque y sus zonas de recreo, de modo que, por muy destartalado y abandonado que estuviese, cada visita se convertía en una especie de peregrinaje. Él creció en el Upper West Side, en el seno de una familia que sólo podía permitirse ir a los Catskills un mes al año. Durante el resto del verano jugaba en Central Park. Más o menos cada seis meses, cuando nos sobraban una o dos horas, entre la cola que teníamos que hacer para comprar unas entradas de cine a mitad de precio y el inicio de la sesión de tarde del domingo, mi padre decidía que en lugar de ir a Bloomingdale's o al Gotham Book Mart había que ir al parque. A mi madre no le gustaban estas excursiones; le daban miedo los atracadores y los jóvenes que gritaban «¡Fuma, relájate y menéate!» a nuestro paso. Seguramente sus temores no carecían de fundamento; en aquel entonces el parque era un lugar mucho más peligroso y es probable que esos jóvenes anunciaran su mercancía más para intimidar que porque creyeran que ese hombre blanco de buen aspecto, acompañado de su mujer cubierta de pieles y sus hijas pequeñas, vestidas con leotardos blancos y manoletinas, quería comprar mariguana. Pero a mí me encantaba pasear por el parque con mi padre.

Me señalaba los campos en los que solía jugar béisbol con sus hermanos y los amigos de éstos. Con la punta de su zapato me indicaba el tronco de un árbol donde creía recordar que Bobby Finkelman había enterrado un dólar de plata canadiense de 1946.

Una vez, yo tendría diez años y estábamos los dos solos (no logro recordar por qué mi madre había decidido no venir con nosotros, quizás estaba resfriada, quizás había discutido con mi padre o simplemente no tenía ningún interés en ver *Dreamgirls*), mi padre me llevó al Harlem Meer. Qué osadía. El cielo estaba gris y amenazaba lluvia, y la vieja y destartalada caseta de botes apestaba a pis y estaba cubierta de pintadas. Era la primera vez que iba a Harlem y me había imaginado que era un sitio lúgubre y temeroso, lleno de gente de la misma calaña. Mi padre ignoró mi nerviosismo. Paseamos por el Meer y me mostró los riscos negros azulados y los distintos tipos de árboles plantados en sus orillas. Sonrió abiertamente a las diversas personas con las que nos encontramos, incluidos los ancianos borrachos que bebían vino de sus botellas envueltas en arrugadas bolsas de papel, lo que ahora me parece una cordialidad forzada procedente de un seudoliberal adinerado. Por aquel entonces lo consideraba el mismísimo emisario de la igualdad racial y, cuando superé mis temores pude ver, más allá del vandalismo, la salvaje belleza del rincón situado más al norte del parque.

Cuando me trasladé a Nueva York, empecé a explorar el parque por mi cuenta. Acababa de iniciarse la lenta transformación que va del caos urbano lleno de gente sin techo que empuja carros de la compra y jóvenes de color con gruesos collares de oro que venden *crack* a un caos bucólico lleno de mujeres blancas de mediana edad que con sus costosos prismáticos se dedican a observar pájaros cantores, y ancianos de color que pescan percas. Seguía habiendo cierta osadía y ansias de exploración en mi deseo de caminar sola por los rincones más aislados del parque, como el barranco que se extiende desde Lasker Rink hasta el estanque. En la actualidad, cuando es cosa del pasado Rudy Giuliani, a quien ninguno de nosotros, como liberales que somos, reconocerá haber votado, pero por quien no podemos evitar sentir cierta admiración, aunque a regañadientes, mientras nos abrimos paso en una ciudad teóricamente libre de crímenes, incluso el Ramble está abarrotado. Antes, sólo los hombres dispuestos a tener encuentros anónimos al aire libre paseaban por los senderos, especialmente hasta el Point, donde no prestaban atención a los pájaros y se centraban en distracciones mucho más terrenales. Hoy en día, sin embargo, está lleno de gente. Esos hombres siguen ahí, lo juro por Dios (un alma particularmente sibarita con la que me he topado en más de una ocasión se trae su silla plegable; la incomodidad de un sendero pedregoso o un tronco no está hecha para él), pero a ellos se han sumado hordas de turistas, oficinistas que van a comer, jubilados que van a pasear y grupos de estudiantes con listas plastificadas de diversas especies de árboles. Aun así, en invierno, cuando llueve, tengo la suerte de encontrar cierto aislamiento.

En el ascensor no estoy sola, pero mis vecinos están tan embelesados consigo mismos que ni siquiera me saludan. Miro fijamente al frente y finjo no darme cuenta de que el guitarrista tiene la mano en el bolsillo posterior de los vaqueros de su amiga, aunque ésta, que se ríe tontamente, lleva el impermeable amarillo anudado en la cintura. Al llegar al vestíbulo le pellizca en el trasero antes de apartar la mano. He estado tan absorta en simular que no los miraba que no me he preparado mentalmente para cruzar el parque. De todas formas, la lluvia arrecia y ni siquiera los niños más audaces de la ciudad estarán en la calle con este tiempo.

Ivan abre su paraguas y se dispone a salir a la acera para pararme un taxi con un silbido. Frunce el entrecejo cuando le digo que quiero caminar y luego me informa de que tiene un paraguas de recambio en el interior. Le enseño la gran capucha de mi largo impermeable y levanto una pierna para que vea que las botas me llegan hasta las rodillas; tienen manchas de leopardo y son muy bonitas. He estado a punto de dejarlas en el armario de la entrada (detestaba ponerme algo que contrasta tanto con el estado de ánimo que me domina desde hace ya una temporada), pero ni siquiera soy lo suficientemente indulgente conmigo misma como para echar a perder un buen par de zapatos sólo para demostrarme lo destrozada que estoy. Además, con estas botas podré por fin satisfacer un deseo que tengo desde hace tiempo: andar por el parque bajo la lluvia sin ir por ningún camino ni sendero. Podré cruzar el Ramble, chapotear en el barro, el bosque y el tremedal. Una vez, hará un par de años, tropecé accidentalmente con una pequeña estructura de madera mientras caminaba por el Ramble y quiero tratar de encontrarla de nuevo.

Recorro los senderos que llevan hasta el lago y en algún punto del Azalea Pond intento apartarme del camino y abrirme paso entre la vegetación. El Ramble está atravesado por senderos y al principio temo no ser tan valiente. Sin embargo, en invierno no limpian los senderos ni los despejan de lo que el viento arrastra, así que, finalmente, logro perderme. La maleza invernal muerta y marchita cruje debajo de mis pies pese a la humedad, y no tengo mucha visibilidad. Ni siquiera puedo oír el habitual ruido de fondo del tráfico, porque el sonido de la intensa lluvia anula todo lo demás. Estoy felizmente sola; es como estar en las montañas Adirondack o en algún lugar recóndito de las montañas Apalache. Me encaramo a una gran roca, sujetándome a la fría y musgosa piedra, pisando con cautela con mis botas para no resbalar.

De repente, veo de refilón que algo se mueve al otro lado de la roca. Ya estoy arriba y trato de descender por donde he subido, pero la piedra está resbaladiza y no encuentro dónde agarrarme. Acabo cayendo de nalgas sobre la roca con un tremendo dolor en la rabadilla. Un hombre vestido con dos bolsas de basura negras, una a modo de abrigo con un par de agujeros para meter los brazos y la otra a modo de capucha con un agujero para la cara, se levanta del suelo y se dirige hacia mí con expresión iracunda, y la boca abierta en un gruñido que revela unos dientes amarillentos y rotos y una larga lengua azulada.

Chillo y me pongo a pensar en el asesino en serie que violó y golpeó a una chica que hacía *footing* por Central Park, aplastándole el cráneo y no dejándole más futuro que una biografía convertida en un éxito de ventas basada en la lucha por aprender de nuevo a leer y andar, y un eterno sentido de culpabilidad por haber desempeñado un papel en el encarcelamiento, que duró una década, de un grupo de adolescentes inocentes. El hombre es feo y me mira fijamente, tiene los ojos oscuros y el rostro ceniciento, y mueve sus agrietados labios. Me mira las botas de leopardo y retrocede refunfuñando. Yo procuro hacer lo mismo, pero caigo hacia delante, me caigo de la roca y aterrizo a sus pies hecha un ovillo.

Grita y hace ademán de abalanzarse sobre mí. Tiene las uñas largas, y negras de suciedad.

La mayoría de la gente da por sentado que posee reservas de coraje, una fuerza guardada a la que, en caso de que la situación lo requiera, puede recurrir para sus proezas. Nadie se cree capaz de sentir una cobardía profunda y auténtica. En teoría todo el mundo es Miep Gies, e introduce comida a hurtadillas y libretas para Anna Frank en la bodega de la Dutch Opekta Company. El coraje es, en gran medida, una forma de exaltación propia; en mi vida las pocas ocasiones de valentía han partido del narcisismo, del deseo de parecer valiente, de que los demás me vean como una persona valiente, de tener una historia que contar que me pondrá del lado de las Mieps y sus partidarios. Como aquella vez en que corrí en defensa de una mujer a la que su marido estaba pegando delante de un restaurante de la Octava Avenida. Le ordené al taxista que se detuviera, abrí la puerta e invité a la mujer a subir en un impulso de irreflexiva despreocupación. El coraje es impulsivo; es una mezcla de narcisismo y nihilismo. No es que la persona valiente no se dé cuenta o comprenda el alcance del peligro al que se enfrenta, es que toma la decisión consciente de prescindir de éste.

Me levanto de un salto y grito con todas mis fuerzas:

—¡Largo de aquí!

El hombre chilla y da media vuelta, adentrándose en el bosque.

Me deslizo por la roca y llego al suelo. Me pongo de pie y también echo a correr en dirección contraria. Cruzo unos enmarañados matorrales y desemboco en la parte posterior de Balanced Rock, una enorme roca que se levanta sobre una lámina de esquisto. Salvo de un salto el metro y medio de pendiente que hay y corro tan deprisa como puedo por el sendero que ya conozco hasta la parte trasera de la Loeb Boathouse. En cuanto me alejo del solitario bosque, me pongo en cuclillas con las manos en las rodillas, a punto de llorar de alivio. Luego corro en dirección al East Drive y luego hacia el norte, en dirección a la calle Setenta y nueve, tratando de poner la mayor distancia posible entre el hombre y yo. Cuando llego a la Quinta Avenida, en lugar de miedo siento rabia. ¿Cómo se ha atrevido a resguardarse en mi refugio? ¿Cómo se ha atrevido a asustarme tanto para arruinar mis planes de pasar una hora sola? ¿Cómo se ha atrevido a echarme de mi parque? Estoy furiosa con ese loco asqueroso y también con Central Park. El Ángel de las Aguas me ha demostrado que es un guardián traidor y desleal, que da protección a mendigos chiflados con la misma gracia benigna que me ofrece a mí. ¿Por qué aquello que amamos nos protege tan poco de la traición?

9

Delante de la Clase Roja, en el pasillo, espera una mujer que no conozco. No la he visto nunca, pero estoy segura de que no es una niñera. Sin duda es una madre. Es fácil distinguir a las madres de aquellas mujeres cuyo amor es un ingrediente de su trabajo. Aunque no es que las madres sean más cariñosas con sus hijos; al contrario. He visto a muchas niñeras que quieren a los niños que cuidan con una entrega y una ferocidad tan manifiesta que me preocupa. Cuando el objeto de esa devoción puede ser arrebatado en función de la voluntad de un tercero, sea por motivos económicos o incluso por puro egoísmo o mal genio, es preocupante. Pero lo que distingue a las madres de las niñeras en estas guarderías no es el amor por los niños, sino una mezcla de clase y edad con una pizca de seguridad. En algunos casos es evidente que se trata de niñeras: mujeres de color procedentes de las islas caribeñas que cuidan de niñas rubias llamadas Kendall, Cade o Amity. Pero la guardería de la calle Noventa y dos Y, pese al hecho de que es judía, fomenta la «diversidad», lo que significa que hay uno o dos niños de color. Sin embargo, nadie confundiría a las madres de esos niños con sus niñeras. En el pasillo hay un *apartheid* que facilita la distinción. Por lo menos en esta guardería, las niñeras visten mejor que las madres, que a excepción de las abogadas o asesoras financieras, generalmente visten prendas de más de mil dólares de estudiado desaliño. Asimismo, mientras que las madres parecen confundidas y agobiadas, a las niñeras se las ve competentes y relajadas; algunas incluso parecen aburridas. Aunque da la impresión de que los miembros de uno y otro grupo disfrutan de la compañía mutua, la risa de las niñeras es más discreta. Las madres hablan en voz más alta; hasta cuando cuchichean lo hacen a pleno pulmón. Las niñeras son más silenciosas; se saludan con cariño y una alegría evidente, pero con suavidad, como si no quisieran molestar.

Esta nueva madre es joven, se acerca más a mi edad que a la del resto de madres. Se coloca, igual que yo, un poco apartada de las demás, aunque he observado cómo se ha acercado a ellas casi imperceptiblemente. Se fija en mí y sonríe.

—Hola —me saluda.

Me sorprende tanto que alguien me hable que titubeo antes de devolverle el saludo. En la Clase Roja hay otra madrastra, pero jamás ha osado aparecer y mostrar su estigma. Yo soy la única que va al colegio a recoger al hijo del marido, y las demás madres, que conocen a Carolyn desde la Clase Naranja, han unido sus fuerzas para excluirme de su grupo. No me dirigen la palabra; me rehúyen. Alejan de mí a sus hijos como si tocarme pudiera contagiarles alguna enfermedad, como si la infidelidad fuese contagiosa.

—Somos nuevas —comenta la mujer—. Me llamo Adik Brennan, soy la madre de Frida. Acabamos de llegar de Los Ángeles.

—¡Oh! —exclamo atónita. Lanzo una mirada a las otras madres por si viene alguna para llevarse a Adik e incluirla en su círculo, para advertirle que se ha equivocado conmigo, que no puede hablar conmigo—. Yo soy Emilia. —Reacia a echar a perder esta oportunidad, no le explico mi relación con William.

—¿Emilia con a?

—No, con e.

—¡Qué raro! Claro que no soy la más indicada para hablar.

—Sí, bueno... Quiero decir que...

—¡Menudo tiempo hace! —se queja—. He tenido que llamar a un servicio de alquiler de coches para venir a buscar a Frida. Es imposible coger un taxi en la calle.

—¿Tu hija se llama Frida? —le pregunto.

—Sí, Frida con i —contesta—. Como Frida Kahlo. Supongo que estarás pensando que la Kahlo ha sido totalmente vulgarizada y trivializada. Quiero decir que a estas alturas casi simboliza un feminismo descafeinado. Y es verdad que el mundo artístico se ha alejado mucho de la identidad política.

—Mmm... —vacilo.

—Pero cuando empecé me encantaba Frida Kahlo, como a cualquier estudiante de arte. Y sigue estando presente en mi trabajo, aunque mi pintura es abstracta. —Cuando dice la palabra «pintura» dibuja con los dedos unas comillas en el aire—. Mis preferencias actuales abarcan un amplio abanico de artistas. ¿Conoces a John Currin o al fotógrafo Philip-Lorca diCorcia?

—He visto *Frida* —contesto—. Era bastante mala —añado mientras me sonrojo.

—¿La película? Yo no la vi —dice Adik—. El cine no me interesa mucho. Me cuesta mucho seguir la narración lineal.

Alguien me toca en el codo y doy un respingo. Es Sonia, la niñera de William. Lleva un abrigo negro hasta las rodillas y unas botas altas de charol. Va cuidadosamente maquillada con un montón de sombra de ojos azul y un pintalabios oscuro. Nunca la había visto así. Normalmente va con la cara lavada y el pelo peinado hacia atrás y sujeto con una cinta o goma en lugar de los tirabuzones que luce hoy.

—¿No es tu día libre? —pregunto confusa—. Me toca a mí recoger a William, ¿verdad? —¿A ver si me habré equivocado?

—La doctora Soule me pide que le dé esto. —Me entrega una bolsa de la farmacia en cuyo interior hay un frasco de jarabe rosa—. Es para la otitis.

—¿Y por qué no lo ha metido esta mañana en su mochila?

—Me da instrucciones muy específicas. —El inglés de Sonia es bueno. Tiene un vocabulario amplio y sus construcciones sintácticas acostumbran a rozar la perfección, a diferencia de algunos taxistas de Europa del Este con los que he topado o los empleados de la panadería que hay cerca de Stuyvesant Town, donde solía comprarme cada mañana el desayuno antes de irme a vivir con Jack. Sin embargo, sólo sabe hablar en presente. Nunca la he visto utilizar ningún otro tiempo verbal. Y Jack tampoco; yo he estado con ella varias veces, pero él ha pasado con Sonia cientos, miles de horas. Es la niñera de William desde que éste cumplió un mes y medio de vida y Carolyn se reincorporó al trabajo.

—Pero es tu día libre —insisto—. Te ha hecho trabajar en tu día libre.

Sonia tiene la cara muy ancha, chata, con rasgos eslavos que apuntan a antepasados saqueadores, que atizaban a toscos ponis por las estepas y los bosques. Parpadea con sus ojos almendrados y una mueca de desdén asoma a su gran boca, aunque es tan fugaz que no estoy segura de haberla visto. Tal vez me la haya imaginado. Tal vez no menosprecie mi evidente intento de camelarla, de convencerla de que las dos, ella y yo, estamos en el mismo bando, de que ambas somos víctimas de la poderosa doctora Soule.

Me recuerdo a mí misma por enésima vez que soy yo la que le ha hecho daño a Carolyn y que su indignación, el veneno que me escupe, cualquier red mortal que extienda desde su piso de la Quinta Avenida a través del parque y hasta nuestra casa de la calle Ochenta y uno Oeste, está totalmente justificado. Aun así, me molesta que me envíe un mensajero con instrucciones específicas sobre cómo administrar una cucharada de antibiótico.

—Lo toma tres veces al día. Con las comidas. Y tiene que conservarse en lugar fresco. Pero no en la nevera.

—¿Y cómo se supone que va a estar fresco si no es en el interior de la nevera?

Sonia se encoge de hombros.

—La doctora Soule dice también que cuando el señor Woolf deja esta vez a William, su ropa está limpia y doblada, no arrugada en la mochila.

—Eso no es justo. En primer lugar, es absurdo obligarnos a devolverle la ropa todos los jueves por la mañana, se la podríamos hacer llegar el fin de semana, y en segundo lugar, la ropa no se la devuelvo arrugada, está recién sacada de la secadora, aunque sí es verdad que quizá la doblo demasiado rápido...

Sonia alza una mano.

—Señorita Greenleaf, sólo soy la mensajera. No soy la doctora Soule; el mensaje no es mío. Por favor, no me grite.

—No estoy gritando.

—Es muy bochornoso para mí que me grite en público.

Sonia es más joven que yo, rozará la treintena, pero me hace sentir como una niña pequeña que se porta mal.

—Lo siento —me disculpo en voz baja—. Es que... Lo siento.

Ella asiente con la cabeza.

—Voy a ver a William. Después me voy a disfrutar de mi día libre. No se olvide, tres veces al día. Frío, pero no en la nevera.

—De acuerdo —concedo—. Conservar frío, pero en la nevera no. Y la ropa doblada, no arrugada.

Sonia asiente de nuevo.

Ambas miramos hacia la puerta de la Clase Roja. Todavía está cerrada. Las madres se han arremolinado cerca de la puerta, Adik entre ellas. Le sonrío, pero se vuelve. Alguien debe de haberle hablado de mí. O quizás ha escuchado mi conversación con Sonia y lo ha deducido ella sola. De todos modos, Adik y yo no volveremos a hablar de arte abstracto ni de narración lineal.

10

Es imposible coger un taxi delante del edificio de la guardería. No con esta lluvia, estando William y yo empapados y con el maldito elevador en su funda de vinilo transparente que advierte a los taxistas de que somos una pesadilla de pasajeros. Durante un rato hago lo posible por parar un taxi, saltando una y otra vez a la calzada mientras trato de evitar las salpicaduras de agua fangosa que los coches levantan al pasar. Desesperada, hago señas a los taxis, incluso a aquellos que tienen las luces apagadas o que no están de servicio. Finalmente, le digo a William:

—Lo intentaremos en Park Avenue. A lo mejor tendremos más suerte allí. Al menos pasan coches en ambos sentidos.

Caminamos en dirección oeste agachando la cabeza para esquivar la lluvia. William lleva el impermeable infantil más soso que he visto en mi vida. Los demás niños llevan impermeables de color amarillo chillón, gabardinas fucsias o chubasqueros lilas. El suyo es de color verde militar y se abrocha por delante, aunque al menos está forrado de pluma y abriga mucho. Porque el mío es muy fino y paso frío. Pese a que llevo un grueso jersey de lana y ropa interior de seda y manga larga, estoy helada. En cambio las botas de William, también de un color verde aburrido, son unas viejas botas de lluvia normales y me da miedo que tenga los pies tan fríos como los míos. Cuando llegamos a Park Avenue, vemos taxis circulando en ambos sentidos, pero ninguno está libre. Me maldigo por no haber traído un paraguas. Puedo imaginarme la conversación telefónica en la que Carolyn le chilla a Jack porque por mi culpa, por no llevar paraguas, William se ha mojado y se ha resfriado. Y lo que es peor, me imagino a Jack y a Carolyn acurrucados junto al cuerpo en coma de William mientras la mascarilla de oxígeno obliga a sus pulmones

enfermos de neumonía a dilatarse y contraerse. El pánico irrefrenable que sienten ante la grave enfermedad de su hijo los une de nuevo y se abrazan. No se despegan. ¿Cómo han podido permitir que
esto pasara? ¿Cómo han podido descuidar su matrimonio y dejar de
proteger a su hijo? Prometen ser leales y fieles el uno con el otro si
William se recupera.

Contemplo el tráfico que discurre en dirección norte y decido
caminar hacia el centro de la ciudad, en un intento de ganar terreno
a los demás transeúntes empapados que también quieren coger un
taxi. Cuando llegamos a la esquina de la calle Noventa con el parque ya estoy harta.

—Iremos en autobús —anuncio.

—¿En autobús? —se extraña William.

—No me digas que nunca has ido en bus.

—Sí, sí que he ido en bus.

—¡Menos mal!

—Pero nunca en invierno, durante la época de más gripes. Mi
madre prefiere que no utilice el transporte público durante los meses de invierno.

Cambio el elevador de lado y lo miro indignada.

—Tu madre no querría que estuvieras en la calle bajo la lluvia.

—Tendrías que haber llamado al servicio de alquiler de coches
que utiliza papá.

¡Pues claro que tendría que haber pedido un coche de alquiler!
Eso lo sabe hasta un niño de cinco años. Lo que sucede es que nunca se me ha ocurrido hacerlo. No soy la clase de neoyorquina que usa
un coche de alquiler con chófer. Soy el tipo de neoyorquina que va
en metro o coge taxis. Ni siquiera voy en autobús, únicamente lo
cojo para ir y volver de Nueva Jersey.

—Son sólo cuatro manzanas. La parada de autobús está a cinco
minutos a pie.

—El bus que atraviesa la ciudad está en la calle Ochenta y seis
—comenta William.

—Exacto. ¡Andando!

—¿Emilia?

—¿Qué, William?

—Le Pain Quotidien está en Madison con la Ochenta y cinco.

—¿Le Pain qué?

—Le Pain Quotidien. Mi cafetería favorita. Sonia me lleva bastante a menudo. Está en Madison con la Ochenta y cinco.

—¿Y?

—Pues que yo sepa es la única cafetería de la ciudad donde hacen pasteles sin lactosa.

—William, está diluviando; los dos estamos calados hasta los huesos y no pienso llevarte a tomar un pastel sin lactosa.

William no llora, pero su nariz adquiere un tono rojo más intenso del que la lluvia y el frío juntos podrían producir. Mueve hacia delante el labio inferior y de repente parece lo que es, un niño. Me siento fatal. Soy horrible, una bruja indescriptiblemente malvada. ¡Por supuesto que quiere un pastel! ¿Desde cuándo le niego yo un pastel a un niño?

—Prométeme —le digo— portarte bien en el autobús.

William levanta la comisura derecha de la boca y luego sonríe. Corremos lo más deprisa que podemos hasta la calle Ochenta y cinco con Madison mientras el elevador y la fiambrera de William dan botes entre los dos.

La cafetería pretende evocar la campiña francesa. El suelo es de tablones de roble encerado, acogedor y muy pulido. Las paredes son de color ocre y en el centro de la sala hay una mesa rústica gigante, donde se amontonan las madres con sus hijos y las niñeras con los niños que están a su cargo mientras soplan para enfriar sus chocolates calientes y sus cafés servidos en tazones de gruesa porcelana blanca. Reconozco a un par de mujeres; sus hijos van a la guardería de la calle Noventa y dos Y, aunque no a la clase de William. En un extremo de la mesa compartida hay dos mujeres sentadas con los cochecitos al lado cubiertos con el protector de plástico. Procuro no mirar hacia los coches, procuro no calcular las edades de sus bebés y compararlas con la que Isabel tendría ahora, sino que conduzco a William hasta la otra punta de la mesa. Cuando viene la camarera, pido un exprés para mí y un chocolate caliente con leche de soja para William. A continuación él pide un pastel hecho sin leche y le explica a la camarera que tiene intolerancia a la lactosa, es decir, que tiene alergia a la leche, lo que significa que la leche y la mantequilla le producen dolores de barriga y sarpullido.

Cuando Jack y yo empezamos a salir, antes de aprenderme las diversas variaciones de la supuesta alergia a la leche, le di a William un trozo de pastel de *ricotta* y limón. Se lo comió tan contento y no tuvo ningún efecto secundario. Sin embargo, nunca me he atrevido a contar esta reveladora anécdota, a sacarla a relucir para demostrar que la intolerancia a la lactosa de William sólo existe en su mente y la de Carolyn, porque en aquel entonces, al percatarme de mi error, le dije a William que era tofu de limón y, aunque hayan pasado dos años, no quiero que sepa que le mentí. La camarera sigue esperando y pido también un pastel para mí.

—¿Sin lactosa?

—No, normal. De fresa.

William no lame el azúcar glaseado de su pastel como haría cualquier niño. Como yo misma hago. Da cuidadosos y regulares mordiscos en círculo y va desprendiendo el molde de papel plisado a medida que avanza. Cuando una miga cae sobre la mesa, se chupa el dedo y la recoge con él.

La capa de azúcar glaseado que recubre el pastel que he pedido es rosa; es el mejor pastel que he comido en toda mi vida. Lamo el glaseado de fresa muy lentamente, con filosofía zen, concentrándome tanto en el sabor y la suave textura de la fruta en mi lengua que en mi mente no hay sitio para pensar en la mujer que está dando de mamar a su bebé en el otro extremo de la mesa.

William, irremediablemente dominado por el hemisferio izquierdo y racional de su cerebro, y por un enfoque occidental a la hora de comer pasteles, termina mucho antes que yo y evalúa con impasibilidad mi pastel. Algo le preocupa.

—No hacen pasteles sin lactosa recubiertos de azúcar glaseado rosa —constata.

—Lo sé —digo.

—Sólo de vainilla y chocolate.

—A lo mejor no se les ha ocurrido nunca hacerlo. Podrías escribirle una nota al pastelero. Tengo un bolígrafo, ¿te lo dejo?

—Sí, por qué no —contesta él. Se relame los labios y mira anhelante mi pastel. La intensidad de su examen enturbia mi deleite y me descentra.

—¿Quieres probarlo?

—Me gustaría —contesta—, pero tengo intolerancia a la lactosa.

—Lo sé, William. La camarera sabe que tienes intolerancia a la lactosa, la chica que hay detrás del mostrador sabe que tienes intolerancia a la lactosa; todo el mundo en esta cafetería sabe que tienes intolerancia a la lactosa. Pero no te morirás por darle un mordisco, incluso es probable que no te haga ningún daño.

—Está bien, pero un mordisco pequeño —concede él.

Le paso mi pastel. Me he comido gran parte del azúcar glaseado de un lado y William gira el plato para dar un mordisco en el trozo que aún tiene fresa por encima. Muerde con cuidado, una sola vez, sujetando el pastel con ambas manos (parece un ratoncillo de dibujos animados disfrutando de un pedazo de queso). Después me devuelve el plato.

—Gracias —dice.

—De nada.

—Está buenísimo.

—Sí.

—Creo que está incluso más bueno que el mío.

—¿En serio?

—Sabes, los pasteles sin lactosa están bien. Son muy buenos. Es sólo que el tuyo me gusta más. Tal vez un poco más. Por la fresa —su rostro adquiere una expresión solemne— o la mantequilla.

—Es que la mantequilla es una delicia.

William suspira.

Al bebé que está mamando en el extremo de la mesa se le escapa un sonoro eructo y su madre se echa a reír. Yo trago saliva, preguntándome cómo es posible que pase de estar manteniendo una sorprendentemente agradable conversación sobre pasteles a estar a punto de llorar.

William mira en dirección al bebé.

—Me pregunto qué edad tendrá ese bebé —dice en voz alta.

—Tiene cuatro meses —le contesta la madre de la criatura.

—Parece que tenga más —observa él—. Es muy grande para tener cuatro meses.

La madre se ríe y me lanza una mirada como queriendo decir: «¡Qué encantador es tu hijo, y qué precoz!» Intento sonreír, pero no puedo.

—Sí, es bastante grande.

William toma un sorbo de su chocolate caliente con aire pensativo. Entonces me pregunta:

—Emilia, ¿sabías que Isabel, en realidad, no era una persona?

—¿Qué? —susurro para no chillar.

—Que no era una persona. Según la religión judía. Para la religión judía un bebé no es una persona de verdad hasta los ocho días de edad. Isabel sólo tenía dos días de vida cuando murió. Lo que quiere decir que no era una persona, al menos según el judaísmo.

—¿De dónde has sacado eso?

Lame el borde de su tazón.

—Me lo ha dicho mi madre. Le dije que estaba un poquito triste por lo de Isabel, pero no tanto como si la conociese desde hacía mucho tiempo. No como si hubiese podido disfrutarla como hermana pequeña. Y mi madre me explicó que según la religión judía aún no era una persona. Por eso no debo sentirme mal por no estar demasiado triste.

«El mensaje viene de Carolyn —me digo—. No de William.» Pero me resulta imposible contenerme.

—Isabel era una persona —declaro—. Exactamente igual que tú William.

Él se muestra impasible ante mi vehemencia y mi voz temblorosa, ante la saliva que escupo y salpica la rayada mesa de roble.

—Yo no lo he dicho. Lo dice la religión judía. Mi madre me comentó que le había sorprendido que nos dejaran celebrar un funeral.

Isabel está enterrada en el cementerio de Linden Hill, en Queens, en un rincón reservado para otros como ella, para otros cuyos nichos son tan pequeños que caben dos o tres en el espacio de un adulto. Enterramos a Isabel cuatro días después de su muerte, más tarde de lo estipulado por la religión judía, en la que, aparentemente, William y Carolyn son unas eminencias, pero en la morgue de la ciudad de Nueva York había cola, porque cuando un niño sano fallece sin una razón aparente, hay que hacerle una autopsia, diga lo que diga el judaísmo sobre la profanación de cuerpos y la necesidad de que los entierros sean inmediatos.

Durante el funeral llevé gafas de sol. El sol brillaba con intensidad y me dolían los ojos de tanto llorar. Prácticamente no había dejado de llorar desde hacía cuatro días y no había salido a la calle para nada. Las cortinas y persianas de casa seguían cerradas y el fuerte sol que hacía esa mañana en Queens me produjo una migraña. Los coches nos llevaron casi hasta la tumba (tuvimos que caminar muy poco). Allí estaba todo el mundo: mis padres, mis hermanas con sus maridos y sus hijos, la madre de Jack, nuestros amigos y colegas del despacho. Había docenas de personas apiñadas alrededor del diminuto hoyo que había sido cavado en la tierra. A lo largo del funeral fue llegando más gente y yo me sobresaltaba cada vez que oía el portazo de un coche.

La ceremonia fue oficiada por el rabino que nos casó y me pregunté quién le habría llamado. Yo ni siquiera me había planteado esa cuestión. Me había ocupado de vestirme (había logrado dedicar cinco minutos a la elección de una sencilla falda negra que me llegaba a la altura de las rodillas y un suéter). Pero no había pensado en quién se ocuparía del *kaddish* frente a la tumba de nuestra hija.

Jack reprimió las lágrimas hasta que el coche fúnebre atravesó la verja del cementerio. Hasta entonces había estado tan ocupado consolando a la afligida madre y preocupándose de su dolor que no había tenido mucho tiempo para su propia pena. Mi tristeza lo acaparaba todo. Era tan arrolladora que a Jack no le dejaba espacio para su propia aflicción. Tuvo que diluir su tristeza donde pudo, alrededor de la mía. Durante los últimos cuatro días me había acunado en sus brazos, me había dado somníferos y Valium, me había comprado cajas y más cajas de los pañuelos de papel más suaves y se había sentado a mi lado mientras yo jugueteaba con las comidas que mi madre y la suya nos habían preparado. Ahora, en la ladera verde y rocosa de la colina de Ridgewood, en Queens, la pena se apoderó de Jack y éste empezó a llorar.

Sus lágrimas no eran varoniles. No eran lágrimas resignadas que brotaban de unos ojos estoicos. Caían como un torrente y su cuerpo se estremecía con fuerza. Cuando recorrimos la zona de césped que había hasta la tumba y nos sentamos en las sillas plegables colocadas junto al pequeño rectángulo vacío que había en la tierra, Jack empezó a llorar a gritos. Y cuando introdujeron en el hoyo el sencillo ataúd blanco con asas de color dorado, tan pequeño, tan ligero que tuve la sensación de que podría haberlo levantado en brazos sin esfuerzo para apretarlo contra mi pecho, estaba gimiendo. Su intenso dolor, la pureza del mismo, empezaba a incomodar a quienes nos rodeaban (a nuestros amigos y familiares, a sus socios y sus empleados). Las mujeres se pusieron a llorar y los hombres se apoyaban incómodos primero en un pie y después en el otro. Y entonces ocurrió algo extraño. Su llanto hizo que me saliera un chorro de leche de mis pechos hinchados y doloridos. La leche me empapó el sujetador y dejó unos desagradables cercos en la lana de mi suéter negro de cuello alto.

Cuando ya creía que no podría soportarlo un minuto más, cuando estaba convencida de que me levantaría y huiría de allí, William corrió hasta su padre y se abrazó a sus piernas.

—Papi —le dijo—, papi, no llores. No llores.

—¡Oh, Dios mío! —exclamó Jack. Cogió a William en brazos y lo acunó hacia delante y hacia atrás, abrazándolo con fuerza—. Papá está muy triste, Will. Muy, muy triste.

Él lo animó:

—No estés triste, papi. Yo te quiero. Te quiero mucho.

—Sólo los rabinos más ortodoxos creen que un bebé de dos días de vida no es una persona —le explico ahora a William, tratando de ser paciente porque recuerdo cómo acudió a consolar a su padre—. Nosotros somos reformistas. Y los judíos reformistas sabemos que los bebés son personas desde que nacen.

William reflexiona mientras apura su tazón de chocolate.

—Pues yo creo que soy ortodoxo —concluye.

—No, no lo eres —le corrijo. Siento la alarmante necesidad de pegarle un bofetón—. Ni siquiera eres realmente judío. Para eso tu madre tendría que ser judía, y es episcopaliana.

—Entonces soy medio episcopaliano y medio judío ortodoxo.

—Nos vamos —le ordeno.

Fuera, ha dejado de llover. Alzo una mano y al instante se detiene un taxi. Mi hijastro episcopaliano y judío ortodoxo nos ha dado suerte.

Abro la puerta del taxi y me dispongo a abrir la cremallera de la funda del elevador.

—No quiero ir en una silla de bebé —protesta William.

—No es una silla de bebé. —Sintiendo una gran liberación, caigo en la cuenta de que no me importa si el niño se sienta o no se sienta en su maldito elevador. No me importa que vaya o no protegido por un asiento de cinco puntos de sujeción o si se mueve por el asiento trasero como una bola dando vueltas en un bombo de lotería.

—Abra el maletero —le pido al taxista. Y me acerco para introducir el elevador en su interior junto a una vieja manta del estadio de los Giants de Nueva York y una caja con triángulos reflectantes.

—Sube —le ordeno a William.

Me mira asombrado.

—¡Que subas!

—¿Sin elevador?

—No me digas que ahora lo quieres.

—¡No, no!

Durante el trayecto William está tan contento que apenas puede contenerse. Se sienta apoyado en el respaldo, de rodillas y al revés para mirar por la ventanilla trasera. No para de hacer comentarios: que si ahora pasamos por delante de un arce, que si mira a esta mujer que pasea a un perro gris y grande, tal vez sea un galgo ruso o un galgo escocés. Entretanto yo permanezco sentada y callada, intentando controlarme para no ordenarle al conductor que pare el taxi para que así pueda sentar a William como es debido, en su elevador, que es donde debería estar.

Al llegar frente a nuestro edificio, Ivan abre la puerta y William salta del taxi.

—¡Ya no voy sentado en el elevador! —anuncia.

—Me alegro mucho, pequeño —celebra Ivan, revolviendo el pelo del niño con una mano enguantada.

Cuando estamos solos en el ascensor, le digo:

—William, como le digas a alguien que has ido en coche sin sentarte en el elevador, te obligaré a usarlo de nuevo. Te obligaré a sentarte en él hasta que cumplas treinta años.

—No puedes hacer eso —se queja—. Se usan hasta los seis años o los veintiséis kilos.

—Seis años o veintiséis kilos —repito—. Y tú estás muy delgado. Tardarás mucho tiempo en pesar veintiséis kilos, años.

William reflexiona. Mientras abro la puerta de casa dice con una sonrisa ligeramente cómplice:

—No se lo diré a nadie.

11

Carolyn llama al día siguiente por la noche. Sé que es ella nada más oír el teléfono, porque son las diez y es la única persona capaz de llamar a estas horas, excepto Simon, pero es jueves por la noche y los jueves por la noche trabaja de voluntario en el hospicio. (Si bien es cierto que Simon es una persona muy altruista, no hace esto por bondad, sino para conocer a hombres. No a hombres moribundos; no está tan desesperado. Pero está convencido de que, si pasa un tiempo allí como voluntario, en algún momento dado un atractivo hijo gay de algún anciano acudirá a él en busca de consuelo.) Cuando suena el teléfono Jack está en la ducha y al principio pienso en dejar que salte el contestador automático, pero odio los mensajes de Carolyn. Se oye el pitido, hay una larga pausa y entonces, sin más preámbulos, y sin identificarse, dice: «Jack, llámame inmediatamente». Es evidente que reconocemos su voz, pero ¿tanto le cuesta decir: «Soy Carolyn»? Entiendo que le moleste mi presencia en casa de su ex marido, pero me pone enferma que se comporte como si Jack fuese el dueño único de la máquina en la que deja sus mensajes. Sin embargo, lo que más me irrita es que nunca es urgente. Las prisas para que la telefonee nunca están justificadas por la supuesta crisis que ha motivado la llamada en cuestión.

«¡Mierda!», pienso mientras descuelgo el teléfono la tercera vez que suena.

—Hola —saludo. Se produce la pausa habitual.

—Me gustaría hablar con Jack, por favor. —Su voz es tan fría, tan seca. En UrbanBaby.com, todas las mujeres hablan de lo cariñosa que es, de su dulzura y profesionalidad, y de lo cómodas que se sienten en la sala de partos. Y yo me pregunto, no por primera vez, si en la ciudad de Nueva York hay alguna otra ginecóloga que responda al nombre de Carolyn Soule.

—¿Cómo estás, Carolyn? —le digo.

—¿Que cómo estoy? ¿Y tú qué crees? Teniendo en cuenta que sufro las consecuencias de tu negligente comportamiento, yo diría que no estoy muy bien.

El soplón de William se ha chivado.

—Yo no lo llamaría negligente.

—¿Ah, no? ¿No te parece una irresponsabilidad que por tu culpa un niño contraiga una afección respiratoria?

—Avisaré a Jack.

—Espera un momento. No he terminado. No sé a qué estás jugando, pero espero que algún día tengas un hijo y una extraña lo pasee por la ciudad mientras diluvia. Tal vez entonces entiendas lo que estoy pasando. Tal vez entiendas lo que duele ver sufrir a tu hijo.

Siento un impulso casi abrumador. ¡Sería tan fácil dejarme llevar! Podría decirle que tiene razón, que no sé lo que es ver sufrir a un hijo, porque Isabel murió mientras dormía. ¡Sería tan fácil decirle a esta mujer detestable que daría lo que fuera por recuperar a mi hija y disfrutarla el tiempo suficiente como para que pudiese ir por la calle mientras llueve vestida con un impermeable verde y un par de botas de goma! Me encantaría hacer sentir culpable a Carolyn e incomodarla, hacerle lo que lleva dos años haciéndome a mí cada vez que hablamos. Pero, por otra parte, me siento tan aliviada al constatar que sólo está enfadada por la lluvia, que no sabe nada de lo del elevador, por no hablar del pastel atiborrado de lactosa, que simplemente le digo: «Lo siento», y llevo el teléfono al cuarto de baño. Jack ha cerrado el grifo, ha salido de la ducha y se está secando con una toalla. Le paso el auricular.

—Es Carolyn —susurro.

Sujeta el teléfono con una mano y la toalla con la otra. Me quedo en el cuarto de baño y hago un dibujo en el vapor del espejo mientras escucho lo que dice.

—Hola —saluda Jack.

Puedo oír la voz de Carolyn, estridente y enfadada, pero no logro entender lo que dice. Dibujo un círculo, dos ojos, una nariz y unas cejas fruncidas. A continuación garabateo pelos en punta encima de la cabeza dibujada. Intento dibujar un estetoscopio, pero no me sale.

Miro a Jack.

—Me olvidé el paraguas —comento en voz baja.

Él suspira.

Me vuelvo hacia el dibujo y lo examino. Mi talento es limitado y no puedo hacer gran cosa para mejorarlo, así que cojo la toalla que tiene Jack en la mano, la doblo por la mitad y la cuelgo en el toallero.

—Creo que estás exagerando —dice él.

Me coloco detrás de él y miro hacia el espejo por encima de su hombro. El espejo me devuelve el reflejo de parte de su cuerpo, allí donde mi dibujo de una Carolyn enfadada ha eliminado el vapor.

—Ya se sabe que las guarderías son un caldo de cultivo, Carolyn. Tú misma eres médico y sabes tan bien como yo que se ha resfriado porque otro niño le ha contagiado, y no por haberse mojado.

Alargo el brazo por encima de su hombro y trazo una raya en el margen derecho del espejo. Un tanto a favor de mi marido.

—Sí, hablaré con ella del tema. Pero estoy seguro de que no volverá a suceder.

Borro la raya con el borde de la palma de mi mano.

Jack está un rato callado y luego dice:

—Creo que lo has malinterpretado.

—¿El qué? —pregunto sólo moviendo los labios.

Él sacude la cabeza.

—En ese caso, es él quien lo ha malinterpretado. Y, además, ¿a qué viene esto? Es agua pasada. Y en ese momento tú estuviste de acuerdo en que podía ir. El psiquiatra estuvo de acuerdo. Le llamaste y te dijo que a William le sentaría bien, que formaría parte de su proceso de curación.

—¿Qué pasa? —insisto.

Levanta una mano para hacerme callar. Recorro su cuerpo con la mirada. Su pene está caído y flácido después de ducharse, y le cuelgan los testículos. Cojo el pene con la mano y lo aprieto suavemente. Jack me agarra de la muñeca y cabecea.

Lo dejo en el cuarto de baño y me tumbo en la cama. Me sigue y se sienta a mi lado mientras continúa hablando con Carolyn. Conversan casi veinte minutos durante los cuales logro entender de qué están hablando. Tras pasar la noche con nosotros William ha llegado a su casa con el pecho cargado y entre estornudo y estornudo, y mientras dejaba mocos por toda la casa, le ha contado a su madre que había hablado conmigo sobre recién nacidos y funerales. Está enfadado o, mejor dicho, Carolyn ha decidido que el niño está enfadado, y ha telefoneado a su terapeuta. El doctor Allerton ha coincidido con ella en que la asistencia de William al funeral de Isabel ha sido traumática, y ha alterado su frágil equilibrio, de por sí delicado debido al divorcio de sus padres. Carolyn está furiosa con Jack, y conmigo, por haber obligado a William a presenciar cómo enterraban a Isabel en el cementerio de Linden Hill, entre las tumbas de Flora Marley Moscowitz, nacida el 17 de agosto de 1984 y fallecida el 1 de octubre de 1984, y Sebastian Jacob Hillman Baum, «que nos arrebataron el mismo día de su nacimiento, 6 Elul 5759».

La mañana en que Isabel murió, Carolyn estuvo magnífica. Se mostró comprensiva y cariñosa. Fue tal como la definen las mujeres en UrbanBaby.com. Cuando Jack le llamó por teléfono para informarle, lloró. Dijo que lo sentía muchísimo; dijo que no podía ni imaginarse lo que debíamos de estar pasando; incluso le dijo que me diera el pésame. Fue Carolyn quien se lo contó a William y creo que hizo un buen trabajo (se lo comunicó con naturalidad, con seriedad y dejando que expresara sus sentimientos, fueran cuales fuesen).

Las llamadas empezaron esa misma noche. Carolyn quería saber mi grado de sufrimiento, porque al terapeuta de William le preocupaba que el niño fuese expuesto a cualquier tipo de emoción de una intensidad inapropiada. Yo me perdí esa conversación, pues en ese momento estaba tumbada en la cama, entre Simon y Mindy, intentando dejar de gritar sobre la almohada. Pero mi padre estaba en la cocina, escuchando, y comprobó que Jack estaba demasiado cansado, demasiado destrozado y desesperado para disimular. Después, con un *scotch* doble, Jack le contó a mi padre lo que Carolyn le había dicho y, en algún momento en que él y mi madre estaban de buenas, se lo explicó todo a ella y ella a mí, maldiciendo el tremendo egoísmo de Carolyn entre furiosos susurros mientras recogía del suelo los pañuelos de papel que había junto a mi cama y los introducía en una bolsa de basura.

No sé cuántas veces llamó Carolyn durante los siguientes días, pero lo que sí sé es que de vez en cuando deambulaba por la casa buscando a Jack y me lo encontraba en la cocina o en el despacho, desplomado en una silla, hecho un ovillo con el teléfono encima y frotándose los ojos ausente mientras escuchaba las broncas del otro lado de la línea. Hubo largos debates sobre lo que los profesores les dirían al resto de niños de la guardería, sobre si William tenía o no que seguir yendo los viernes a su clase de piano, sobre si podía ir a una fiesta de cumpleaños la misma mañana del funeral, sobre si, en realidad, debía asistir al entierro, sobre si podía participar en el *shivah* (duelo) y sobre si Jack le debía a Carolyn un fin de semana porque, con toda esta historia, habíamos cambiado los días que nos tocaba tener a William. A mí me daba igual que William viniera al funeral o participara en el *shivah* y estuve a punto de decírselo a Jack.

Estábamos sentados en el salón, yo estaba acurrucada en el sofá, sujetando una taza de té que me calentaba las manos, pero que no estaba bebiendo. Había menos gente en el piso que en los últimos días, desde que Isabel había muerto. Mi padre había ido al despacho a hacer acto de presencia, mis hermanas estaban en casa ocupándose de sus hijos. La madre de Jack había vuelto al hotel para echar un sueño. Mindy estaba en su casa con Daniel. Sólo estaban Simon y mi madre.

Jack pasó por el salón con el auricular pegado a la oreja y arqueó las cejas como para preguntarme qué tal andaba, si el dolor era abrumador o sólo terriblemente intenso.

—Jack —dije.

Señaló el teléfono.

—¡Jack! —exclamé más fuerte—. Dile que no importa.

—Emilia, cariño, no lo hagas —me aconsejó mi madre.

—Espera un segundo —pidió Jack y tapó con la mano el auricular—. ¿Qué ocurre, mi amor? ¿Necesitas algo? ¿Te traigo algo?

—No lo hagas —repitió mi madre en voz tan baja que sólo yo pude oírlo.

Miré a Jack con los ojos entornados, rojos e hinchados.

—Dime, cariño.

Cerré los ojos.

—Olvídalo. Es sólo que... acaba pronto, si puedes.

Él asintió.

—Dame un minuto.

Esta noche, cuando cuelga el teléfono, parece derrotado, el vigor de su cuerpo recién duchado y secado ha desaparecido. Se sienta en el borde de la cama, derrumbado y con la boca entreabierta. De algún modo, Carolyn ha logrado hacerlo envejecer. Es como si, asqueada por su búsqueda de juventud en el cuerpo de una mujer más joven, hubiera formulado un conjuro. Le ha hecho vudú a Jack para descargar su repugnancia, sometiéndolo de tal forma que hasta su cuerpo personifica ahora la total absurdez de nuestra relación. Le ha hecho envejecer.

Lo rodeo por la cintura, tiro de él hasta que está tumbado en la cama junto a mí y lo abrazo, enroscando mi cuerpo alrededor del suyo. Me gusta la sensación que me produce estar vestida mientras él está desnudo. De algún modo siento que tengo poder, me siento fuerte, incluso peligrosa. Lo obligo a echarse boca arriba y me siento a horcajadas encima de él, presionando la dura costura de mis vaqueros contra su pene. Me balanceo levemente y noto cómo se remueve debajo de mi entrepierna.

Coloca sus manos en mi cintura y me dice:

—¿Ahora tienes ganas, Emilia?

—No —contesto presionando lo bastante para hacerle daño. Hace una mueca de dolor.

—Hazme un favor, cariño —me pide—. Cuando llueva, coge un taxi.

—Lo intenté. ¿O acaso crees que me gusta estar bajo la lluvia con un niño de cinco años? No encontré ningún taxi.

—Pues alquila un coche.

—¡Qué curioso! Es lo mismo que me dijo William.

Jack se ríe.

—Es un niño muy listo.

Yo no me río.

—Los días de lluvia cuesta tanto encontrar un taxi en la calle como que te atiendan en el servicio de alquiler de coches. De cualquier forma, Jack, si no te gusta cómo recojo a William de la guardería, ve tú a buscarlo.

—Sabes que no puedo ir a buscarlo. Yo trabajo.

¿Había pronunciado ese «yo» con un énfasis sutil? ¿Llevaba un reproche implícito?

—Que te jodan —digo.

—¿Cómo? Pero ¿qué he dicho?

—Pienso trabajar otra vez; sólo necesito un poco de tiempo.

—Emilia, ¿a qué viene este ataque? Yo no he dicho nada sobre que trabajes o no. Me da igual que vuelvas a trabajar o no. Lo único que he dicho es que no puedo recoger a William porque tengo que trabajar. Pero si no quieres seguir yendo a buscarlo, podemos pedirle a Sonia que lo traiga a casa como hacíamos antes.

Puedo notar el delicioso sabor de las palabras formándose en mi boca: «Sí, será lo mejor. Será lo mejor, porque no quiero pasar más tiempo con él».

Puedo saborear esas palabras y me siento fatal nada más pensar que Jack pueda llegar a oírlas.

—¡Claro que quiero ir a buscarlo! —exclamo—. ¡Dios! Sólo me olvidé el maldito paraguas.

Los músculos de la mandíbula de Jack están tensos. Está haciendo un gran esfuerzo por mantener la calma.

—Su terapeuta está preocupado por él.

—Eso dice Carolyn.

—Carolyn no miente, Emilia. Es una puñetera en muchos aspectos, pero es irremediablemente honesta.

Me pregunto si será demasiado obvio besarle ahora mismo. Me pregunto si los celos mezquinos expresados en un beso en este preciso instante, cuando él está desnudo, serán tan poco atractivos que le quitarán las ganas de sentir mi lengua en su boca. Le doy un simple beso en los labios, sin lengua.

Su mandíbula se relaja y sus labios se ablandan momentáneamente debajo de los míos. Entonces me dice:

—El doctor Allerton cree que es posible que William tenga un trastorno de estrés postraumático.

—William no tiene ningún trastorno de estrés postraumático.

Jack se frota los ojos con el puño.

—¡Oh, Dios! ¡Dios! ¡Pobre Will!

—Está bien, Jack. Will está bien. —Es la primera vez en mucho tiempo que lo llamo por su apodo. Cuando conocí a William intenté usar el apodo que le había puesto Jack, de igual modo que alguien intenta probarse un vestido original en su *boutique* favorita o un par de zapatos que se salen de su estilo habitual. «¡Quién sabe, a lo mejor estos zuecos de color verde azulado me quedan bien! A lo mejor me quedan bien las sandalias de tiras plateadas y he sido siempre demasiado conservadora para atreverme a llevarlas.» Lo llamé por su apodo, «Will», un par de veces, pero no sonaba bien cuando yo lo pronunciaba, así que volví a llamarlo William y nuestra relación fue tan protocolaria como un par de zapatos de charol.

—Lo siento, Em. Siento perder siempre el control —se lamenta Jack, enjugándose los ojos. Me saca de encima de él y me rodea con un brazo.

—No estás perdiendo el control. Nunca lo has perdido.

No contesta. Me levanto y me desvisto, y dejo la ropa en el pequeño sillón que hay en una esquina del dormitorio.

Me deslizo debajo de las sábanas y me vuelvo para mirarlo. Me besa el pelo; desde que me conoció siempre lo he llevado de un color caoba natural y brillante. Es el color del cabello de Allison antes de que se volviera gris, y tengo entendido que su madre, la primera mujer de mi padre, lo tenía de este color. Mis hermanas mayores tenían cuatro y seis años respectivamente cuando su madre y mi padre se divorciaron, y no eran mucho mayores cuando ella las abandonó definitivamente. Como no sé con seguridad si un niño tiene la capacidad de recordar el color con verdadera precisión, sobre todo cuando la carga emotiva que el crío siente hacia la persona en cuestión es tan fuerte, no sé si Annabeth Giskin tenía el pelo o no del mismo color que yo lo llevo. Las únicas fotografías que he visto de esta mujer, de la época en que mis hermanas eran pequeñas, son en blanco y negro, y cuando Annabeth se puso de nuevo en contacto con sus hijas, éstas ya tenían más de treinta años y su pelo hacía mucho tiempo que se había vuelto blanco. De todas formas, tengo la piel y las pecas de una pelirroja, y envidié los rizos rojizos de Allison hasta que descubrí que con la ayuda de Bumble and Bumble yo también podía lucirlos. Así que soy pelirroja y, aunque no ignoro lo ridículo que resulta construir una personalidad entera alrededor de un color de pelo artificial, no dejó de sorprenderme que Isabel naciese tan morena.

Deslizo la mano sobre el abdomen de Jack y él gime, pero no de placer.

Detiene mi mano con la suya y dice:

—Mi amor, ni yo mismo doy crédito, pero creo que no puedo, esta noche no. Estoy demasiado preocupado por William. Lo siento. ¿No te importa?

Dejo mi mano debajo de la palma de la suya, sobre su vientre, y aprieto levemente, por si hay cualquier indicio de excitación.

—Claro que no —respondo, y me siento aliviada, pero sólo un rato. ¿Me rechaza después de tres meses de sequía sexual? ¿Me aparta la mano después de haberse pasado tres meses masturbándose en la ducha cuando cree que no estoy mirando? Es la primera vez en los casi dos años que hace que estamos juntos que Jack me dice que no quiere sexo. Desde el principio el sexo ha sido uno de los ingredientes fundamentales de nuestra relación, el eje alrededor del cual ha girado todo. Eso no significa que nuestro amor sea menos profundo, que sea menos auténtico que el de aquellas parejas para las que la pasión física no es importante. Abelardo y Eloísa no sólo no eran contrarios a una vida como compañeros platónicos, y se leían la Biblia el uno al otro y componían poesía, sino que sentían devoción por la virginidad del otro, y desafiaban a sus soberanos, jugándose la excomunión y, finalmente, sacrificando sus testículos —bueno, los de él— por placer. Lo mismo nos ocurre a Jack y a mí. Excepto por lo de la virginidad, la castración y la excomunión. Aunque, si William logra convertirse al judaísmo ortodoxo, tal vez convenza a sus colegas de Crown Heights de que nos echen de la grey como castigo por haberle arruinado la vida.

La importancia del sexo entre Jack y yo tiene, sin duda, que ver con el hecho de que Carolyn se negara a hacer el amor con él. Incluso antes de que naciera William, ella no lo dejaba acercarse, negándole el acceso a su precioso y esbelto cuerpo, por el que suspiraba la reprimida libido judía de Jack. Se casaron dos años antes de que naciera William y salieron otros dos años antes de casarse, y durante esos cuatro años él jura que hicieron el amor tan pocas veces que recuerda cada una de ellas. Tras el nacimiento de William no recuerda ninguna, porque no hubo ninguna. Desde que Carolyn se quedó embarazada jamás volvieron a tener sexo.

Él me ha explicado que Carolyn se mostraba desdeñosa cuando él pedía que hicieran el amor, que lo menospreciaba. Le decía que resultaba patético. Cuando le pregunté por qué ella se negaba a tener relaciones sexuales, me dijo que después del nacimiento del bebé Carolyn estaba demasiado cansada, que el trabajo y William absorbían todas sus energías. ¿Y antes? Antes, me contó Jack, ella simplemente lo encontraba repulsivo. Lo amaba, aseguró él, pero había algo en su cuerpo que le producía rechazo. En cierta ocasión confesó que era su corta estatura. Que Carolyn tenía la sensación de que una ardilla se escurría por su cuerpo.

Cuando Jack me contó todo esto, hace ya tiempo, al principio de nuestra relación, en la época en que yo le acribillaba a preguntas constantes sobre su matrimonio con el objetivo de conocer cada detalle de su vida, de convertirme en la depositaria de sus secretos más íntimos y racionalizar la traición que habíamos cometido, le lamí el cuerpo desde los tobillos hasta la coronilla de la cabeza. Me senté encima de él, lo abracé y le susurré al oído que era el hombre más guapo que había visto jamás, que era fuerte, poderoso y tan sexy que me excitaba sólo con ver su nombre escrito en el membrete de la empresa. Únicamente después, cuando sudorosos y agotados, yacíamos en la cama desnuda, con las almohadas del hotel y las sábanas en el suelo, le pregunté por qué se había casado con ella, con una mujer que nunca lo había deseado.

Reflexionó unos instantes y luego se encogió de hombros:

—Porque estábamos enamorados —fue su respuesta.

Ahora estoy echada a su lado, mi mano descansa encima de su vientre, unos centímetros por encima de su pene flácido. Me aterra la posibilidad de haberme vuelto como Carolyn, indiferente al sexo, indiferente a mi marido, sin interés por la pasión que en el pasado lo fue todo para mí. Y lo que es peor, me aterra que esta mujer que deseaba tan poco a mi marido haya conseguido que, de algún modo, él no me desee en absoluto.

—Jack.

—¿Qué?

—Prometo no volver a caminar con él bajo la lluvia.

—De acuerdo. Gracias.

—Prometo llamar al servicio de alquiler de coches y prometo no volver a olvidarme el paraguas.

—Gracias.

—Es más, compraré unos gorritos impermeables y unos chubasqueros a juego. De esos que puedes doblar y llevar en el bolso.

William y yo nos los pondremos cada vez que parezca que va a llover.

Jack fuerza una sonrisa.

—¿Quieres que te compre un gorro y un chubasquero a ti también? Creo que estarías monísimo con un gorrito impermeable.

—Claro, Em. Cómprame uno.

Le beso con ternura e introduzco la lengua entre sus labios. Entonces le digo:

—Intentaré hacerlo bien, Jack, te lo prometo.

—Lo sé —contesta mientras acomoda mi cabeza en el ángulo de su brazo doblado.

12

Cada dos fines de semana, cuando tenemos a William con nosotros, Jack no va al despacho. Mi marido organiza al dedillo todo lo referente a su correspondencia, sus llamadas telefónicas, juicios y deposiciones, así cada dos viernes puede salir del despacho a las cinco en punto para recoger a William. Pero este viernes por la tarde, a la hora en la que se supone que tiene que estar esperando incómodamente en el recibidor de su antiguo piso, en la Quinta Avenida número 1010, para asegurarse de que William ha metido cuanto necesita en su mochila con forma de estegosaurio, Jack se encuentra en el George Bush International Airport de Houston.

—No lo entiendo —me quejo—. Estás en Texas. ¿Cómo es posible que estés atrapado por la nieve?

—No soy yo el que está atrapado, es el avión. Que está en Denver. Y no hay otro vuelo hasta mañana por la mañana. Tendrás que ir tú a buscar a Will.

Estoy en un taxi dirigiéndome al centro a través del parque para encontrarme en un cine con Simon y Mindy. Me habían pedido que cenara con ellos, pero una cena implica conversación y tengo la mandíbula demasiado tensa para hablar. Además, esta tarde, en Fairway, frente al mostrador de quesos importados, he visto a dos mujeres embarazadas comparando el abultamiento de sus barrigas y, obviamente, he estado llorando. Necesito estar a oscuras.

—¿Qué quiere decir que vaya a «buscar a William»? Ella no me deja ir a buscarlo. No me deja entrar en su casa. Ni en el vestíbulo de su edificio y apenas puedo pisar la Quinta Avenida.

—No es necesario que subas. Dile al conserje que vas a recoger a William y ella lo meterá en el ascensor para que baje.

—No, no lo hará. Se pondrá histérica. Soy la bruja negligente y causante de su afección respiratoria, ¿recuerdas?

—Pero ¡si ni siquiera la verás! Todavía no son ni las cinco. De todas formas, le he dejado un mensaje explicándole lo ocurrido.

—Como si eso sirviese de mucho. Dile a Sonia que lo traiga a casa.

—Llevo toda la tarde intentando localizar a Sonia y a Carolyn. Tendrás que ir tú, Emilia.

—¿Le has dejado un mensaje en su consulta?

—¡Pues claro que sí! Muchos. Y no me ha devuelto la llamada.

—Pero es que he quedado para ir al cine. —Mi comentario no merece respuesta alguna y no la obtiene. Hago un último y temeroso intento—. ¿Y si trato yo de localizar a Sonia o a Carolyn? Seguro que acabaré dando con una u otra.

—Em, joder, estoy atrapado en Houston, ¿lo entiendes? Volveré a casa lo antes posible. A primera hora de la mañana. Hacia las diez. Como muy tarde a mediodía. ¿Puedes hacerme este favor? ¿Puedes, por favor, ir al piso de Carolyn a buscar a William y llevarlo a casa? Ponle un DVD, si quieres. Vete al videoclub y coge *Microcosmos*.

—William tiene prohibido ver la tele. La tele produce un trastorno de atención deficitaria en los niños y los hace proclives a la violencia.

—Emilia, por favor. —Desde que murió Isabel, es la primera vez que está a punto de enfadarse conmigo. Me excita. Al fin he agotado su interminable paciencia. Al fin he alterado su imperturbable y afectuosa preocupación por mí.

—Perdona —concedo—. Iré a buscarlo. Naturalmente que iré.

—Por favor, no llegues tarde.

En su súplica oigo el eco de la insistente voz de Carolyn.

—Estoy en camino.

—Te quiero, Em.

—Cambio de planes —le digo al taxista—. Necesito que dé la vuelta. Tengo que ir al East Side. A la Quinta con la Ochenta y dos.

Sólo cuando cuelgo el teléfono caigo en la cuenta de que esto significa que Jack no estará en casa esta noche ni mañana por la mañana. Que estaré toda la mañana con William. Y, lo que es peor, otra noche sola en mi cama. Ahora estoy tomando dos pastillas Ambien antes de acostarme, y me preocupa que sea demasiado o que no sea suficiente. No puedo correr el riesgo de despertarme en plena madrugada o, peor aún, cuando raya el alba teñida de culpa. Isabel murió al amanecer. No, no es cierto. Me di cuenta de que Isabel estaba muerta cuando amanecía.

Por las ventanillas del taxi miro los oscuros árboles del parque y recuerdo la única noche que pasamos como familia en nuestro hogar. El regreso del hospital a casa fue muy movido y decidimos acostarnos temprano. Tomé una ducha mientras Jack acunaba a Isabel en la mecedora, y debajo del chorro de agua caliente mis pechos doloridos (tenía los pezones irritados y el contorno de los senos machacado y sensible) empezaron a agrandarse. Cuando salí de la ducha tenía los pechos enormes; redondos y pesados, como bolas recubiertas de una delgada capa de piel. Y los pezones, largos y anchos como mis pulgares.

—¡Creo que me ha subido la leche! —exclamé—. ¡Cómo duele!

Me puse el camisón de lino blanco y el sujetador de lactancia que me había dado Allison, y fui a la habitación de Isabel. Jack había introducido el meñique entre los labios del bebé. Me sonrió. Tenía arrugas alrededor de sus oscuros ojos y frunció la boca imitando al bebé a la perfección.

—¡Genial, porque esta niña está hambrienta! —repuso—. Quiere a su madre, ya.

Siguiendo las instrucciones de Felicia, no dejamos que en el hospital le dieran ningún biberón a Isabel. Desde el nacimiento no había tomado siquiera un sorbo de agua azucarada. Cuanto había ingerido procedía de mis pechos. Calostro puro y saludable.

Cogí a la niña y la llevé de nuevo a nuestra habitación. Me saqué el camisón, me metí en la cama y coloqué a Isabel tal como decía el manual de lactancia que me había dado Felicia, dispuesta a disfrutar del amamantamiento que ya habíamos experimentado en el hospital. Isabel y yo formábamos una «pareja de lactancia» perfecta, estábamos tan cómodas y compenetradas, era todo tan perfecto que Felicia nos había hecho una foto para su álbum en apoyo de la lactancia. Ahora Isabel chocó contra mi abultado pezón, luchó por introducirse mi enorme areola en la boca y empezó a llorar. Durante las tres horas siguientes la pasé de un pecho a otro, hojeé *La biblia de la lactancia materna* y *La lactancia*: me extraje leche a mano para destensar mis pechos, dejé compungidos mensajes en el contestador automático de Felicia y en la Liga de la Leche, me di duchas calientes y me puse en los senos compresas tibias y de hielo. Isabel siguió batallando con mis congestionados pechos que horas antes le habían proporcionado un continuo y agradable goteo de alimento y que ahora no hacían más que torturarla. Se habían vuelto duros e inaccesibles, eran pechos contra los que estrellar el rostro y llorar, no a los que arrimarse y aferrarse, no a los que agarrarse para succionar felizmente. A las once yo estaba llorando más que el bebé y a la una Jack estaba al teléfono ofreciéndole mil dólares a una asesora en lactancia de la Liga de la Leche para que viniese a casa de inmediato. Prometió venir a primera hora de la mañana y nos sugirió que me diera un baño caliente.

A las dos menos cuarto, tras un baño en el que mi leche y mis lágrimas enturbiaron el agua, Isabel empezó a succionar. Pasados diez minutos seguía haciéndolo y Jack me dijo:

—Creo que ya puedes recostarte.

—No hagas ruido —susurré.

Estábamos sentadas en el borde de la cama. Yo estaba encorvada y tenía a Isabel echada sobre mi brazo izquierdo. Con la mano derecha aparté un poco el pecho para que pudiera respirar por las diminutas aletas de su nariz. Mamaba rítmicamente, haciendo una pequeña pausa y emitiendo un ligero chasquido cada vez que tragaba. Nos quedamos ahí, inmóviles, durante casi veinte minutos. Después, sin venir a cuento, soltó el seno y comenzó a chillar. La cambié de lado y repetí la operación en el otro pecho, en esta ocasión su cuerpo descansaba sobre mi brazo derecho. Se pegó al pezón con un gruñido y reinició sus felices chasquidos. Al cabo de unos cuantos minutos me incliné lentamente hacia atrás, hacia la cabecera de la cama, deteniéndome cada vez que notaba que ella se movía o estaba incómoda.

—¿Quieres que te ponga un cojín debajo del brazo? —me preguntó Jack.

Sacudí la cabeza. Me recliné muy despacio hasta estar casi echada, con Isabel a mi lado, acurrucada en el ángulo que formaba mi brazo y con el cuerpo descansando sobre el colchón. Con la mano izquierda comprobé que el pecho no le oprimiera la nariz, es decir, que yo estaba de lado y con el codo izquierdo en el aire.

—¿Estás segura?

—Estoy bien —contesté en voz baja—. Apaga la luz. Creo que se ha dormido.

Cuando nos despertamos habían pasado tres horas. Isabel continuaba en la misma postura, sobre mi brazo derecho, acurrucada junto a mi cuerpo. Mi brazo izquierdo descansaba en mi cintura. Isabel había soltado mi pecho y tenía la boca entreabierta. La luz que entraba por las ventanas era tenue y apenas pude vislumbrar la punta de su lengua asomándose hacia un lado, torcida como una pequeña gamba rosada. Estaba helada. La tapé hasta la barbilla con el edredón de plumas y le froté una mano con las mías. Estaba rígida y cérea. Se me escurrió de las manos. Me incorporé y cogí su barbilla entre mi pulgar y mi índice. Me acerqué a su boca. Entonces empecé a gritar. Sé que es imposible que sucediera, pero recuerdo que brinqué sobre nuestra cama, y me vi a mí misma chillando, vi a Jack despertando de un sueño profundo, volcando su lámpara y alargando el brazo para encender la de mi mesilla de noche. Lo recuerdo a cuatro patas en la cama, con la boca abierta sobre la boca y la nariz de Isabel, metiendo aire en sus pulmones mientras yo estaba arrodillada junto a los dos, con las manos en mis mejillas, hundiendo las uñas en mi piel, debajo de mis ojos, y con la boca abierta en un grito que no pude oír.

Jack buscó a tientas el teléfono con una mano mientras seguía haciéndole el boca a boca a Isabel. Llamó al servicio de ambulancias y me pasó el auricular. No recuerdo lo que dije. No sé ni cómo pude articular palabra, pero de algún modo me entendieron. Creo que Ivan los acompañó hasta el apartamento; no estoy segura. Eran muchos y vestían uniformes distintos. Había agentes de policía, enfermeros; creo recordar que hasta había bomberos. Nos apartaron de la cama con manos grandes y competentes, y se inclinaron sobre nuestro bebé. Uno de ellos apoyó una rodilla encima del colchón y miré fijamente la gruesa suela de su zapato; había un trozo de chicle pegado en ella.

El enfermero que había pisado el chicle se levantó y nos dijo:

—Lo lamento mucho, pero me temo que está muerta.

Volví a pegar un brinco. Me vi en el suelo y con una curiosidad apática y hasta analítica, me pregunté cuándo me había vuelto a poner el camisón. Es curioso cómo, cuando un dolor insoportable se apodera de uno, te derrumbas. De repente me encontré sobre la alfombra de la habitación con el camisón enroscado alrededor de las piernas. Jack tenía las cejas fruncidas y la boca torcida en una mueca de desconcierto. Durante los meses siguientes recordaría esa expresión en numerosas ocasiones, incluso hablábamos de ella las pocas veces en que soportábamos evocar ese triste amanecer. Cuando él recordaba esa expresión, cosa que a veces sucedía, porque otras aseguraba no tener ni idea de qué estaba hablando, me decía que era la de un hombre perplejo, incapaz de comprender la cadena de circunstancias que habían desembocado en esa inverosímil tragedia. Yo siempre le he dicho que le creo, que por supuesto que estaba confuso. Pero en mi fuero interno creo que su cara expresaba un inconfundible reproche, decía: «¿Cómo has podido dejar que pase esto?» o «Emilia, ¿qué has hecho?»

Mientras flotaba en el aire observé a Jack arrodillándose junto a mí y acunándome en su regazo. Vi que sus labios pronunciaban mi nombre una y otra vez.

Pero no oí absolutamente nada.

13

La librea del conserje del Upper East Side es más vistosa que la de Ivan, la tela de su levita es de mejor calidad, las dos filas de botones de latón que luce brillan más y sus hombreras tienen más tiras de galones dorados. Me pregunto si Ivan aspira a un empleo digno de tanto esplendor. Quizás haya enviado su currículum a todos estos edificios y está esperando a que le llamen para trabajar en una zona más elegante del parque.

El conserje de Carolyn me abre la puerta del taxi y bajo del vehículo. No camino hacia la entrada del vestíbulo, me arrastro. Me da miedo entrar en este edificio, aunque sé que lo más probable es que Carolyn todavía esté trabajando. La idea de adentrarme en el territorio que ha marcado con su áspera estela me da un retortijón de tripas.

A mitad de la acera el portero me da unos golpecitos en el hombro.

—Señorita —me dice—, ¿busca a William?

Me temo que Ivan no tiene nada que hacer al lado de este hombre; le falta el acento irlandés.

—¿Disculpe? —replico.

—¿Ha venido a buscar al pequeño William Woolf?

—Mmm... sí.

—William y Sonia la esperan en el parque de juegos infantiles de Three Bears. En la Setenta y nueve. Justo al sur del museo.

—¿Cómo ha dicho? —Está oscuro y hace frío, el sol se está poniendo. Consulto mi reloj. Son las cinco menos cinco.

—La esperan en el parque de juegos. Está a cuatro manzanas de aquí, siguiendo por la Quinta Avenida.

—¿Y por qué no se han quedado en la portería?

El conserje se encoge de hombros, se coloca entre la entrada al vestíbulo del edificio y yo, y me doy cuenta de que no piensa dejarme entrar. Me pregunto quién le habrá dicho que soy un peligro potencial, una amenaza para el elegante palacio que él custodia con su uniforme de cascanueces. De repente, y únicamente porque se me deniega el acceso, quiero entrar en el edificio y me planteo colarme, echar a correr e irrumpir en el vestíbulo, y coger una hoja de la palmera o un folleto publicitario de menús chinos a domicilio como prueba de mi exitosa transgresión. No obstante, le doy las gracias al hombre y me alejo del edificio a paso rápido.

Cruzo la calle, una decisión estúpida porque me veo obligada a esquivar a la multitud de turistas que hay delante del Met. Mientras bailo un impaciente *pas de deux* con un grupo de adolescentes, que por alguna razón esperan hasta llegar al bordillo para ponerse los abrigos y las bufandas, se me ocurre que alguien que lleva una camiseta con las palabras Rebel Rebel lo más probable es que no sea rebelde. Finalmente, logro adelantarlos a empujones.

—Son las cinco en punto —comenta William. Está sentado en un banco al lado de Sonia, con su mochila con forma de estegosaurio encima de las piernas y el elevador enfundado junto a los pies—. El parque cierra a las cinco. No deberíamos estar aquí, podrían arrestarnos.

La imagen de William esposado es tan satisfactoriamente ridícula que estoy a punto de sonreír.

—No arrestan a la gente por quedarse en el parque pasadas las cinco —declaro.

—Sí que lo hacen.

—En primer lugar, William, no es culpa mía si llego tarde. El taxi me ha dejado en tu casa, donde, casualmente, tenía intención de recogerte. He venido aquí lo más rápido posible; no puedo correr más deprisa. En segundo lugar, mira a tu alrededor. El parque está lleno de niños y a mí no me da la impresión de que estén siendo arrestados.

Enfatizo mi argumentación gesticulando con el brazo. El parque de juegos infantiles de Three Bears es uno de los más patéticos de Central Park. Tiene la estatua de los tres osos y una armazón de tubos de metal para escalar, anticuada y de temible aspecto, asentada sobre una superficie de goma. Hay un gran arenal con un tobogán de hierro y una escalera que no lleva a ninguna parte. Los niños que juegan aquí no parecen criminales, pero tampoco parecen estar divirtiéndose mucho.

—Deberías haber llamado al servicio de alquiler de coches. Un coche te habría esperado y te habría traído hasta aquí —observa William.

Suspiro.

—William, no todo el mundo tiene un coche con chófer a su disposición. No todo el mundo puede permitirse el lujo de pasear por la ciudad en un Town Car.

Sonia mira a un punto fijo del horizonte. Su rostro permanece impasible, aunque la repugnancia que siente es tan obvia como si hubiese hecho una mueca. Ella sabe tan bien como yo, y como William, que podemos permitirnos un coche con chófer; que podemos ir de Town Car en Town Car sin problemas. Jack es socio de uno de los cinco bufetes más grandes de la ciudad, uno de los bufetes más importantes y prósperos de Estados Unidos. Es un socio joven, es verdad, pero aun así su sueldo debe de triplicar el de mi padre.

¿A quién pretendo engañar? Mi parsimonia totalmente consciente es un fraude, hasta un niño de cinco años lo ha detectado. Si bien es cierto que mis padres hubiesen podido gozar de mayor bienestar de no haber mi padre gastado lo que se gastó en su compulsión sexual, jamás he pasado necesidades. Compartir con otras dos chicas un apartamento de una sola habitación en el East Village y cenar tallarines con carne y verdura tres noches seguidas, porque yo era una camarera demasiado mediocre para que un empleo me durara más de un par de meses, no significa que eso sea pasar necesidad. El rostro forzadamente imperturbable de Sonia me indica que ella sí ha pasado necesidad. Ignoro si alguna vez se ha ido a la cama hambrienta, pero estoy convencida de que fuesen cuales fueran los problemas que la llevaron a recorrer seis mil quinientos kilómetros para acabar en este parque miserable un frío anochecer eran más graves que una suspensión del servicio de telefonía móvil por falta de pago, o no poder comprar en Otto Tootsi Plohound por tener la tarjeta de crédito bloqueada mientras esperaba los resultados de la prueba de admisión en la facultad de derecho.

—Vete a jugar, William —le ordeno.

—¿Qué?

—Estamos en un parque. Ve a jugar.

—No quiero jugar. Hace mucho frío y es de noche.

—En cuanto empieces a moverte dejarás de tener frío. Mira, ninguno de los niños tiene frío. Están jugando.

No pensé que habría tantos niños en el parque a esta hora. Me doy cuenta de que en su forma de jugar hay cierta ansiedad, como si quisiesen exprimir con desesperación los últimos minutos de luz del día. William suspira como si lo hubiese enviado a extraer carbón de las entrañas de una mina del oeste de Virginia y no a subirse a una armazón metálica en forma de espiral de la Quinta Avenida. Le da la mochila a Sonia y con las manos en los bolsillos de su abrigo, y arrastrando las botas por el suelo de tierra, se acerca al grupo de niños, resignado a aburrirse miserablemente.

Me siento en el sitio que ha dejado libre. Su pequeño trasero ha calentado el banco más de lo que me había imaginado.

—Odio los parques —comento.

—¿Perdón? —dice Sonia. Se dispone a levantarse, pero se detiene cuando le hablo.

—Los parques, que los odio. Ahora. Bueno, desde que murió Isabel. Isabel era nuestra hija.

Sonia se sienta de nuevo.

—Sé que Isabel es el nombre de su hija.

Creo que le compraré un libro de gramática para que aprenda a usar otros tiempos verbales además del presente.

Entrelaza sus manos enguantadas. Lleva unos guantes muy bonitos, son de cuero de color pardo y están forrados. Dudo que sea pelo de conejo; debe de ser de visón o de castor. Sin embargo, la zona de las yemas de los dedos está desgastada y las costuras parecen deshilachadas; los habrá heredado de Carolyn.

Sonia tarda un rato en hablar y cuando lo hace tengo la sensación de que ha tomado la decisión consciente de quedarse a charlar conmigo, de enzarzarse en una conversación que va más allá de lo estrictamente necesario o de lo que exigen las normas básicas de civismo. Me dice:

—¿Por qué ahora odia los parques?

Exhalo con fuerza y señalo hacia la zona de juego y los columpios, apenas visibles en la penumbra.

—Por los niños. Sobre todo por los bebés. Hacen que eche de menos a Isabel.

—Los bebés la entristecen.

—No sólo me entristecen. Me siento... —Hago una pausa y miro a una mujer que sostiene a un bebé, apoyado en una cadera, mientras ata a otro niño pequeño en uno de los asientos de un coche para dos. El bebé lleva un buzo grueso, tan grueso que sus piernas están tiesas como un par de salchichas; agita los brazos con energía y su madre lo mece mientras ata a su hijo mayor—. Estoy enfadada.

—¿Se enfada cuando ve a otros bebés?

—Sí, no sé. Es como si me diera rabia que esos bebés estén vivos y mi hija no. —Contemplo la cara redonda del bebé del buzo. Tiene las mejillas muy rojas por el frío—. Pero no odio a los bebés, odio a sus madres.

—¡William! —grita Sonia—. Devuélvele el juguete al niño.

En el otro extremo del arenal distingo con dificultad a William, acuclillado junto a un niño de no más de dos años que observa con resignación cómo William hace algo con su tractor amarillo.

—Debe de estar arreglándoselo —le digo a Sonia.

—Sabe que no está bien quitarle los juguetes a otros niños —objeta—. ¡William!

Él suelta el tractor y se pone de pie. Le da una palmadita al niño en la cabeza y se va a otra zona del parque.

—Pienso que las personas siempre están tristes y enfadadas cuando pasa algo horrible —comenta Sonia.

—Seguramente —concedo.

—Pienso que tiene otro bebé y ya no odia a las madres. Porque entonces usted es madre y no se odia a sí misma. No quiere que muera su nuevo bebé.

Creo que esto es lo máximo que puedo confiarle a Sonia, que ya es más de lo que le he confesado a la mayoría de la gente. Pocas personas saben lo enfadada que estoy. Mindy está al tanto de lo que siento hacia las madres, porque ella siente lo mismo que yo. En cierta ocasión le dije a Jack que ojalá hubiera muerto otro bebé en lugar del nuestro. Lo que no le he dicho a nadie es que no me imagino teniendo otro hijo. No quiero otro bebé, precisamente porque Sonia está equivocada. Sí que querría que mi siguiente bebé muriese, si de alguna forma eso me devolviera a Isabel. Si semejante intercambio fuese posible, si pudiese negociar con un Satanás con tridente, pariría y asesinaría a mil niños con tal de que me devolvieran a Isabel.

Alzo la vista y me encuentro a William de pie frente a mí.

—El letrero dice que el parque cierra al anochecer. Y hace rato que está oscuro —constata.

—Está bien, pues —accedo—. Será mejor que nos vayamos.

—Adiós, William. Te veo el lunes. Dame un beso. —Sonia le planta un beso en la mejilla, que él acepta con más amabilidad que los que yo le ofrezco. Sospecho que es más sensible de lo que yo creo. Sabe que Sonia le tiene cariño y que, aunque es severa, también es sincera, por eso reacciona con cariño a su beso. Me temo que percibe que mi afecto es forzado y por eso debe de ponerse rígido cuando lo abrazo. O eso, o simplemente Sonia le cae mejor que yo.

William se cuelga la mochila en los hombros y observamos a Sonia salir del parque a paso rápido. La seguimos. Tuerce por la Quinta Avenida.

—¿Adónde va? —le pregunto a William.

—A buscar su maleta. No le gusta traer bolsas al parque, porque entonces tiene que vigilarlas todo el rato y no puede jugar conmigo.

—Pero si sólo tenía que traerte hasta aquí. No había tiempo para jugar.

—Supusimos que llegarías tarde.

—¿Sabes, William? —digo mientras la luz del semáforo cambia y pasa por delante de nosotros un nuevo enjambre de coches—. En realidad, no he llegado tarde. He venido en cuanto tu padre me ha avisado. Y no estabas jugando; estabas sentado en un banco.

—Tengo hambre —replica.

Desde luego, este niño no da tregua.

—¿Te apetece un helado? —propongo—. ¿Qué tal si cenamos un buen helado con crema, fruta, almíbar y nueces? ¿Y con chocolate derretido? ¿Has ido alguna vez a Serendipity? Es la mejor heladería que hay. Tienen copas de helado del tamaño de tu cabeza. Y *fondant* de chocolate. —William sacude la cabeza.

—Tengo intolerancia a la lactosa.

—¡Oh, vaya! —lamento—. ¡Lo había olvidado!

—Eso significa que soy alérgico a la leche. Y los helados están hechos con leche. Si me tomo un helado, podría ponerme muy enfermo.

—Bueno, en ese caso iremos a casa y veremos qué hay en la nevera. A lo mejor quedan restos de comida china.

Un taxi se detiene, abro la puerta y lanzo en su interior el elevador. William pasa por debajo de mi brazo y sube. Antes de darle la dirección al taxista me mira con una expresión atípica en él.

—Emilia, ¿crees que en Serendipity tendrán helados sin lactosa? —me pregunta—. ¿Crees que harán algún tipo de helado sin leche?

Caigo en la cuenta de que la expresión de su rostro, que veo hoy por primera vez, refleja esperanza.

—No lo sé —contesto. Me doy asco a mí misma. Soy perversa y William no es más que un niño. Pero recibiré mi castigo, porque en toda la ciudad de Nueva York no hay un sitio con más bebés y niños que en la cola que se forma los viernes por la tarde a las cinco y media frente a la heladería Serendipity. Y, además, no hacen helados sin leche.

—A la calle Sesenta, entre la Segunda y la Tercera —le ordeno al taxista.

—Tenemos sorbete arco iris —anuncia la camarera.

—Pero lleva leche. Los sorbetes llevan leche. —William está al borde del pánico. Está sentado de rodillas sobre el cojín de su taburete rotatorio de metal, con los codos apoyados en la exquisita mesa victoriana y las manos sujetando la pegajosa carta. Llevamos fuera casi una hora congelados de frío esperando a que nos den una mesa y William está desesperado. Una hora que el niño ha dedicado a discutir sobre las virtudes relativas del *fondant* de chocolate sin lactosa y los helados con frutas, almíbar y nueces, pero sin leche, mientras yo hacía ejercicios respiratorios de yoga intentando no fijarme en las familias que hacían cola con nosotros. He sentido un gran alivio cuando la encargada del local ha salido para anunciar que no podían entrar más cochecitos de bebé en la heladería y la familia que estaba detrás de nosotros se ha ido con su pequeña de cuatro meses en busca de ambientes más hospitalarios. Esa niña me recordaba demasiado a Isabel; no podía soportar estar cerca de ella. Estoy convencida de que William ni ha oído el anuncio de la encargada ni ha percibido mi alivio; estaba enfrascado en un sonoro monólogo sobre si el no haber podido hacer hoy de vientre es un indicio evidente de estreñimiento y tal vez lo mejor sea no comerse el plátano del *banana split*.

—Creo que tomaré un sorbete —comenta a punto de llorar—. ¿Tienen sorbetes?

—Tomará un *fondant* de chocolate —objeto—. Y un *banana split* con doble ración de nueces.

—Emilia, no puedo comer eso. Tengo intolerancia a la lactosa. Podría ponerme muy enfermo. —Está pálido y apenado. Ahora mismo sí parece enfermo.

Es el momento de decirle que no tiene intolerancia a la lactosa, que un día se comió un trozo enorme de pastel de *ricotta* y no le pasó nada, que su abuela, la madre de Jack, habitualmente pone *muenster* y gruyer en la tarta de ruibarbo y le engaña diciéndole que es queso de soja. Al igual que yo, ya no se cree lo de la alergia a la leche. Pero como no me atrevo a decírselo, le digo:

—En Serendipity tienen Lactaid. Ya sabes, ese medicamento que tomas para la intolerancia. Lo espolvorean sobre el *fondant* de chocolate y los helados. —Me vuelvo a la camarera, una mujer de mediana edad que lleva un delantal con volantes—. ¿A que tienen Lactaid en polvo? Sé que tiene un sobreprecio, pero no me importa. Pagaré lo que haga falta.

La camarera cabecea titubeante y yo le sonrío, esperando que me siga el juego y acepte mi dudosa autoridad para ayudar a este niño a que se arriesgue a tener un dolor de barriga imaginario para disfrutar de una hora de felicidad. Porque piense lo que piense William, estoy segura de que el *toffee* derretido, el helado, la nata y el caramelo son más importantes que los improbables peligros de sus dolencias ficticias.

—Mi madre no cree que el Lactaid sea adecuado —replica William.

—Confía en mí —le pido.

Soy consciente de que estoy pidiendo casi un imposible.

—¿De qué quieres el helado? —pregunta la camarera.

—¿William?

—Mmm... de chocolate —contesta.

—Puedes elegir tres sabores —añade mientras con el lápiz golpetea con impaciencia su libreta.

—Chocolate, chocolate con pepitas de chocolate y chocolate con trozos de galleta —elijo por él—. ¿Qué te parece?

William asiente.

Entonces le ordeno a la camarera:

—Por favor, dígale al chef que pulverice el Lactaid para que el helado no quede granuloso.

—De acuerdo —accede—. ¿Y usted qué quiere?

—Tomaré un helado de frutas y nueces con pepitas de chocolate y menta. Y un café con leche desnatada.

Cuando la camarera se va, William dice:

—¿Por qué pides el café con leche desnatada si el helado tiene nata?

Se come todo el *fondant* de chocolate y casi todo el *banana split*. Relame la copa y la cuchara, rebaña con los dedos el *toffee* de la copa y sorbe los restos del helado derretido con una pajita con la fuerza de un tornado. Se inclina tanto sobre la copa aflautada que ésta se empaña con el aire de su nariz. Me doy cuenta de que es la primera vez que paso tanto rato con William sin oírle decir nada. Normalmente, una hora con él es algo parecido a una clase en la universidad impartida por un profesor muy bajito. Ahora, aparte del silbido nasal de su respiración, del ruido de los sorbos con la pajita y de los lengüetazos contra la cuchara grande de acero, William está en absoluto silencio. Por primera vez me siento cómoda en su presencia. Como el helado y bebo el café mientras observo cómo se mancha la camisa de piqué naranja de *toffee* y caramelo. Al fin, su preocupación por sus intestinos vence a su glotonería y deja parte del plátano en un charco de helado derretido en el fondo del plato en forma de media luna. Me lo ofrece amablemente y yo declino el ofrecimiento con la misma amabilidad.

Cuando acaba, tiene las mejillas pringosas de nata y restos de helado de diversos colores y su barriga parece un bombo. Nos vamos. Mientras esperamos un taxi en la esquina me coge de la mano. Mi palma se tensa y mis dedos se estremecen. Caigo en la cuenta de que le he puesto guantes en las manos, se las he lavado y les he puesto tiritas, pero nunca las he cogido entre las mías. Aprieto con firmeza sus pequeños y suaves dedos.

—Estaba buenísimo —comenta.

—Que quede entre tú y yo —le pido—. Como lo del elevador.

Levanta la vista y me guiña el ojo con complicidad.

—¡Trato hecho!

14

A la mañana siguiente, en cuanto Jack llega a casa del aeropuerto, cogemos un taxi para ir a casa de Allison a la fiesta de cumpleaños de mi sobrina. Me caen bien mis sobrinos, pero en general procuro no verme con mi hermana y su familia. Si bien es cierto que la forma de pensar de Allison no me irrita tanto como la de Lucy (Allison es más seria y honrada), la devoción religiosa con la que vive sus ideales resulta cansina. Además, es arrogante, y aunque Jack siempre me dice que la arrogancia es un rasgo propio de la familia Greenleaf, estoy convencida de que el hecho de no haber heredado el sentido del humor de mi padre, que yo cultivo con tanta asiduidad, la hace más insoportable que yo. Al menos eso espero. ¿De qué sirve tanta actitud desdeñosa si no para mitigar un egoísmo de lo contrario repugnante?

William no ha estado nunca en la casa que tiene mi hermana en Carroll Gardens. Lo más asombroso es que asegura no haber pisado jamás los alrededores del restaurante Lundy, el Charlotte Russe y el ya cerrado, detestable, y aun así querido y añorado Dodgers. Al alejarnos de Manhattan le digo que quien no ha cruzado nunca el puente de Brooklyn no puede considerarse neoyorquino.

—Pero, en realidad, Brooklyn no pertenece a Nueva York —objeta. Está sentado en el asiento posterior entre Jack y yo, y el banquete de lactosa de ayer noche no le ha producido absolutamente ningún efecto secundario. Va sentado en su elevador y, para mi grata sorpresa, se ha dejado abrochar sin protestar. Parece que se ha tomado en serio nuestro pacto.

—Sé de dos millones y medio de personas que tendrían algo que decir al respecto, hombrecito —dice Jack.

—Pero cuando la gente dice «Nueva York» se refiere a Man-

hattan. Si se refieren a Brooklyn, entonces deben decir «Brooklyn».
Lo mismo que pasa con Queens, el Bronx, Staten Island o Nueva
Jersey.

—Nueva Jersey no es un distrito de Nueva York —comento.

—Ya lo sé, Emilia —concede William—, no soy idiota. Ya sé
que Nueva York sólo tiene cinco distritos. Pero tú a veces dices que
eres de Nueva York y, en realidad, eres de Nueva Jersey. Nueva
York es Manhattan. No Brooklyn, ni desde luego Nueva Jersey.

Jack contiene las ganas de reírse y señala por la ventanilla.

—Mira —dice—, si te giras verás dónde estaban las torres.

—No puedo girarme porque voy sentado en el elevador —replica William antes de lanzarme una mirada cómplice—. Pero no
pasa nada, me encanta ir en el elevador. Es muy seguro. Seis años o
veintisiete kilos, ésa es la norma.

—Veintisiete kilos —confirmo—. Para entonces probablemente
ya estés a punto de ir a la escuela secundaria, ¡qué se le va a hacer!

Él suelta una risita entrecortada.

—¿Se puede saber de qué os reís? —Jack nos ve a William y a
mí bromeando; el agobio que durante más de dos años ha cargado
sobre sus hombros de pronto lo abandona y se va volando por las
ventanillas del taxi, y él flota de felicidad.

Me inclino y acaricio con mi nariz el rostro de Jack.

—Es un secreto —respondo y beso la barba incipiente de su áspera mejilla sin afeitar.

La sonrisa de Jack es tan amplia que mis labios notan las arrugas que se forman en su piel.

La mesa de la cocina de Allison está llena de rosquillas, coloridos
cuencos con quesos cremosos, grandes bandejas de salmón ahumado y fuentes atiborradas de pescado troceado. Hay tomates, cebollas rojas y alcaparras; pastas de diversos colores, acompañamientos
y cacerolas cuyo contenido no reconozco y deduzco que las habrán
traído algunas de las familias de piel morena que se apiñan en el sa-

lón. El grupo de amigos de Allison siempre es meticulosamente he-
terogéneo y multicolor.

Nos cambia los abrigos por platos y nos conduce hacia el bufé.

—Tenéis que probar el arroz de coco con pollo —sugiere—. Lo
ha hecho Marybeth Babalalu y está realmente delicioso. —Allison
señala hacia una mujer blanca de rostro cetrino que viste una túni-
ca negra, verde y amarilla de tela kente con un estampado de rom-
bos y flechas que le llega a la altura de las pantorrillas. Un moño de
pelo, sujeto con una banda de la misma tela, sobresale en la coronilla, formando una torre en precario equilibrio. Su marido, que es
negro y debajo de un ojo tiene una pequeña cicatriz rosada exactamente del mismo tono que su grueso labio inferior, lleva pantalones
de loneta beis y una camisa blanca con botones en el cuello.

—¡William, qué grande estás! —exclama Allison—. Come algo
y baja al sótano. Emma está ahí con todos los niños.

Emma, la hija de Allison, tiene nueve años. Va a la Carroll School
y está en tercer curso. Naturalmente es una escuela pública, la
número 58. Lennon, su hijo, cursa su último año en la escuela secundaria Stuyvesant. A mi hermana le costó entender que Lennon
quisiera matricularse en una escuela de bachillerato de élite. Es contraria a la selección por méritos académicos; cree que eso estigma-
tiza a los jóvenes que no han sido dotados de una inteligencia so-
brada, que beneficia injustamente a las clases medias y altas. Sin embargo, a Lennon le hacía mucha ilusión cruzar cada día el río para
ver a sus amigos y en las pruebas de acceso obtuvo uno de los mejores resultados de la ciudad. Su padre, no muy dado a interferir en
las decisiones de la todavía-no-pero-seguro-que-muy-pronto jueza
Greenleaf, se puso del lado del chico. A Allison no le pasará lo mismo con Emma. La pobre Emma sufre una disfunción de aprendiza-
je y tiene problemas para hacer los deberes de la escuela, sean de la
asignatura que sean. El año pasado, en la celebración de la Pascua
judía, después de tomarse tres copas de vino, en un inusual momento de inseguridad maternal e incluso de desesperación, Allison
me contó que le da miedo que la niña no aprenda nunca a leer, que

su disfunción sea permanente y que a lo mejor ni siquiera logre acabar la educación básica.

Es evidente que mi hermana ha tomado la decisión de superar su propio miedo. Es la delegada de los padres de la clase de Emma y la mayoría de los adultos que están en esta fiesta, como Marybeth y Olatunji Babalalu, son los padres de compañeros de la clase de Emma. Lucy no ha venido. Su hijo pequeño tiene un partido de *hockey* este fin de semana en Lancaster, Pensilvania, y lo ha acompañado. Allison dice que Lucy está muy ilusionada con el entrenador de *hockey*, divorciado y padre de dos niños, que también juegan en el equipo. Desde que se divorció, Lucy ha estado con dos entrenadores de fútbol, un tutor de exámenes de aptitud escolar y un profesor de geografía.

William no quiere bajar con el resto de niños. Se queda pegado a Jack y a mí comiendo pan de pita y un paté de garbanzos de un color especialmente intenso mientras Jack charla un poco con Ben, el marido de Allison. Ben me cae bien, aunque me recuerda a un huevo. Tiene la cabeza ovalada y calva, y la piel suave y con manchas. Además, su personalidad también se parece a un huevo. Es difícil conectar con Ben, sentirse cerca de él o saber si lo que uno dice produce o no algún tipo de reacción en él. Allison sostiene que sus clientes, sobre todo los afroamericanos jóvenes, lo adoran y se identifican con él. Aunque me cuesta creer que un adolescente negro que lleva los pantalones, arrugados y holgados, tan por debajo de la cintura que le entorpecen caminar pueda llegar a tener mucho en común con Ben, estoy dispuesta a concederle a mi cuñado el beneficio de la duda.

—¿Cómo va el trabajo? —le pregunta Ben a Jack.

—Bien —contesta mi marido. Nunca habla de su trabajo con mi hermana y su marido. Y no es porque se avergüence de ser un abogado penalista. Jack no comulga con la imagen que Allison tiene de él, ya que lo considera una herramienta del *establishment*. Yo no soy quién para criticar a mi hermana. Como he dicho, lleva sus principios a la práctica. Desde que se licenció en derecho es abo-

gada de oficio y representa únicamente a indigentes. Antes pasó un
año con el Cuerpo de Paz en Burkina Faso, construyendo pozos.
La familia de Allison come alimentos orgánicos, algunos de los
cuales crecen en su jardín; tiene el termostato a diecisiete grados y
no utiliza el coche. No tengo nada en contra de cómo vive su vida
mi hermana, pero la cara de asco que puso la primera vez que Jack
le habló de su trabajo hizo que me entraran ganas de estampársela
en una fuente de tallarines con salsa de sésamo. Mi padre había in-
vitado a Lucy, Allison y Ben a un restaurante chino para que cono-
cieran al hombre con el que me iba a vivir, el hombre con el que le
había dicho a mi padre que pretendía casarme en cuanto él obtu-
viera el divorcio. Supongo que Jack se esperaba cierto recelo por
parte de mi familia, probablemente por la diferencia de edad que
había entre nosotros o porque cuando nos conocimos él estaba casado. Pero ni se imaginaba que sería porque mi hermana considera
que cualquier abogado, entre los que estamos mi padre y yo, que
no consagra su vida a defender a los menos privilegiados ha vendido su alma al diablo. Debería haber advertido a Jack, pero estaba
tan embelesada que no se me ocurrió que alguien pudiera pensar
que él no era perfecto.

Allison recibió la descripción del último caso de Jack, una adquisición que había acabado en pleito, con burla y un agudo suspiro de repulsa.

Yo dije:

—¿Por qué será que las únicas personas que consideran que ganar dinero es moralmente reprobable son aquellas que han crecido
en la abundancia?

—Em, ya vale... —me tranquilizó Jack.

—No, cariño, no vale —repuse—. Allison, eres una jodida bea-
ta. ¿Quieres que te diga una cosa? Jack no tuvo una infancia como
la nuestra. No creció en una casa grande y bonita de Nueva Jersey.
Ni fue a clases de hípica. —Durante una época, cuando tenía unos
doce años, Allison quiso convertirse en jockey—. Él se crió en Yonkers, en una casa que compartían tres familias y que Hacienda le

arrebató a su padre cuando él estaba en segundo de bachillerato. Fue a SUNY New Paltz, porque era gratuita y de ahí pasó a la Facultad de Derecho de Columbia. Tiene alrededor de doscientos primos sirios a los que envía dinero, a su madre y a su hermana les ha regalado casas en Boston y le pasa una pensión a su ex mujer más alta que cualquier padre divorciado de Nueva York; así que dale un respiro, Allison. Dale un jodido respiro.

Jack miraba su plato fijamente, removiendo la montaña de arroz con los palillos chinos.

—El trabajo que hacemos es una expresión del mundo que queremos —declaró Allison.

—Chicas, ya basta —zanjó mi padre la discusión. Estaba sentado frente a mí, y por detrás de la bandeja giratoria, que estaba cargada con salsa de soja, frascos de mostaza y rebosantes fuentes de comida, pude ver sus manos en un gesto suplicante—. Esto es una cena familiar, no un debate político.

—Con Allison todo se convierte en un debate político —objeté—. Y como ahora me digas que lo personal es político —añadí dirigiéndome a mi hermana—, te meteré las gambas *kung pao* por el cuello de la camisa.

Todos rieron, fingiendo que estaba bromeando, y durante el resto de la comida actuamos como si no hubiese pasado nada, como si yo no acabase de humillar a mi novio hablando de sus orígenes de clase obrera como si se tratase de una distinción honorífica, una carta ganadora en el eterno juego de los Greenleaf para superarse unos a otros. Desde entonces Jack no habla de su trabajo con nadie, salvo con mi padre, y lo hace sólo cuando los demás no están delante.

—¿Y tú qué tal, Ben? —pregunta mi marido—. ¿Has trabajado en algún caso interesante últimamente?

—Uno de violación. Supongo que lo habrás leído en los periódicos. La víctima asegura que le cortaron un dedo.

—William, deberías bajar a jugar con los demás niños —ordena Allison desde el otro extremo de la sala—. Aquí sólo pueden estar los adultos. —Mi hermana tiene poderes mágicos; puede oír con detalle y precisión cualquier conversación mantenida entre las paredes de su casa. Debe ser frustrante ser su hijo.

—No quiero ir al sótano —protesta William.

—Ve, Will —lo anima Jack—. Todos los niños están allí. Te lo pasarás bien.

Lennon se acerca a nosotros, sin duda, lo habrá enviado su madre.

—Hola, William —le saluda—. ¿Te acuerdas de mí?

—Sí —responde él—. Eres Lennon, como John Lennon.

—Eso es, chico. Todavía eres un enano para saber quién es John Lennon.

—Mi padre me ha llevado varias veces a Strawberry Fields.

—¡No me digas!

—Pero no me gustan los Beatles.

—A lo mejor es que no has escuchado las canciones adecuadas. ¿Conoces *Imagine*? —Lennon me guiña un ojo. ¡Qué buen chico! Se está esforzando por ganarse a William—. Es una pasada. —Con asombrosa buena voz, Lennon empieza a cantar—: *Imagine all the people, living for today...*

William le corrige:

—*Imagine* no es una canción de los Beatles. La escribió John Lennon solo.

—Baja al sótano con Lennon —sugiero—. Si no te diviertes, vuelve a subir.

William cierra los ojos, aprieta los labios y asiente. Cruza tras Lennon el arco del salón y vemos cómo desaparecen. Sólo les separan doce años y podrían pertenecer a especies distintas. Lennon mide dos metros y su padre es un huevo, así que él es el pajarito salido del cascarón, de fuertes rodillas y pies planos y con el pelo suave como plumas que desafía la capa de gomina de color azul intenso. Sus brazos son como grandes alas que aletean a sus costados, y tanto le sorprende su tamaño que no puede controlar sus bruscos movimientos. Mientras que Lennon, mucho mayor que William, aún no parece formado —el crecimiento y el cambio hacen que sus contornos estén ligeramente informes—, en la diminuta silueta del hijo de Jack hay un grado de definición rotunda, como si siempre hubiese tenido esta estatura, como si siempre hubiese sido así y pretendiese seguir siéndolo durante el resto de su vida.

Tras el descenso de William a las peligrosas entrañas del alborotado sótano, Ben nos habla de su juicio, de su clienta retrasada, de la víctima que cree que se rebanó accidentalmente el dedo índice mientras cortaba un pollo. Explica la historia con su habitual impasibilidad, como si estuviese retransmitiendo un aburrido partido de los Mets con el marcador a cero después de que el equipo hubiese perdido toda esperanza de ganar el banderín. Me pregunto si es tan lacónico frente a los miembros de un jurado o si es esta misma frialdad la que con frecuencia les persuade de que absuelvan a sus clientes.

—Ben —le llama Allison desde el otro extremo del salón—. Necesito que vayas al supermercado.

Se coloca bien las gafas sobre el puente de su nariz de cara de huevo con un dedo y asiente distraído antes de continuar con su historia acerca de sus fracasados intentos por convencer al juez de que autorice el pago de un experto en automutilaciones.

—Ahora, cariño —insiste.

Ben despierta de golpe.

—Te has olvidado de comprar Rice Dream —le reprocha.

—¿Rice Dream? —pregunta él.

—Sí, para los niños que no pueden tomar helado.

—Si lo dices por William, ni te preocupes —interviene Jack—. Tiene más que suficiente con el pastel de cumpleaños; ya está acostumbrado.

—¡No, hombre, no! —exclama Allison con su vozarrón de siempre—. Hay más niños que no pueden tomar lactosa. Tengo trigo de escanda para los que tienen alergia al trigo y necesito leche de arroz para los que tienen alergia a los productos lácteos. Ben, si quieres que soplemos las velas a las doce y media, tendrás que ir al supermercado ahora mismo.

Él camina hacia la puerta. Mientras se anuda una larga bufanda morada alrededor de su corto cuello le dice a Jack:

—¿Te apetece acompañarme? Será sólo un paseo, el supermercado está a un par de manzanas de aquí.

—¡Claro! —contesta Jack.

Me dispongo a acompañarlos cuando Allison me dice:

—Emilia, ven, que te presentaré a Lizbet. Su hija Fiona tiene la edad de William. Lizbet y su pareja, Angela, también viven en el Upper West Side.

Jack me guiña un ojo desde el recibidor y se marcha. Yo obedezco a mi pesar y me presentan a una versión ligeramente más joven de mi hermana. Lizbet tiene el pelo gris y rizado como Allison y su misma expresión solemne y mojigata.

—Lizbet ha matriculado a Fiona en la escuela pública ochenta y siete —comenta.

—Queremos que entre en el programa bilingüe —explica Lizbet—. En octavo los niños son completamente bilingües. ¿Ya habéis matriculado a William en algún parvulario o irá a... —hace una pausa y frunce la boca antes de terminar la frase, como si fuera imposible pronunciar las palabras sin poner cara de asco— un colegio privado?

—Pues la verdad es que no depende de nosotros —respondo—. Su madre no lo dejaría acercarse a una escuela pública por nada del mundo.

—¡Qué pena! —se lamenta Allison como si se compadeciese de William y de mí—. Porque es un encanto de niño, pero ya empieza a manifestar los efectos de una educación excesivamente protectora. Cuando un niño crece rodeado únicamente por gente de su raza y su clase socioeconómica, es del todo imposible que sea sensible a la diversidad.

—¡Por el amor de Dios, Allison! Va a la guardería de la calle Noventa y dos Y —protesto—. En su clase hay niños negros y asiáticos. Se caracteriza por la diversidad.

—La diversidad no es codearse con ricos de todas las razas.

—No todos son ricos.

—Tú sí.

—Tampoco te creas —replico, aunque sé que somos ricos. Desde luego más que todos los que están en esta casa. Y más de lo que jamás había soñado.

Olatunji Babalalu, que está escuchando la conversación, sale en mi defensa:

—Hay colegios privados magníficos. En Mbosi, yo estudié en la Bishop Pertteerson Comprehensive Secondary School.

Unos fuertes pasos procedentes de la escalera que sube desde el sótano me ahorran la respuesta. Aparece Lennon, congestionado y sudoroso.

—¡Emilia! —chilla—. ¡Será mejor que bajes al sótano ahora mismo!

—¿Qué ha pasado? ¿Está bien William? —Cruzo el salón a toda prisa, esquivando la mesa de comedor y casi tirando al suelo a una mujer vestida con un sari de color verde manzana.

Bajo las escaleras de dos en dos, Lennon viene detrás de mí. En el sótano, en la planta que da al jardín y que mi hermana ha convertido en un cuarto de jugar equipado con sillas de tela, una horrible alfombra de color melocotón y una vieja cadena de música, aunque desprovisto, naturalmente, de televisión, vídeo o cualquier otra cosa que pueda contaminar las prístinas mentes de sus hijos, me encuentro más o menos con una docena de niños apiñados debajo de una pancarta que reza: «FELIZ CUMPLEAÑOS, EMMA».

—¿Dónde está? —pregunto—. ¿Dónde está William?

Mi sobrina, que se ha metido en la boca una de sus trenzas pelirrojas, señala el sofá de espuma.

—Se ha escondido detrás del sofá.

Agarro el sofá por un extremo y tiro de él con todas mis fuerzas, pensando que pesa mucho, pero es tan ligero que lo desplazo hasta el centro de la habitación, hacia el grupo de niños, que salen corriendo entre gritos.

William está en el suelo hecho un ovillo, con la cabeza enterrada debajo de sus brazos doblados. Enseguida me doy cuenta de lo ocurrido; es terriblemente obvio. El olor es espantoso.

—¡Oh, no, William! —exclamo—. ¿Te has hecho caca en los pantalones?

Se acurruca aún más.

—Estábamos jugando a la estatua —comenta Lennon. Está junto a mí. Su voz suena gangosa—. Estaba inmóvil y creo que le ha dado miedo decir nada. Supongo que ha sido de repente, porque estaba bien y de pronto... No sé, se le ha escapado.

Me arrodillo a su lado y, haciendo lo posible por reprimir las náuseas, alargo el brazo para intentar tocarlo.

—¿William? ¡Eh, William! ¿Estás bien?

Sus brazos amortiguan el gruñido.

—¿Por qué no le has dicho a Lennon que tenías que ir al lavabo? —Sé incluso antes de que empiece a sollozar que no tendría que haber hecho esta pregunta, pero piso terreno fangoso. No sé cómo manejar lo ocurrido ni la humillación que siente William.

—Venga, que iremos a cambiarte de ropa, ¿vale? ¿Vale, cariño?

—¡Vete!

Me inclino para cogerlo en brazos, pero me detengo con las manos vacilantes alrededor de sus pantalones de color caqui en cuyo interior se está esparciendo una oscura y apestosa mancha.

—¡Déjame solo! —me grita—. Quiero a mi mami, quiero que venga mami.

Naturalmente, naturalmente que quiere a Carolyn. Ella sabría qué hacer. Es su hijo, hablan el mismo lenguaje y no necesita fingir. Mis habilidades interpretativas y de desciframiento, apenas útiles en situaciones normales, me fallan miserablemente cuando William sufre una humillación. Cuando de verdad necesita a su madre, no hay impostora que valga.

—Mamá no está aquí, tesoro —susurro.

—¡Pues papi! —chilla.

—Papi ha tenido que salir un momento a buscar Rice Dream.

—¡Oh, no! Entonces caigo en la cuenta de que la culpable de lo su-

cedido soy yo. Ha sido por el helado. Ha tenido un tremendo ataque de diarrea por culpa del helado—. Sólo estoy yo, William. No
hay nadie más. Pero puedo ayudarte, cariño. Puedo ayudarte.

—¡No quiero que me ayudes! ¡Tú no eres mi mami! ¡Quiero a
mi mami! ¡Quiero que venga ahora mismo! —Se inclina hacia atrás
y sacude las piernas dando patadas con todas sus fuerzas. Una de
ellas me da de lleno en el estómago. Suelto un gemido y caigo de rodillas, me duele la barriga.

—William, por favor —suplico—. Cariño, ven conmigo. Tienes
caca en los pantalones, hay que cambiarte de ropa.

—¡Te odio! —me grita—. ¡Te odio!

—¿Me dejas intentarlo? —pregunta Allison con suavidad. Ni
me había enterado de que estaba en el sótano, pero ahora deduzco
que debe de haber bajado detrás de mí y que ha presenciado toda la
escena junto con el resto de presentes aquí congregados. Me aparta
con suavidad. Se pone de rodillas al lado de William y, mientras le
acaricia el pelo, se acerca a él para decirle algo al oído. Al principio
sacude la cabeza y sigue llorando, pero al cabo de unos minutos se
va tranquilizando. Al fin, con la respiración entrecortada, se relaja
y se pone de pie. Allison le coge de la mano y salen lentamente de
detrás del sofá. William no me mira a los ojos. Sube las escaleras pegado a mi hermana. Yo los sigo.

Cuando llegamos arriba, Allison me dice:

—Voy a bañarlo. ¿Por qué no nos esperas aquí? Enseguida volvemos.

—Deja, ya me ocupo yo, si quieres —me ofrezco.

—¡No! —exclama William, que se esconde detrás de Allison—.
No quiero que me bañe Emilia. ¡Quiero que lo hagas tú!

—Está todo controlado —asegura Allison. Conduce a William
hacia las escaleras que suben al segundo piso—. Emilia, cariño,
¿podrías ocuparte de preparar el pastel? Las velas están en el cajón
que hay al lado de la estufa.

Mientras suben las escaleras mi hermana me mira y mueve los
labios: «No te preocupes». ¡Claro, para ella es muy fácil!

Los demás invitados han reanudado sus charlas, aunque su disimulo es obvio. Una mujer me dedica una sonrisa compasiva, pero el resto esquiva mi mirada.

Mientras coloco las velas en el pastel, nueve para celebrar los años que tiene Emma y una más para que le traiga buena suerte, Jack y Ben están de regreso. Me dispongo a contarle a Jack lo que ha pasado cuando oigo sus pasos ligeros corriendo escaleras arriba. Sé que no debería sentirme aliviada por no tener que explicarle la vergüenza y la rabia que ha vivido William, pero no puedo evitarlo.

Llevo el pastel al comedor y lo coloco en el centro de la mesa. Al cabo de unos minutos baja Allison con la ropa de William hecha un revoltijo.

—Dame —le digo.

—Espera, la pondré en una bolsa.

Voy con ella hasta la cocina. Introduce la ropa en una bolsa de plástico y hace un fuerte nudo. Me la da y se lava las manos.

—¿Está bien? —le pregunto.

—Sí, está bien. Sólo se ha asustado. Tiene diarrea. Ha pasado mucha vergüenza y las risas de los otros niños no le han ayudado precisamente. Le diré a Emma que le escriba una carta pidiéndole disculpas.

—No es para tanto.

—¡Desde luego que sí!

Balanceo unos instantes la bolsa, que cuelga de mis dedos.

—Lo de la diarrea es por mi culpa. Tiene intolerancia a la lactosa y ayer le di un helado.

—¿Y por qué lo hiciste?

—Porque no me creía que fuese alérgico. Pensaba que eran paranoias de Carolyn. Adelante, dime que soy una mala persona.

Allison suspira con impaciencia.

—No eres mala, Emma. Eres inmadura y te crees el centro del mundo, pero no eres mala.

—Vaya, gracias.

—¿Qué quieres? ¿Que te mienta?

—No, tienes razón —contesto arrugando la nariz. El olor de la ropa de William me llega a través de la bolsa de plástico—. Me odia.

—No te odia.

—Me ha dicho que me odia.

—Pero no es verdad. Únicamente está triste y confuso; eso es todo. A esta edad los niños no saben qué es el odio. Es una emoción adulta.

—Lo sé. Sé que tienes razón. —Pero se equivoca. Creo que subestima a William. Creo que es perfectamente capaz de sentir cualquier emoción adulta, incluido el odio.

—Venga —me anima Allison, apartándome de la puerta de la cocina—, a soplar las velas.

Mientras cruzamos el puente de Brooklyn, la voz de William rompe el denso silencio reinante en el taxi.

—Odio Brooklyn —comenta. Es lo primero que dice desde que lo han bañado. Debajo del abrigo lleva unas mallas de Emma dobladas a la altura de los tobillos y una sencilla camiseta blanca.

Ni Jack ni yo contestamos.

—Ahora sí que veo dónde estaban las torres gemelas —dice.

—Estupendo —comenta Jack.

William contempla el vacío que hay en el perfil del horizonte.

—Emma tiene nueve años —dice ahora—. Casi el doble que yo. Diez es el doble de cinco. Y nueve es uno menos que diez.

—Exacto.

—¡Y aún no sabe leer!

—Bueno, Will —trata de calmarlo Jack—, sé que estás enfadado y que lo has pasado mal, pero no es necesario que te metas con Emma.

—Yo tengo cinco años y ya leo libros.

—¡William! —le riñe Jack—. ¡He dicho que ya basta!

—Es una estúpida, una estúpida.

—¡William!

—No es estúpida —intervengo—. Sólo tiene problemas con la lectura.

—¿Y qué diferencia hay? —pregunta.

Jack acaricia la mejilla de William con la mano.

—Tranquilo, Will —susurra.

15

Al volver a casa me encuentro un mensaje de Simon. Como anoche los dejé plantados, ¿qué tal si esta tarde vamos al cine los tres, Mindy, él y yo? Llamo inmediatamente y acepto la invitación. No puedo soportar la idea de pasar el resto del día aguantando los reproches de William. A Jack le digo que, lógicamente, su hijo necesita pasar un rato con él a solas. Procuro no manifestar mi alivio ante la falta de objeciones de Jack.

Después del cine, Simon, Mindy y yo acabamos en un restaurante indio de la calle Seis Este. Simon bromea fingiendo que le hemos llevado allí contra su voluntad. Llama a esta manzana «la calle de la diarrea» y mientras come pollo al *vindaloo* comenta entre dientes que todos los locales indios comparten una misma cocina, y que ésta ha sido clausurada por el Departamento de Sanidad.

Como ya he oído hablar suficiente de diarrea por un tiempo, le digo:

—¡Qué original eres, Simon! Ese chiste ya es muy viejo. ¿Ves a ese hombre? —Señalo a un tipo corpulento de pelo moreno y largo pegado al cuero cabelludo como una alfombra de musgo sobre un tronco—. Seguro que también se lo ha contado alguien mientras cruzaba el Holland Tunnel.

—No seas esnob, Emilia —me regaña Simon—. Que tú eres de Nueva Jersey.

—Sí, soy de Nueva Jersey, pero me siento neoyorquina. Y me encanta el Bombay Palace. Como con gusto el pollo al *tikka masala* y no me asusto por unas cuantas cucarachas ni un caso aislado de salmonela.

Simon pone los ojos en blanco, pero sé que no se ha enfadado. Al salir del cine he visto cómo Mindy y él se cogían brevemente de la mano, después de que yo anunciara que estaba hambrienta y me apetecía comida india.

Mindy pincha su último trozo de pechuga de pollo viscosa y correosa.

—¿Sabíais que, en realidad, el *tikka masala* no es un plato hindú? Lo inventaron los indios en Inglaterra porque sus clientes no acababan de acostumbrarse a los sutiles condimentos y especias de la auténtica cocina india. Lleva ketchup. O salsa de tomate, no me acuerdo.

Con un trozo de *nam* chamuscado rebaño el resto de salsa de mi plato.

—El *tikka masala* se hace con puré de tomate —aclaro—. Y está especiado con cardamomo, cúrcuma, comino, nuez moscada y creo que corteza de nuez moscada. Y, lo inventaran para quien lo inventasen, si lo inventaron los indios, es indio. Es como si decimos que la *pizza*, en realidad, no es italiana. Es que no lo soporto. He estado en Italia. Allí la gente se pasa la vida comiendo *pizza* y pasta. Es como darle importancia al hecho de que Marco Polo robara los fideos de China. El *chow fun* es chino. La pasta es italiana y fin de la historia.

El placer con que Simon y Mindy reciben mi malhumorada diatriba sobre los orígenes de diversas comidas es tal que no me hubiese extrañado si se hubieran puesto de pie de un salto, hubieran juntado las manos y hubieran bailado alrededor de la mesa. Creen que Emilia, la testaruda, alegremente mordaz, neuróticamente considerada por ellos como una persona absoluta y perversamente divertida, ha renacido. No se dan cuenta de que haré cualquier cosa —entablaré una conversación ocurrente e ingeniosa hasta que se les pongan los ojos vidriosos de cansancio, haré malabares con bandejas llenas de *biryani* y cordero *roganjosh*, me inventaré que la foto del dios Ganesh que hay colocada encima de la caja registradora no es exactamente igual a la serigrafiada en la diminuta camiseta que le compré a Isabel en el Gupta Spices and Saree Center, en Park Slope, cerca de casa de Mindy, cuando estaba embarazada de seis meses—, lo que sea, con tal de que estén esta noche conmigo para que no tenga que volver a casa, para que me mantengan alejada de ese niño entre cuyos prodigiosos talentos se incluye hacerme sentir que soy una mala persona y recordarme no sólo que no soy su madre, sino que no soy la madre de nadie. Haré cualquier cosa para no volver al lugar donde él está vivo y ella no es más que un recuerdo congelado, rígido y frío, con la lengua torcida y colgando de un lado de la boca, y su respiración retenida para siempre en su pecho.

—Creo que deberíamos ir a bailar —propone Mindy.

—No digas tonterías —replica Simon y le propina un puntapié por debajo de la mesa. Tiene las piernas tan largas que golpea la mesa con la rodilla cuando le da una patada y derrama un cuenco con una salsa morada por la superficie acristalada de la mesa.

—¡Qué sutileza la tuya! —exclamo mientras pongo mi servilleta encima del líquido derramado para evitar que se esparza. Las servilletas son rosas y están hechas de alguna clase de maravilloso poliéster que repele el agua—. Yo también voto por ir a bailar. ¡Vayamos a bailar!

Simon sacude la cabeza.

—En realidad, no quieres ir a bailar, Emilia.

—Sí que quiero. Bailar es precisamente lo que quiero hacer.

—No podemos —insiste y le lanza a Mindy una expresiva mirada. Ella abre los ojos con cara de inocencia y mueve los párpados con sus pestañas cargadas de rímel.

—¡Claro que podemos! —exclamo.

—No vamos vestidos para la ocasión.

—No seas idiota. Llevas unos vaqueros y una camiseta negra, exactamente lo mismo que te pondrías, si te pasaras cuatro horas delante del armario. En primer lugar, a mí me da igual el aspecto que tenga y, en segundo lugar, llevo una camiseta debajo del jersey por si tengo calor. Mindy, para variar, va vestida como si tuviese intención de ligarse a alguien. Por cierto —digo dirigiéndome a ella—, ¿cómo reaccionó Daniel al ver la minifalda de cuero rojo? ¿No te comentó que parecías una niña disfrazada para ir al cine?

Mindy se encoge de hombros.

—Vamos bien vestidos —repito—. Estamos estupendos. ¡A bailar!

Simon cruza los brazos delante del pecho. Cabecea y mira a Mindy malhumorado y con cara de enfadado.

—¿Qué? —pregunto impaciente.

Mindy se enrosca el envoltorio de papel de la pajita alrededor de un dedo, cortándose la circulación. Su dedo se pone rojo en la yema y blanco al lado del punto en el que está el papel enrollado. Las comisuras de sus labios esbozan una sonrisa.

—¿Se puede saber qué pasa? —insisto.

—No podemos ir a bailar, Emilia —contesta Simon con ternura, como una madre cuando le habla a su bebé, como me hablaba a mí la mía justo después de la muerte de Isabel.

—¿Por qué no? —le pregunto.

—Porque Mindy está embarazada.

—¡Oh! —exclamo. ¿Qué clase de persona no compartiría esta alegría con una amiga? ¿Qué clase de persona le negaría a su amiga el derecho de sentir unos instantes de felicidad después de dos años de frustrada búsqueda? ¿Qué clase de persona debe esforzarse para no recordarle a su amiga que en tres ocasiones anteriores en que ésta se ha sentido igual de feliz luego se ha encontrado esa felicidad en forma de mancha en sus braguitas, esparcida por el suelo del cuarto de baño o metida en el interior de un cubo de la basura de un hospital?

—¿Significa eso que ya no hace falta que vaya contigo al Paseo para Recordar?

—No, no hace falta que vengas conmigo a ese paseo —responde—. Bueno, había pensado en ir igualmente, tal vez al de octubre. Pero creo que este mes prefiero no ir. Me da un poco de yuyu. No quiero que sea algo planeado.

—Estupendo —celebro—, porque nunca me ha apetecido ir.

—Eso ya me lo habías dicho.

—Sea como sea, esta noche nada de bailes —comento tajante.

—Pero es que yo quiero bailar —insiste Mindy—. Ya he hecho reposo, no he hecho nada de ejercicio, no he subido escaleras, no he corrido ni he andado. Incluso echada en la cama y sin mover un dedo he perdido algún bebé. Esta vez voy a intentar algo distinto. Bailaré, saltaré en el suelo hasta que sude, daré vueltas hasta marearme, me balancearé hasta que me caiga y veré qué coño pasa. ¡Quién sabe! A lo mejor el bebé aguanta.

Simon y yo nos miramos. Él sacude la cabeza, pero levanta las manos en señal de derrota.

—Mistress Formika actúa esta noche en Opaline —nos dice—. Uno no puede decir que ha vivido hasta que no ha sido visto en el distrito diez mil nueve.

Opaline es una caverna donde suena música electrónica, las luces estroboscópicas de neón de colores pastel dan vueltas sobre los cuerpos en movimiento, a oscuras con *flashes* de intensa luz. En la barra hay gogós (todo chicos y una sola chica vestida con cubrepezones con lentejuelas y pantalones de piel de leopardo). La luz intermitente me deja ver un trasero y un pecho impregnado de aceite. La marea de chicos que hay en la pista de baile nos arrastra, sin que parezca que se hayan dado cuenta de que Mindy y yo somos dos de las pocas mujeres que hay en el local, aparte de la chica gogó y unas cuantas lesbianas de pelo engominado y labios pintados de negro desperdigadas por las butacas.

Bailamos juntos los tres al ritmo de la versión *mix* que ha hecho Felix Da Housecat de *The 15th*, de Fischerspooner. Mindy y yo aprisionamos a Simon entre nuestras caderas como si fuese una salchicha dentro de un pan demasiado pequeño hasta que nos lo arrebata un hombre de melena oscura, repeinado, con un anillo en el pezón y, me temo, buen ojo para detectar la soledad, el autoengaño y la disposición de Simon a desabrocharse el cinturón en la parte trasera de un club del East Village a cambio de poco más que un número de teléfono garabateado, que probablemente sea de una tienda de comestibles coreana de la calle Cincuenta y siete Oeste. Mindy y yo seguimos bailando hasta que apoya las manos en las caderas y me dice a gritos:

—Estoy agotada. Voy a pedir un vaso de agua.

Asiento con la cabeza y me dispongo a ir detrás de ella, pero me retiene:

—No, tú quédate —me ordena—. Te lo estás pasando bien.

Continúo bailando sola, dando vueltas en círculo, pero sin mis amigos cerca de mí tomo conciencia del calor que hace y echo de menos a Jack. Doy vueltas más despacio y añoro estar en casa, en la cama, como hago habitualmente, tumbada al lado de mi marido, pensando en mi hija y compadeciéndome de mí misma. No es que me gusten realmente esas noches en casa. Al contrario, son lamentables y tediosas. Sin embargo, hay un placer en ese dolor tan familiar que me da seguridad, la clase de placer que uno siente cuando se arranca la costra de una herida cicatrizada o pasa la lengua por una pequeña úlcera en la boca y saborea ese escozor metálico. La desolación que siento en la pista de baile de Opaline es para mí desconocida. No reconozco este dolor y no me gusta para nada.

Noto unas manos en mis hombros y al volverme veo a un hombre bailando detrás de mí, que contonea sus caderas al mismo ritmo que yo. Intuyo que es más joven que yo, tendrá veinticinco o veintiséis años. Es guapo, delgado, tiene la nariz afilada, los ojos soñolientos y los labios finos. Lleva un sombrero de nailon de color marrón verdoso inclinado hacia un lado. Hace un gesto leonino con la boca y me echo a reír. No hay duda de que es gay; los heterosexuales no llevan camisetas ceñidas de Christina Aguilera ni los pantalones tan abajo como para que el vello del pubis asome por encima del botón abierto de la cintura. Desliza las manos por mis costados y luego las sube hasta nuestras caras, moviendo los dedos como si bailara una danza tailandesa. Sus anillos brillan con las luces centelleantes. Levanto los brazos como él y bailamos juntos, imitando los movimientos del otro, nuestros brazos, piernas y caderas se mueven al unísono. Hacemos exactamente lo mismo, nuestras caderas se balancean al mismo ritmo, nuestras piernas se levantan del suelo a la vez y hasta a la misma altura. Bailamos con fluidez, maravillosamente. Somos un dúo perfecto, los reyes de la pista de baile. Somos como las parejas que patinan sobre hielo; deberíamos estar en el Ice Capades. Mi compañero me coge de las manos. Su cuerpo se ondula como una serpiente mientras me atrae hacia él. Nuestras rodillas se tocan, después las caderas, nuestras entrepiernas y nuestros abdómenes. Mis senos presionan su pecho y mis labios se apoyan en su clavícula. Abro la boca y le lamo la garganta. Su piel está salada, agria, casi amarga. Siento su pulso en mi lengua y la sensación recorre mi cuerpo, baja por mi cuello, mis pechos, mi abdomen y hasta mi entrepierna. Me derrito, se me doblan las rodillas y él me sujeta con los brazos.

—¡Vaya! —exclama—. Te va la marcha, ¿eh, gatita?

Me río, como si yo también estuviese bromeando, como si no me acabase de sacudir una ola de deseo en el vientre por este extraño gay vestido con una horrible camiseta. Me despido con la mano y me mezclo entre la multitud en busca de Mindy y Simon. No sé qué me pasa, pero debo salir de aquí antes de que ocurra algo.

Jack ha dejado encendida la pequeña lámpara de cristales de colores que hay en el recibidor y con esa tenue luz me deshago del abrigo y el bolso, y me dirijo a la habitación. Naturalmente, está dormido; es más de medianoche y mañana tiene que madrugar para acompañar a William al colegio de camino al despacho. Me quito la ropa sudada y la coloco en el cesto de la ropa sucia. Después me meto en la cama.

Jack solía bromear diciéndome que lo había seducido con engaño, que como nuestro primer auténtico encuentro sexual consistió en una mamada, pensó erróneamente que me encantaba el sexo oral y que éste formaría parte habitual de nuestra vida sexual. «Me engañaste», decía.

A mí me parecía divertido el comentario. Esta noche, estoy dispuesta a repetir ese primer encuentro. Debo de necesitar un poco de sexo cuando en Opaline me han entrado ganas de follar con un gay. Pero no soporto sentir a Jack en mi interior. Sólo pensarlo se me contrae y retuerce el vientre. Se pone rígido. Todavía no estoy preparada. Pero esto sí puedo hacerlo.

Cuando Jack se despierta y se da cuenta de que se la estoy mamando, se muestra tan agradecido que sus ojos de color azul marino, los ojos que adoro, se llenan de lágrimas. Después de eyacular, sostiene mi cabeza entre sus manos, alisándome el pelo de las sienes, y me dice que me quiere. Entonces me gira boca arriba y empieza a besarme alrededor del ombligo.

—No hace falta que lo hagas —le digo.

—Quiero hacerlo.

—No.

—¿No tienes ganas de correrte?

—No, estoy bien.

Apoya la mejilla en mi vientre.

—Allison ha llamado para disculparse. Por lo visto ha habido tres niños más con diarrea. Cree que ha sido por culpa del paté de garbanzos y *pesto*.

¡Cuánto me alegro de que la culpa no haya sido del helado!

—¿El paté de garbanzos y *pesto*? ¡Con lo fácil que es pedir una *pizza*? —protesto.

Suelta una carcajada y el aire que sale de su boca me hace cosquillas en la barriga. Me remuevo.

—¿Estás segura de que no quieres que te masturbe? —me pregunta.

—No, de verdad que no. Estoy bien.

Vuelve a besarme, pero no insiste.

Observo la habitación a oscuras mientras su cabeza sigue apoyada en mi vientre, y recuerdo el comienzo de nuestra relación. Tras ese primer roce en su despacho, después de que Marilyn cerrara la puerta y nos dejara inclinados sobre el aparador, nos incorporamos y terminamos la redacción del alegato. En mi papel de asociada concienzuda, regresé a mi despacho y reescribí meticulosamente el informe según las instrucciones y correcciones de Jack.

Durante las dos semanas siguientes no nos vimos hasta que un martes a última hora de la tarde marcó mi extensión. Yo lo había estado evitando, manteniéndome alejada de la planta decimoséptima, imprimiendo casos enteros consultando el Westlaw en lugar de ir a la biblioteca a consultar algún volumen de las estanterías. Creía que había forzado demasiado las cosas. Después de pasarme años al acecho de mi *bashert* como un halcón acecha a una liebre, vigilándolo con atención y paciencia desde una gran altura, lo había echado todo a perder por haber atacado demasiado pronto, por haberme acercado demasiado, imponiendo mi presencia donde no era requerida.

—Hola —lo saludé por teléfono soltando un pequeño gallo, como una adolescente cuando le llama por primera vez un chico.

—Hola —dijo—. Mmmm... sí que trabajas hasta tarde.

—Tengo mucho trabajo. —No estaba trabajando. Estaba comprando por Internet mientras esperaba a que Simon me llamara al acabar su jornada para irnos a comer *sushi*.

—¡Oh!

—¿Necesitas algo?

—Si estás muy liada, no.

—Te he mentido. Estoy navegando por la web. No estoy trabajando. ¿Qué necesitas?

Jack se rió.

—Necesito a alguien que me ayude a preparar un expediente. No es nada fascinante, de hecho, es bastante vulgar. Hay un almacén lleno de viejos discos duros y documentos manuscritos; notas y borradores. Pura basura, en realidad. Y necesito que un asociado me ayude a revisarlo todo.

—Pasaré por tu despacho y recogeré los alegatos y las pruebas. ¿Te va bien mañana o prefieres que vaya ahora mismo? ¿Y adónde tengo que ir? ¿Está cerca o tengo que reservar un billete para ir de viaje?

—Está en Emeryville, en California. ¿Sabes dónde es? Más cerca de Oakland que de San Francisco. Pero no irás sola. Yo iré contigo. Podrás leer los documentos en el avión. Siempre y cuando puedas viajar mañana mismo a primera hora.

—¿Estás preparando tú el expediente? —Los socios casi nunca rebuscan en polvorientas papeleras para reunir papeles y archivos. Reservan esa clase de trabajo de campo a cargos inferiores en la jerarquía de la empresa.

—Se trata de un cliente importante. Marilyn se ha ocupado de las reservas. Te enviará el billete por e-mail.

—¿Ya habéis reservado mi billete de avión?

Al otro lado de la línea no se produjo sonido alguno, ni ningún zumbido o respiración.

—¿El avión sale de JFK o de La Guardia? —inquirí.

Era marzo, y en Bay Area la primavera estaba en su esplendor. Los cerezos japoneses ya habían cambiado las flores rosas por las hojas rojas. Ahora les tocaba florecer a los ciruelos y los cerezos silvestres, y lo hacían con tal devoción que su histérica florescencia hacía palidecer a los tulipanes y los narcisos. Nuestro hotel se erguía suntuosamente sobre las colinas de Oakland, una enorme mansión de estilo victoriano rural, un pastel de boda blanco de contornos azulados, con una torre e hileras de rosales podados y sin olor. Jack y yo llegamos al hotel justo al atardecer, después de un largo día en clase preferente dedicado a descifrar documentos garabateados a la luz de intensos fluorescentes. Cenamos en una pequeña terraza desde la que se contemplaban las luces de San Francisco. Hacía fresco, pero junto a nuestra mesa había una lámpara de calor, de modo que nos lo tomamos con calma y según el tema de conversación nos mostrábamos animados (hablamos de recuerdos de la infancia, de nuestros libros favoritos, de cotilleos de la oficina) o tensos. A veces nuestras voces simplemente se apagaban cuando uno de los dos recordaba que este viaje era o podía llegar a ser ilícito. Estábamos en un hotel, lejos de casa, y nada más llegar al almacén de Emeryville supe que esto no era un viaje de trabajo, sino un montaje de Jack, y ésa había sido también mi esperanza.

Cuando ya no pudimos seguir sentados a la mesa, después de pedir y comernos una bandeja de deliciosos helados que a ninguno de los dos nos apetecían, después de pedir un segundo café, de que Jack echara un vistazo a la carta de licores y, tras mucho pensar, decidiera que no quería una copa de Fernet Branca, nos fuimos del restaurante. Entramos en el ascensor y pulsé la tecla correspondiente a la tercera planta. Permanecimos de pie y en silencio en el cubículo forrado de madera, y tampoco hablamos mientras caminábamos por el largo pasillo. Durante la cena habíamos dejado las maletas en recepción y ahora las arrastrábamos detrás de nosotros, el chirrido amortiguado de las ruedas sobre la moqueta era lo único que se oía en el pasillo. Miré hacia la carpeta que llevaba en la mano y después leí los números de las puertas que pasábamos de largo. Al llegar a la puerta de mi habitación me detuve.

—Bueno, ésta es mi habitación —dije—. ¿Dónde está la tuya, Jack?

—En la planta del *spa* —contestó él.

—Pero eso está debajo del vestíbulo.

—Lo sé.

Se inclinó hacia mí y me besó. Solté mi maleta y abrí la boca. Jack apoyó las manos en la pared a ambos lados de mi cabeza y presionó mis labios con fuerza, lamiéndome y mordisqueándome, chupando mi labio inferior y recorriendo con su lengua mis dientes y encías, saboreándome. Engulléndome. Nos besamos una y otra vez delante de la puerta de mi habitación. ¡Lo deseaba tanto!; no cabía en mí de deseo y de felicidad porque, al fin, nuestras bocas estaban juntas.

Al cabo de un rato se apartó y dijo:

—Bueno, suficiente por hoy. ¿Estás de acuerdo? Ahora mismo no creo que sea capaz de hacer nada más.

—Estoy de acuerdo, siempre y cuando no me cuentes ahora lo típico, que estás casado, que es la primera vez que haces una cosa así y que tienes miedo de hacerle daño a tu mujer.

—Pues estoy casado. Es la primera vez que hago una cosa así y tengo miedo de hacerle daño a mi mujer.

—¡Qué original!

A la mañana siguiente Jack recibió una llamada en la que le informaban de que el demandante, en principio, se avenía al acuerdo propuesto por nuestro cliente. No habría juicio. Llegamos al aeropuerto una hora antes de nuestro vuelo y Jack consiguió que pudiera esperar con él en el Admiral's Club de American Airlines. Nos sentamos en dos sillones contiguos cada uno con un ejemplar de *The New York Times* y una taza de café. Estaba leyendo los titulares cuando noté que Jack me miraba. Alcé la vista.

—¡Dios! —susurró—. ¡Qué guapa eres!

Sonreí y me concentré de nuevo en la lectura.

Pasados unos minutos se puso de pie.

—Enseguida vuelvo —comentó.

Vi que cruzaba la sala y me levanté de un salto. Cuando llegué a los lavabos salió de su interior un hombre vestido con una costosa chaqueta cruzada que se frotaba las manos recién secas.

—¿Cuánta gente hay ahí dentro? —inquirí.

—¿Cómo dice?

—En el lavabo de hombres. ¿Cuántas personas hay?

—Una —respondió.

Le guiñé un ojo y me colé por la puerta. Jack estaba delante de un orinal, con las piernas ligeramente separadas y las caderas desplazadas hacia delante. Cuando me vio, se quedó boquiabierto. Caminé hasta él, le agarré del cinturón y lo arrastré hasta el retrete del fondo.

Cualquier miembro del American Airlines Admiral's Club que hubiera mirado por debajo de la puerta habría podido ver mis piernas, con vaqueros acampanados y botas de tacón de aguja, acuclilladas en el suelo. Algunos seguramente habrían desaprobado la presencia de dos personas en un retrete. Otros quizás habrían dis-

frutado con la escena; tal vez se habrían quedado más rato del necesario lavándose las manos. Pero durante esos minutos nadie en-
tró en el lavabo de hombres del Admiral's Club. O quizá sí, y yo no
me enteré. Estaba demasiado ocupada escuchando a Jack susurrar
mi nombre como para oír los pasos de otros hombres trajeados sobre las baldosas del suelo.

16

El miércoles siguiente al fracaso de fiesta de cumpleaños de Brooklyn lo pasé con mi madre en Nueva Jersey y Jack se tomó la tarde libre para estar con William. El siguiente fin de semana le tocaba a Carolyn tener al niño. Llevo diez días intentando no pensar en él para nada. Cuando su imagen cruza mi mente, el sentimiento de culpabilidad que siento por no haber sido capaz, una vez más, de estar a la altura como figura materna ni en la situación más sencilla me produce dolor de estómago. Me repito a mí misma que la esperanza es lo último que hay que perder.

William parece haber olvidado el incidente y vuelve a ser el mismo de siempre cuando la semana siguiente voy a la guardería para recogerlo. Su saludo no es ni más seco ni más antipático, el mío tampoco.

Mientras se prepara para marcharnos observo a los demás niños. Hay una niña pequeña, con las manos enfundadas en unos guantes rosas y vestida con un atuendo adornado con lentejuelas para patinar sobre hielo, que gira sobre uno de sus pies mientras su niñera trata de ponerle un anorak blanco. Es grácil y delicada, parece un hada. Inclina la espalda con agilidad hasta que la cola de caballo que cuelga de su cabeza prácticamente le toca los dedos de los pies. Si tuviese que pasar la tarde con ella y no con William, la llevaría a patinar sobre hielo.

Me encanta patinar. No se me da demasiado bien ni nunca he participado en ningún concurso. Eso se lo dejé a mi hermana Lucy. Ella entrenaba tres tardes a la semana y de pequeña no tuve más remedio que acompañarlas a ella y a mi madre a patinar. En un momento dado mi madre se hartó de oír mis quejas, me alquiló unos patines y me dediqué a dar vueltas a la pista durante la hora que duraba cada clase de Lucy. Había algo en la velocidad, en la suavidad al deslizarme y en el sonido de las cuchillas avanzando por el hielo que me fascinaba. Al empezar bachillerato incluso intenté formar parte del equipo femenino de *hockey* sobre patines. Me hubiera gustado, pero apenas supero el metro sesenta y mis frágiles piernas no pudieron compensar la falta de estatura cuando en la pista apareció un monstruo de chica de dos metros con hombros de jugador de fútbol americano y un palo de *hockey* en la mano.

Cuando William se agacha para cerrar el velcro de su bota, tropieza y se cae de culo. Procura incorporarse sin soltar el abrigo, pero se pisa una de las mangas y se vuelve a caer. Tal vez la razón por la que este niño sea tan patoso, tan distinto a la niña flexible de guantes rosas y anorak blanco, es que nadie se ha molestado en que deje de serlo. Jack no lo ha llevado a esquiar desde el divorcio y estoy segura de que todas las actividades que Carolyn comparte con él son de tipo intelectual.

—Oye —le digo ayudándole a levantarse—, ¿te apetece ir a patinar sobre hielo?

—¿Qué?

—¿Por qué no vamos a la Wollman Rink? No creo que haya mucha gente entre semana.

—No sé patinar.

—Es muy fácil —insisto.

La niña que no para de dar vueltas comenta:

—Yo sí sé patinar. Patino muchos días.

—¿Lo ves? —me dirijo a William—. Es muy divertido.

La niña dice:

—Mi padre es patinador. Ganó una medalla de plata en las Olimpiadas.

Una de las madres se echa a reír.

—Kendall, tu padre es banquero. Es gerente de un banco. No participó en ningunas Olimpiadas.

—No, es verdad —interviene otra madre—. Misha se dedicaba al patinaje artístico y participó en unos Juegos Olímpicos. Ganó

una medalla de plata en Innsbruck. Así es como Colette y él se co-
nocieron. Ella también patinaba, aunque no compitió en las Olimpiadas ni en nada por el estilo; en Ohio.

—¡Vaya! —exclama la primera madre—. Kendall, eres una niña
muy afortunada.

—Venga, William —le insisto—. Nunca ganarás una medalla de
plata si no empezamos a entrenar hoy mismo.

Él se queda horrorizado cuando en la pista de hielo le dicen que
no tienen cascos.

—Los patinadores tienen que llevar casco —argumenta—. Y el
hielo es tan duro como el asfalto, o más.

—El hielo no es tan duro como el asfalto —replico mientras me
ato los cordones de los patines. Uno de ellos tiene un nudo y tengo
que tirar de él con fuerza para pasarlo por el agujero.

—Sí que lo es. Es mucho más duro. De hecho, el asfalto es bastante suave. Más suave que el cemento. Por eso mi madre hace *footing* en la calle y no en la acera. En las aceras te puedes romper la espinilla. Mi madre sabe este tipo de cosas porque es médico.

—¿Qué tal si te pones los patines de una vez?

—No creo que deba patinar sin casco. Patinar sobre hielo es
como patinar sobre ruedas y no es bueno hacerlo sin casco. Ni sin
rodilleras, coderas y muñequeras. Lo más importante son las muñequeras, porque al caer siempre te apoyas en las manos.

—El parque está lleno de gente que patina sin casco ni protección.

—Pues muy mal hecho. En la consulta de mi pediatra hay fotos
de niños con patines y todos llevan casco, rodilleras y muñequeras.
También hay fotos de niños en bici. Y hay una foto mía de cuando
me compraron el triciclo al cumplir tres años, hace dos. En la foto
llevo el casco azul. También tengo uno rojo. Si de verdad quieres
que patinemos, podemos ir a casa a coger un casco.

—De eso nada. ¿Ves a alguien aquí con casco, William? No,
¿verdad que no? Nadie patina con casco, así que estate quieto para
que pueda ponerte los patines.

Mientras le abrocho con fuerza las botas, pasando los cordones alrededor de los tobillos, William clava la mirada en la pista y frunce el ceño, como si la estuviese estudiando.

—No parece que tenga tres mil metros cuadrados, parece más grande —comenta.

—Pues no lo es —contesto arrugando el entrecejo—. ¿Cómo sabes cuánto mide la Wollman Rink?

—Lo pone en mi libro.

—¿En qué libro?

—En mi libro de Central Park.

—¿Cuál? ¿El que te regalé?

William se encoge de hombros. El año pasado, por su cumpleaños, al montón de juguetes, peluches, puzles, maquetas y diversos libros sobre dinosaurios que Jack eligió para William durante lo que debieron ser horas de intensas compras, yo añadí un libro sobre Central Park. Lo compré un día por casualidad al pasar por delante del Dairy, donde en el pasado los niños de Nueva York iban a comprar leche fresca y pura, y donde ahora los turistas pueden adquirir sudaderas que anuncian las ligas de béisbol del parque, tazas decoradas con mapas en miniatura del recinto, ositos de peluche con camisetas en las que pone «I ♥ NY» y libros sobre el parque. Entré en la tienda de *souvenirs* porque quería ver cómo era; no había visto el Dairy reformado. El libro, mitad recopilación fotográfica mitad libro de consulta, en principio me llamó la atención no como regalo para William, sino porque lo que conozco del parque son datos sueltos extraídos de inscripciones en las bases de las estatuas y en las arcadas o de panfletos que he ido reuniendo en mis paseos. Hojeé el libro y di con una fotografía en sepia de un camello uncido a un cortacésped.

Aunque era evidente que el libro no era para niños pequeños, pensé que estaría repleto del tipo de información que a William le gusta. Que podríamos ver las ilustraciones y leer los pies de foto. Lo compré, lo envolví en un mapa del parque y lo añadí al montón de regalos. Ese año William estaba mucho más interesado en un juego de construcción de piezas magnéticas. Se quedó mirando el libro el rato suficiente para expresar su agradecimiento y lo apartó a un lado.

—¿A que está bien el libro? —le pregunto—. ¿Te has fijado en la foto del camello uncido a un cortacésped en Sheep Meadow?

—No —responde.

—Bueno, ¿y qué más dice el libro sobre la Wollman Rink?

—Nada.

Cuando estamos dando una vuelta lenta a la pista pegados a la barandilla de madera, otro niño nos adelanta zumbando, mientras canta en voz alta. Lleva casco. Y muñequeras.

—¡Esto me asusta mucho, Emilia! —confiesa William. Se agarra con ambas manos a la barandilla lateral y tuerce tanto los tobillos hacia el interior que las clavijas rozan el hielo. Sus pies son como margaritas dobladas por el tallo, justo debajo de la flor.

—No tengas miedo. No es para tanto. Sepárate de la barandilla.

—No me digas que no tenga miedo. Sólo yo sé cuándo tengo miedo. A ti no te asusta porque sabes patinar. Y a ese niño tampoco porque su madre le ha traído el casco. —Esto último lo dice sollozando.

Aparto las manos de William de la barandilla, las cojo entre las mías y patino hacia atrás, muy despacio, tirando de él. Al principio se mueve a sacudidas, parece que sus pies tengan espasmos, como si luchase por regresar a la seguridad del lateral de la pista. Pero, de pronto, se rinde. Coloca bien los patines, inclina el tronco ligeramente hacia delante y yo sigo patinando hacia atrás, de cara a él. Le dedico una sonrisa.

—¿Lo ves? —le digo—. ¿Ves como no es tan horrible?

—Puede que para ti no —contesta.

Me imagino que trazamos un círculo, más y más rápido, hasta que la pista se difumina y lo único que veo con claridad es el rostro de William, que gira donde terminan mis brazos extendidos; entonces suelto sus manos y él da vueltas sobre el hielo.

Damos otra lenta vuelta a la pista y acerco a William a la barandilla.

—Voy a dar una vuelta yo sola —anuncio—. No te sueltes y sigue avanzando despacito. Todo irá bien.

Me alejo de él y empiezo a avanzar por la pista de hielo, cogiendo cada vez más velocidad. De repente percibo una silueta junto a mí. Me vuelvo y veo a un chico de unos diecisiete años. Es muy guapo, tiene el pelo moreno y rizado y uno de los dientes superiores partido. La clase de chico que hace algunos años no se habría fijado en mí.

—¡A ver quién gana! —me desafía.

Me inclino más hacia el suelo y empiezo a mover los brazos alternativamente hacia delante y hacia atrás. Este chico no sabe con quién se mete. Pienso darle una paliza. Lo dejaré comiendo un puñado de virutas de hielo, aunque lleve patines de *hockey* y yo unos patines de plástico de color verde pálido un número más grande que el mío.

Mi chico guapo y yo damos dos vueltas a la pista, y me gana. Al parecer, no soy tan buena. Aun así, me alegra ver que está agotado y jadeando cuando nos detenemos, con las manos apoyadas en las rodillas.

—Eres bastante rápida —comenta.

—Tú más —replico, y entonces veo que William se cae de nalgas al otro lado de la pista. La cruzo lo más deprisa que puedo, pero estoy cansada por la carrera y cuando llego está llorando.

Me acerco a él y le agarro por la cintura tratando de levantarlo, pero antes de que pueda reaccionar estoy en el suelo con él.

—¡Mierda! —exclamo.

—¡Me he caído! —se queja.

—Y yo.

Procuro ponerme de pie, pero resbalo de nuevo y vuelvo a caerme. William se agarra a mí y lo nuestro parece una secuencia de los hermanos Marx; nos caemos sin parar.

—¡Me he caído y no puedo levantarme! —digo, y me echo a reír. William no lo pilla. ¿Cómo iba a hacerlo? Sólo tiene cinco años y no le dejan ver la tele. Sin embargo, me sorprende soltando una especie de risita conmovedora que me llega al corazón. No quería venir, una parte de él probablemente piense que lo he traído aquí a sabiendas de que patinaría fatal, y aun así intenta reírse cuando hago un chiste pésimo. ¿Cómo sabe lo vanidosa que soy por mi sentido del humor y por qué se esfuerza por entenderlo? ¿Lo hace o es que a los niños simplemente les hace gracia que un adulto se caiga al suelo?

Trato de levantarme y tiro de él para ayudarle.

—¿Estás bien? —le pregunto—. ¿Te has roto algo?

—Creo que no. A menos que me haya roto la raya del pelo.

—¿Quieres salir de la pista o te apetece dar otra vuelta?

William mira anhelante hacia la salida y luego al niño del casco, que ahora patina hacia atrás y que no ha parado de cantar.

—¿Podrías enseñarme a patinar en lugar de arrastrarme? —me pide.

—¡Claro! —contesto—. ¡Por supuesto que sí!

Durante el cuarto de hora siguiente William y yo patinamos trazando pequeños círculos en el centro de la pista. Se cae tres veces, pero se levanta tenaz y resueltamente para intentarlo de nuevo. Le enseño a juntar los pies, y a deslizar y levantar uno y otro alternativamente para que pueda impulsarse despacio, pero solo. Al fin, se siente lo bastante confiado para dar una vuelta.

—Pero tú me coges de las manos —se asegura.

—Yo te cojo de las manos.

Tardamos un buen rato porque patinamos por el lado exterior, con lo que la vuelta es más larga, pero la damos entera. William patina casi siempre con el pie derecho, como si el izquierdo lo tuviese paralizado, un pie de madera embutido en un patín. Pero patina.

—¡Lo has hecho de maravilla! —lo felicito mientras lo conduzco a la salida—. Mucho mejor que yo la primera vez que patiné.

Al pisar el suelo de goma tropieza.

—¡Qué raro! ¡Cómo me cuesta andar!

—Después de patinar sobre hielo se hace muy raro caminar.

Se tambalea y se agarra de mi brazo para no perder el equilibrio.

—¿Sabías que antes de que hicieran la Wollman Rink —comenta— la gente solía patinar en el Lago y que había una zona que se llamaba el Ladies Pond porque allí sólo podían patinar las mujeres? A los hombres no les dejaban.

—¿Has leído eso en el libro?

—Sí.

Sonrío y le cojo de la mano.

Mientras hacemos cola para devolver nuestros patines William me dice:

—Emilia...

—¿Sí?

—Creo que lo de hoy también tendría que quedar entre nosotros. Por lo del casco. Y porque me he mojado los vaqueros y mi madre no soporta que me moje la ropa.

—Yo también tengo los vaqueros mojados.

William asiente.

—Entonces, ¿qué? ¿Trato hecho? ¿Lo de patinar sobre hielo será un secreto?

Siento una repentina ola de gratitud y cariño, y me pregunto hasta qué punto él es consciente de que a quien protege el silencio es a mí, no a él.

—Trato hecho —respondo.

17

Anoche tuvo lugar una reunión con la tutora de William, que acabó con el bajo y deprimente concepto que yo tenía de ella. Ahora sólo puedo decir cosas positivas de Sharlene. Adoro a Sharlene, la profesora de guardería de origen surafricano que tuvo las agallas de plantarle cara a la doctora Carolyn Soule.

Jack y Carolyn habían aplazado la reunión dos veces, una debido a un parto adelantado de gemelos y otra porque Jack se quedó atrapado en un atasco en el Lincoln Tunnel al volver a casa después de una visita a los tribunales. Programar esta reunión con la tutora ha sido más difícil que fijar una fecha para un juicio por asesinato susceptible de ser castigado con la pena de muerte, y requirió un montón de tensas e indignadas llamadas telefónicas. Le sugerí a Jack que fuese solo a la reunión, pero la política de la guardería es que en las reuniones estén el padre y la madre, salvo cuando la relación de los padres está tan deteriorada que puede incomodar demasiado a la profesora. Al parecer, la frialdad que reina entre Jack y Carolyn no cuenta.

Según la versión de Jack, Carolyn y él estaban sentados en unas sillitas que había en dos extremos opuestos de una mesa octogonal, escuchando a Sharlene hablar de la elevada habilidad de William con los puzles, cuando Carolyn miró por encima de la cabeza de la profesora y vio un dibujo de su hijo colgado de una cuerda.

—¿Qué es eso? —inquirió señalando con el dedo. Puedo imaginarme su dedo largo y tembloroso. Me imagino sus uñas perfectamente cuidadas, rectangulares y rosadas, limpias de tanto lavarse antes y después de salir del quirófano. Seguro que no llevan esmalte.

—¿No les parecen preciosos? —repuso Sharlene—. Hemos trabajado el tema de la familia y cada niño ha dibujado a la suya. Les enseñaré el dibujo de William. Es bastante curioso.

Desenganchó el dibujo de la cuerda y lo llevó a la mesa. William se había dibujado a sí mismo en el centro de la hoja con una gorra roja. A un lado de William estaba Carolyn. La había dibujado del mismo tamaño que a él. Llevaba el pelo liso pintado de color marrón y tenía la nariz muy larga con forma de zanahoria. Jack estaba al otro lado de William, también tenía su mismo tamaño y llevaba otra gorra roja. Junto a Jack había una silueta más pequeña, redondeada y pelirroja. Era yo. Y flotando en el aire sobre mi cabeza había una figura pintada de ese color claro medio naranja medio rosa conocido como color «carne». El color era tan suave que la silueta era casi invisible. Era un bebé con alas.

—Ha pintado a su hermanita con forma de ángel —comentó Sharlene—. Se me ha caído el alma a los pies al verlo.

Carolyn le quitó el dibujo de las manos y lo miró fijamente. Sus manos hábiles, seguras y firmes a la hora de cortar la piel, la grasa, la pared abdominal y el útero, temblaban con tal violencia que el dibujo ondeaba al tacto de la presión de sus dedos. El papel empezó a arrugarse y entonces Sharlene alargó un brazo titubeante.

—¿Doctora Soule? ¿Carolyn? —inquirió la profesora.

Ella inspiró y entonces, con una repentina y serena seguridad, como si sus manos hubiesen recuperado su habitual competencia, partió el dibujo por la mitad.

Sharlene se quedó boquiabierta y le quitó el papel de las manos. Casi lo había partido en dos, ambas mitades estaban unidas por tres tristes e irregulares centímetros en la parte inferior.

—Pero ¡cómo se atreve! —gritó Sharlene con voz temblorosa.

Carolyn apartó la vista.

—¡Cómo se atreve! —repitió Sharlene—. Este dibujo es de William. Le pertenece a él, no a usted. Y ésta es mi clase. ¡No consentiré que destroce nada en mi clase! —La fuerza de las palabras de la joven profesora, la intensidad de su defensa de la integridad de su alumno y de su territorio, estaba distorsionada por las lágrimas que se agolpaban en sus ojos.

—¿Me permite? —preguntó Jack con suavidad, alargando el brazo.

Sharlene vaciló.

—Por favor —insistió Jack.

La profesora le entregó el dibujo roto. Jack lo sostuvo en las manos unos instantes y luego lo llevó a un escritorio que había en el fondo de la clase. Lo alisó sobre la superficie de la mesa y lo pegó cuidadosamente con cinta adhesiva por ambas caras, apretando los bordes de ésta para que se notara lo menos posible. A continuación lo volvió a colgar en la cuerda con los demás dibujos.

—Decía que a William le gustan los puzles de encajes, ¿verdad? —preguntó Jack mientras se sentaba de nuevo en la sillita.

Carolyn no abrió la boca durante el resto de la entrevista. Permaneció sentada, encorvada y con la lisa cascada de pelo cubriéndole los ojos. Al salir del aula, mientras se ponían los abrigos, Jack le dijo:

—Si no te importa, este fin de semana me gustaría recoger a William un poco antes. Justo cuando acabe el colegio y no en tu casa a las cinco.

—¿Por qué?

—Porque he conseguido un par de entradas para ir a ver *El Rey León* el viernes por la noche y me apetece pasar la tarde con él.

—Ya ha visto *El Rey León* —le espetó Carolyn.

—No creo que le importe volver a verla.

Ella estuvo a punto de protestar, pero tragó saliva y se encogió de hombros.

—Bueno, entonces lo recogeré mañana aquí mismo —concluyó Jack.

—Mañana sabremos en qué colegio lo han admitido.

—¡Estupendo! Pues llámame y dime dónde va a estudiar. Yo se lo diré a Will.

Carolyn se ajustó el cuello de castor de su abrigo de lana.

—Me gustaría ser yo quien se lo diga. William y yo hemos vivido juntos todo el proceso. He estado con él en el ERB y en todas las entrevistas. Creo que tengo que ser yo quien le dé la noticia.

—Muy bien, díselo tú pues.

—Porque elegimos juntos Collegiate. Lo decidimos juntos y cuando entre lo celebraremos juntos. Sin duda, debo decírselo yo.

—Te he dicho que me parece muy bien.

—Vale, pero es que él sabe que las cartas llegan mañana y estará impaciente por saber el resultado.

—Carolyn, mañana recogeré yo a William en la guardería. Por la noche lo llevaré a ver *El Rey León* y pasará el fin de semana conmigo. Si quieres que mañana mismo sepa a qué parvulario irá el año que viene, se lo diré yo; de lo contrario, tendrás que esperar al lunes para decírselo. —Jack no le informó a su ex mujer de que al comportarse como una niña malcriada, al intentar destrozar el dibujo que con tanto esmero había hecho su hijo de su desestructurada familia, había perdido, al menos temporalmente, su derecho a imponer nada. Sin embargo, su frío tono de voz sí lo dejó entrever y, por qué no decirlo, Carolyn lo entendió.

—De acuerdo —accedió.

Naturalmente, ignoro si las cosas sucedieron así. El relato de Jack fue puramente informativo, pero no incluía detalles emocionales. Eso lo he puesto de mi cosecha y me pregunto si de verdad Jack se mostró tan sereno e inflexible ante la rabia de Carolyn.

Hoy he quedado con Jack y su hijo en la guardería para poder echarle un vistazo al dibujo que William hizo de Isabel. Los tres pasaremos la tarde juntos y luego ellos se irán a Broadway a disfrutar del trillado espectáculo. Yo no tengo ningún interés en ver *El Rey León*.

Llego un poco tarde y veo que Jack ya le ha puesto el abrigo a William.

—Vuelvo en un segundo —comento—. Voy un momento a la Clase Roja a ver el dibujo.

—¡Jack! —El grito es agudo y durante unos instantes se apaga el bullicio que hay siempre en el pasillo cuando acaban las clases. Carolyn se abre paso entre la multitud. Hace casi tres años que no la veo, desde bastante antes de que Jack y yo saliéramos juntos. De hecho, la única vez que he visto a Carolyn fue en el apartamento que compartía con su ahora ex marido, cuando para celebrar la Navidad invitaron a cenar a todos los colaboradores de Jack. Ahora se ve un poco más mayor; tiene arrugas de expresión. Aun así, me sorprende lo guapa que es. Había olvidado que es mucho más guapa que yo.

—Jack —repite. Le sujeta de la manga del abrigo—. Tenemos que hablar ahora mismo. ¡Ahora mismo!

Él aparta el brazo para liberarse de su mano de dedos blancos.

—¡Cálmate! —le pide.

—Ahora, Jack. ¡Ahora!

—Está bien —replica él resignado—. Emilia, ¿te importa llevar un momento a William a su clase? Carolyn, no sé si conoces ya a Emilia.

—Nos conocimos en la fiesta que diste por Navidad —digo—. Hace tres años.

—No es el momento. —Furiosa, Carolyn recorre el pasillo con la mirada. Algunas madres la observan con curiosidad. Hay un par que incluso da la impresión de que quieren acercarse para preguntar qué pasa y si pueden ayudar, pero algo en su ira le dice claramente a todo el mundo que no se meta en esto.

—Muy bien, vamos —ordena Jack.

Quiero ver el dibujo de Isabel, por eso he venido, pero los sigo hasta el ascensor. El miércoles vendré otra vez; ya lo veré entonces.

Nadie habla hasta que llegamos a la planta baja. Carolyn camina enérgicamente y no tenemos más remedio que seguirla. Cuando salimos de la guardería y dejamos atrás al resto de madres, se detiene. Jack tiene a William cogido de la mano, su fiambrera colgada al hombro y el elevador debajo de su otro brazo.

—No ha entrado —declara Carolyn, mirando por encima de su hombro para asegurarse de que no hay nadie escuchando.

—¿Qué? —pregunta Jack.

—¡Hablo de Collegiate! —exclama con los dientes apretados—. ¡No ha entrado!

—¡Oh! —se lamenta Jack.

—¿Oh? ¿Oh? ¿Es todo lo que se te ocurre decir? ¡No ha entrado en Collegiate, ni en Dalton, ni en Trinity! ¡Ni siquiera ha entrado en la International School de la ONU! Está en lista de espera en Riverdale Country, un colegio en el que pedí plaza únicamente porque tú insististe, porque te pasaste tu infancia en Yonkers viendo cómo otros niños iban en tren a Riverdale y deseando ser uno de ellos. Y tampoco ha entrado, está en lista de espera. ¡Nada más lo han admitido en Ethical Culture!

—Ethical Culture es un colegio magnífico —replica Jack.

—¡Qué va a ser un colegio magnífico! —suelta Carolyn con desdén—. Es un colegio mediocre; de segunda categoría. No me puedo creer que no haya entrado en un colegio de renombre. ¡Qué desastre, Jack! Esto es un desastre, y el hecho de que no te des cuenta de que es un desastre demuestra que eres incluso más idiota de lo que yo pensaba.

—Carolyn, no es un colegio de segunda categoría.

—¡Oye, Jack! —intervengo—. Me voy con William, nos vemos en casa.

Él asiente. Carolyn está demasiado ocupada criticando a su ex marido como para enterarse de que he cogido a su hijo de la mano y he parado un taxi. Está tan absorta en su propio sarcasmo que no ve que su hijo está pálido y respira con dificultad. Ni siquiera repara en que me he olvidado el elevador.

—¿Estás bien? —le pregunto a William en el taxi.

—No —contesta.

—Por favor, ¿podría dejarnos lo más cerca posible del Belvedere Castle? —le pido al taxista.

Cuando ascendemos la empinada escalera de caracol que conduce al Belvedere Castle, William resuella tanto que al llegar a la terraza estoy segura de que tiene asma. Le doy la mochila verde con un kit de explorador que he cogido para él en el mostrador de la entrada.

—¿Qué hay en la tuya? —le pregunto.

William se encoge de hombros.

Abro mi mochila y me encuentro una manoseada *Peterson Field Guide* de cubierta desvencijada, un puñado de marcadores y lápices de colores sueltos, y una carpeta de pinza con unos cuantos folios.

—Mira, algún niño se ha dejado este dibujo.

Le enseño a William el dibujo de un pájaro de color rojo chillón que hay enganchado en la carpeta de pinza. Las patas del ave están tan desproporcionadas en comparación con el resto del cuerpo que parece que lleve botas de piel de foca.

—No me extraña que lo haya dejado aquí —comento—. Es horrible. ¿Qué se supone que es? ¿Un cardenal con botas de esquí? Deberías dibujar algo, William. Dibujas mil veces mejor que este niño.

Una sonrisa asoma a la comisura de sus labios, pero la reprime.

Extraigo de la mochila unos prismáticos pequeños de una calidad asombrosamente buena.

—Coge tus prismáticos. Miraremos a ver si hay halcones —sugiero—. Los halcones son aves rapaces, igual que esos velociraptores que tanto te gustan. Hay muchos en Central Park; halcones, no velociraptores. ¿Sabes algo de halcones?

—No —contesta.

Abro su mochila y le doy sus prismáticos. Los coge, pero no se los acerca a los ojos. Yo utilizo los míos y enfoco primero el Turtle Pond, que está justo debajo del castillo y después las copas de los árboles y el cielo gris. Escudriño el cielo en busca de rapaces, pero no veo ninguna. Me pregunto si estaré mirando en la dirección equivocada. Cuando me canso de buscar halcones, enfoco a la gente que merodea por la franja de césped que hay junto al Turtle Pond. Veo a un hombre gordo con una chaqueta forrada marrón sentado en la hierba. Se ha pegado un roto de la manga con cinta adhesiva plateada y se está hurgando la nariz. Me vuelvo para comentarle a William lo del señor que se mete el dedo en la nariz y me lo encuentro de pie, a mi lado, con los prismáticos colgando de su correa.

—¡Venga, es muy divertido! —lo animo.

Él inspira irregularmente.

—¿No quieres explicarme nada del Belvedere Castle? ¿Como quién lo construyó o cuándo se construyó?

Pruebo otra táctica.

—¿Sabías que hay un par de halcones de cola roja que viven cerca de tu casa? Se llaman *Pale Male* y *Lola*, y su nido está en un alféizar de un edificio de la Quinta Avenida.

Golpea el muro con la punta del pie, poniendo de manifiesto que no le interesan esos pájaros y su extravagante gusto inmobiliario. O está demasiado enfadado o le traen sin cuidado las aves rapaces que aún no se han extinguido.

—William, que no es el fin del mundo. Ethical Culture es un colegio estupendo, en serio. Conozco a un montón de gente que ha ido a Ethical Culture y que le encantó.

—Pero Collegiate es el mejor colegio.

—No, no lo es. Collegiate está lleno de esnobs. Y es sólo de chicos. ¡Menudo aburrimiento!

—El que va a Collegiate, va a Harvard.

—En primer lugar, no todo el que va a Collegiate estudia luego en Harvard. Es más, la inmensa mayoría de alumnos de Collegiate no acaban en Harvard. Da la casualidad de que he conocido a un montón de alumnos de Collegiate y son tan estúpidos que pueden considerarse afortunados si han entrado en el Bergen Comunity College. —Omito mencionar que me he acostado con algunos de ellos—. En segundo lugar, hay muchos alumnos de Ethical Culture que estudian en Harvard; y en tercer lugar, tienes cinco años. ¿Por qué te preocupa tanto ir a Harvard?

—Tú también fuiste.

—Sí, y mírame bien.

William se toma la respuesta un poco más en serio de lo que me habría gustado.

—William, tu padre estudió en SUNY. Y le ha ido bien. La universidad en la que estudies no es tan importante; y menos aún el parvulario. Lo único importante es que el colegio te guste. Y a ti el tuyo te gusta. Te encanta. Según Sharlene eres el rey de los puzles de encajes.

—No lo entiendes.

—Sí lo entiendo. Estás hecho polvo porque te habías hecho a la idea de ponerte uno de esos absurdos gorritos que obligan a llevar en Collegiate. Pero lo superarás, te lo prometo. Y tu madre también.

—No llevan gorritos. Llevan americana y corbata.

—Peor todavía. ¡Qué horror tener que llevar corbata a diario! ¡Es ridículo!

—A mí me gustan las corbatas.

Dejo los prismáticos encima del muro de piedra del castillo y me acuclillo para mirar a William a los ojos. Tiene la mirada clavada en sus prismáticos y está jugueteando con la correa, esforzándose por no llorar.

—Colega —le digo—, que no importa. De verdad que no.

Su susurro es ronco y tembloroso.

—Mamá se ha enfadado conmigo.

Estoy a punto de decirle que no se ha enfadado con él, pero este niño no tiene un pelo de tonto. Reconoce un enfado en cuanto lo ve. Carolyn está furiosa, y él siente que esa rabia va dirigida contra él.

—Cuando los adultos queremos algo y no lo conseguimos a veces perdemos los papeles —le explico—. Y nos enfadamos con todo y con todos. Con quien tu madre está enfadada es con Collegiate. Y con tu padre. Pero está tan furiosa con todo el mundo que tienes la sensación de que también se ha enfadado contigo.

William sigue sin mirarme. Lo rodeo torpemente con un brazo y lo acerco a mí. Durante unos instantes deja caer la cabeza sobre mi hombro. Entonces, de repente, al darse cuenta de lo que acaba de hacer, se aleja de mí.

—No lo entiendes —insiste—. No entiendes lo importante que es Collegiate porque no eres sofisticada. Eres de Nueva Jersey y no eres sofisticada como mi madre y como yo.

Me pongo de pie y le agarro de la cintura. Lo levanto y lo pongo de cara al muro de piedra, que me llega a la altura del pecho. A lo lejos, debajo de nosotros, empieza el rocoso saliente sobre el que se construyó el castillo.

—Coge los prismáticos, William.

Asustado, me da patadas en las piernas.

—¡No me sueltes!

—No voy a soltarte. Siéntate aquí y mira por los prismáticos. —Lo siento sobre el muro y lo sujeto con fuerza por la cintura.

Me obedece.

—¿Ves bien? —le pregunto. Le enseño a enfocar el vasto parque que se extiende ante nosotros—. Ahora mira hacia esos edificios. Eso es el Upper West Side, donde vivimos tu padre y yo y donde está Collegiate.

—Sí, está en la Setenta y ocho esquina Broadway.

—Exacto. Ahora mira hacia el otro lado. —Desplazo sus prismáticos en dirección este—. Ahí está el Upper East Side. Donde tu madre y tú vivís. —Entonces le digo que enfoque hacia el norte—. Ahora mira todo lo lejos que puedas, hacia el norte. Si estuviese más despejado, podrías ver hasta Riverdale.

Mal que le pese, está empezando a disfrutar con el juego y gira los prismáticos en la dirección que le digo.

—Esta ciudad es realmente grande, William. Es enorme, y Collegiate no es más que un punto diminuto. Un punto pequeño e insignificante. Vives en una gran ciudad y tendrás una gran vida, y te prometo, te prometo, que lo de Collegiate no tiene ninguna importancia. Pase lo que pase, por mucho que alguien se enfade o se desespere contigo, recuerda siempre lo grande que es todo y lo lejos que puedes ver, ¿de acuerdo?

Mueve los prismáticos de un lado a otro, pero no contesta.

—¿De acuerdo? —repito.

—No veo nada —comenta.

Lo bajo al suelo, cojo sus prismáticos y nos dirigimos a las escaleras de caracol. William camina torpe y ruidosamente detrás de mí, arrastrando sus caras botas francesas de cordones por los peldaños de piedra. Mientras devuelvo los prismáticos en la entrada echo un vistazo al tablón de anuncios. El 1 de abril se reanudarán las excursiones semanales por el parque para los naturalistas, se buscan voluntarios para realizar el recuento de aves acuáticas migratorias del próximo año y la última noche de febrero tendrá lugar un Paseo para Recordar especial. Se pide que los interesados den sus datos a través de Internet o por teléfono. ¿Para qué los querrán?, me pregunto. ¿Para que los organizadores puedan verificar la autenticidad de las demandas por accidente? ¿Estudiarán historiales médicos y certificados de defunción o quizá pretenden elaborar una detallada lista de direcciones para poderla vender cara a comercios especializados: los fabricantes de pañuelos desechables superabsorbentes de doble grosor, de urnas funerarias?

—Sé muchas cosas sobre los halcones —me dice William. Está detrás de mí—. *Pale Male* vive en el número novecientos veintisiete de la Quinta Avenida, en la calle Setenta y cuatro. En Central Park hay gavilanes perdigueros, gavilanes de cola ancha, águilas pescadoras, cernícalos y otros falcónidos. Sé muchas cosas, Emilia.

—Estupendo, William. Venga, vamos a casa.

18

Cuando Jack vuelve a casa aparece con dos bolsas de comida y William y yo llevamos casi una hora esperándolo. Él se abalanza sobre su padre, empujándolo contra la puerta principal aún abierta. Jack suelta las bolsas y se arrodilla.

—¡Estoy tan orgulloso de ti! —exclama, y su hijo se echa a llorar. Pero Jack insiste—: Ethical Culture es magnífico.

—No me han admitido en Collegiate —solloza William.

—Cariño, hombrecito, no importa. En Ethical Culture te lo pasarás en grande. Tendrás un montón de amigos. Te encantará. Y ahora no quiero volver a oír hablar de este tema, ¿vale? No es tan importante, Will. Irás a un colegio estupendo, y punto.

Jack se incorpora y coge a William con un brazo. Intenta levantar las bolsas con la otra mano, pero yo me ofrezco a llevarlas.

—¿Qué has comprado? —pregunto.

—No tenía ganas de cenar comida preparada —contesta—. Voy a hacer *kibbe*. —Camina hasta la cocina y sienta a William en una silla—. Will, ¿quieres ayudarme a cocinar *kibbe*, como el que hace la abuela?

—¿Vas a hacer *kibbe*? —me extraño mientras lo sigo cargada con las bolsas.

—¡Exacto!

—¿Y desde cuándo sabes cocinarlo?

—He visto a mi madre hacerlo mil veces. Seguro que saldré del paso. —Jack empieza a vaciar las bolsas. Pone encima de la mesa un trozo de carne envuelto en papel de carnicería, una bolsa de piñones y una botella grande de aceite de oliva. Cojo la botella. Es aceite orgánico, californiano, y cuesta treinta y dos dólares.

Le digo:

—Una cosa es ver cocinar a alguien y otra muy muy distinta cocinar tú.

—Tú viste una vez cómo mi madre preparaba *kibbe* y luego supiste hacerlo —replica Jack.

—Sí, pero yo sé cocinar y tú no.

—Yo también sé cocinar.

—Hacer huevos revueltos no es cocinar. Y hacer pasta con salsa de *pesto* de bote tampoco es cocinar.

Jack golpea la encimera con un manojo de perejil, esparciendo diminutas hojas verdes. William alza la vista atónito.

—¡Maldita sea, Emilia! —protesta Jack—. No tengo ganas de volver a cenar esa asquerosa comida china. No quiero comida tailandesa ni ensalada preparada. Voy a hacer *kibbe*, aunque tenga que pasarme tres horas en el maldito teléfono hablando con mi maldita madre para que me dicte la maldita receta.

—Lo preparo yo —decido. Meto la carne en un cuenco. Hundo los dedos en la fría suavidad del cordero troceado y aprieto unos cuantos trozos. Noto el jugo entre mis nudillos y sólo entonces me doy cuenta de que he olvidado lavarme las manos.

—Lo siento —se disculpa Jack.

—No, soy yo la que lo siente —me disculpo yo.

—No te has lavado las manos —apunta William.

Mientras corto la cebolla pienso en Tmima, la madre de Jack. Antes de que naciera Isabel era simpática conmigo, pero formal, incluso distante. El día de nuestra boda estuvo con cara larga, tan abrumada por la tristeza que mi abuela se acercó a consolarla, creyendo que, al igual que ella, la ceremonia le había hecho añorar a su marido fallecido, añorar sus días de juventud. Pero Tmima sacudió la cabeza y le dijo a mi abuela: «De donde yo vengo la gente no se divorcia».

Mi abuela no podía creerse que mi suegra estuviera triste por la ausencia de la primera mujer, la *shiksa*. «Pero ¡Emilia es judía!», insistió una y otra vez.

Molesta, Tmima cabeceó de nuevo y añadió:

—Nunca, jamás un marido se casa por segunda vez sin estar divorciado, como los árabes. Conozco a algunos hombres que lo han hecho, fuera de la ciudad. Pero esta juventud se divorcia sin pensar siquiera en sus pobres hijos.

—¡Bah! —fue lo que exclamó mi abuela antes de volverse enérgicamente. ¿Qué podía decirle a una mujer que hubiese preferido que su hijo se hiciese polígamo a que se casara por segunda vez y compartiera la custodia de su hijo?

Hice lo posible por ganarme a mi suegra. La observé atentamente mientras cocinaba coliflor en escabeche y pollo a fuego lento, y luego, tonta de mí, se lo preparaba cuando venía a vernos, dándome cuenta demasiado tarde de que mi intromisión en su reino culinario le disgustaba. Cuando me di por aludida, le llamé y le supliqué que nos enviara un paquete de esas galletas de dátil azucaradas que tanto le gustan a Jack, asegurando que por mucho que lo intentaba no acababan de salirme bien. En realidad, mis *mahmoul* son mejores que las suyas. En lugar de margarina utilizo mantequilla para la masa, por lo que no tienen esa textura ligeramente harinosa, como las suyas; las mías se derriten en la boca. Además, pone demasiadas almendras en el relleno.

Sin embargo, tuve que perder a mi hija para ganarme el amor incondicional de mi suegra. Cuando murió Isabel, Tmima lo dejó todo. Literalmente. La hermana de Jack me contó que soltó la escoba, caminó hasta su habitación, hizo la maleta y cogió un taxi en dirección al aeropuerto. Al llegar a casa esquivó a Jack y me envolvió en sus brazos suaves, frágiles y con olor a canela. Me abrazó mientras yo derramaba mis lágrimas de dolor y culpabilidad, y me dijo:

—Lo sé, hija, lo sé. Antes de irnos de Siria mi hermana pequeña se murió de difteria. Y antes de que naciera Jack tuve un parto prematuro. Sé lo que es perder un hijo.

—¿Perdiste un bebé? —preguntó Jack—. No lo sabía. Nunca me lo habías dicho.

—Hay muchas cosas que no sabes —repuso Tmima. Sólo se acercó a consolar a su hijo cuando se aseguró de que ya no me quedaban más lágrimas.

—Me apetece hacer *kibbe* —comento ahora—. Siento haber tardado tanto en volver a cocinar.

—No pasa nada, mi amor —me tranquiliza Jack—. Ni que tu trabajo fuera cocinar para mí.

—Emilia no tiene trabajo —interviene William.

—Sólo estoy de baja —aclaro mientras frío las cebollas y el cordero juntos. Jack se ha olvidado de comprar la miel de granada. Dudo que sepa para qué se usa; no creo ni que sepa que existe.

—Pues yo me ausento de esta cocina —anuncia William, levantándose de golpe. Baja de la silla y se va corriendo, patinando con los calcetines sobre el parqué. Oigo sus gritos por el pasillo.

—¡Menudo numerito el de hoy! —comento.

—Lo ha presionado mucho con lo de los colegios —dice Jack. Saca una botella de vino de la despensa y dos copas del aparador.

—Tu ex mujer está mal de la cabeza.

—Estoy preocupado por William. Estoy muy preocupado. Es como si sólo le importase entrar en Collegiate.

—No te preocupes por él, se le pasará —lo tranquilizo—. De la que tienes que preocuparte es de Carolyn. Está para encerrarla. La acabarán llevando a Bellevue. Seguramente tendrán una unidad especial para los padres de los niños que no han sido admitidos en el parvulario elegido como primera opción.

Jack me da la copa y bebe de la suya y la deja hasta la mitad. El labio superior le queda teñido de color morado. Yo tomo un sorbo y saboreo el vino. No soporto el alcohol y no bebería nunca, pero me encanta la sensación de estar borracha. Me gusta anular mis emociones o por lo menos el recuerdo de éstas.

—Para ella muchas cosas dependen de esto —explica Jack.

Tuesto los piñones en una sartén pequeña y los remuevo una y otra vez para que se doren de forma regular. Después saco el robot de cocina. Está lleno de polvo. Mientras descuelgo el delantal del gancho en el que lleva meses colgado, y constato que está tieso y lleno de arrugas, y que la cinta del cuello está doblada en el punto de donde estaba colgado, le pregunto:

—¿Qué puede depender de un parvulario? ¿Que William entre en Harvard? Tranquilo, porque se saltará la universidad y lo admitirán directamente en el Instituto Tecnológico de Massachusetts para hacer un doctorado en física nuclear.

Jack acaba la copa y se sirve otra. Me muestra la botella pero sacudo la cabeza.

—Carolyn contaba con que el hermano de William entraría en su mismo colegio —continúa—. Está embarazada y le preocupa que su segundo hijo no sea tan listo como William. Creía que William era su as en la manga y ahora está convencida de que pasará de Ethical Culture a Fieldston. Teme que nunca pueda entrar en Collegiate o en cualquiera de las otras primeras opciones que tenía.

Estaba a punto de coger la sartén de acero en la que están el cordero y las cebollas hirviendo, y al poner la mano en el asa de hierro el agarrador se me cae al suelo. Suelto un grito y corro hasta el fregadero. Pongo la mano dolorida debajo del agua fría y lloro.

—¡Dios mío! —exclama Jack acercándose a mí—. ¿Crees que hay que ir a urgencias? Cariño, ¿te has quemado mucho? Déjame ver. —Aparta mi mano del agua y la gira en busca de la ampolla. Un ligero color rojizo me cubre la palma. Vuelve a colocarla debajo del chorro de agua—. Ponte más agua —dice.

—¿Está embarazada? ¿Cómo es posible que esté embarazada? —pregunto sollozando. Me limpio la nariz con el dorso de la otra mano y luego me la limpio en los vaqueros—. Pero ¡si ni siquiera está casada! ¡Y tiene cuarenta y tres años! ¿Cómo puede ser que esté embarazada?

—Tiene cuarenta y dos años; y lleva saliendo con alguien desde el verano.

—No me lo creo, William nos lo habría dicho. No es capaz de guardar un secreto. —Pero sé que sí es capaz. Nuestros secretos los guarda perfectamente.

—William no sabe lo del bebé. Carolyn quería esperar hasta el tercer mes para decírselo.

—¿De cuánto está? ¿De dos meses? ¿Dos y medio?

Jack cierra el grifo y envuelve mi mano en una toalla.

—¿Qué más te da, Emilia? Está casi de tres meses. Me dijo que cuando perdimos a Isabel, se dio cuenta de que quería tener otro hijo. Y se quedó embarazada a la primera.

Aparto mi mano de la suya.

—¿Se quedó embarazada por Isabel? ¿Tu ex mujer se quedó embarazada porque nuestra hija murió? —Ahora estoy gritando y mi voz chillona reverbera en la cocina, haciendo que las sartenes de cobre que hay colgadas vibren en sus ganchos.

—No sé por qué te enfadas, Emilia. —Jack también grita—. Si alguien debería estar enfadado, soy yo, y no pienso enfadarme. No pienso hacerlo. Creo que es bueno que esté embarazada. Es algo bonito. Carolyn me comentó que le conmovió nuestra pérdida, lo mucho que yo quería a Isabel y lo destrozado que estaba, y que le hizo darse cuenta de que quería volver a sentir ese tipo de amor. Tú también deberías alegrarte. Como yo. Yo me alegro.

—Eso es mentira —sigo chillando—. No te alegras. Estás celoso y furioso, igual que yo.

—No, no lo estoy —replica—. Me consuela saber que ha surgido algo bueno de la muerte de Isabel, que no murió para nada.

—Isabel no murió por eso. Isabel no murió para que Carolyn pudiese tener otro bebé. Maldito seas, jodido hijo de puta, ésa no es la razón por la que murió. ¡No es una buena razón!

Salgo corriendo de la cocina y me encuentro con William, que está de pie en el pasillo con los puños pegados a las mejillas. Cojo el abrigo, me pongo mis zuecos y me voy dando un portazo. Llamo el ascensor, pero tarda demasiado. Corro escaleras abajo, cruzo la portería y salgo al miserable gris de una tarde de febrero.

19

Aunque son sólo las cinco, al llegar a casa de mi madre ya es de noche. Recorro el camino de acceso y me dirijo a la entrada de la parte posterior. Mi madre está en la cocina sacando los platos del lavavajillas y cuando abro la puerta suelta un grito.

—Emilia —me dice—. ¡Dios, me has dado un susto de muerte!

—Hola —la saludo, y me pongo a llorar.

En la salita hay un foto de mi madre cuando era pequeña. Antes estaba en casa de mi abuela, pero cuando murió, mi madre se la quedó y la colgó en la pared, encima de la televisión, junto con el resto de fotos familiares. Sin embargo, no cambió el marco, así que no es de metacrilato. La foto en blanco y negro de mi madre montando un poni tiene un marco dorado, del tipo que ahora vuelve a estar de moda. La familia de mi madre no tenía ponis y tampoco es que ella adorase los caballos, por mucho que fingiera esa atracción cuando a Allison le dio por ser yóquey. Montó el poni sólo para hacerse la foto, como demuestran su vestido blanco, sus bailarinas y los calcetines blancos vueltos (un atuendo difícilmente apto para montar a caballo). Cuando le hicieron la foto mi madre tendría unos siete años, pero ya había adquirido esa sonrisa de preocupación y la expresión un tanto servil que llevo gran parte de mi vida tratando de borrarle, de arrancarle y de quitarle de su regordeta y preciosa cara.

—¡Cariño! —exclama mientras me abraza. Somos exactamente de la misma estatura, por lo que tengo que inclinarme para hundir mi rostro en su suave y blando pecho. Cruzamos despacio la cocina, abrazadas, hasta el viejo sofá que hay debajo del mirador. En casa de mi madre los sofás siempre han seguido un patrón migratorio. Un sofá empieza su vida en el salón y cuando ya no es apto para las visitas, se traslada a la salita. Cuando está realmente destrozado acaba sus días en la cocina. Éste en concreto lleva en esta casa desde antes de que mis padres se divorciaran, y cuando nos hundimos en él pienso que es probable que sea el último sofá que mi madre tenga en la cocina. Una mujer sola no desgasta un sofá como una familia de cinco personas. Una mujer sola tal vez no llegue a desgastar jamás un sofá.

Le explico a mi madre lo de Carolyn y ella me consuela, diciéndome lo que quiero oír. Sabe que necesito que odie a Carolyn, y aunque mi madre nunca ha odiado a nadie (ni a sus hijastras ni al marido que la dejó por una bailarina de *striptease*), finge que odia a la ex mujer de Jack, y lo hace por mí.

—Sólo intenta manipularlo —me dice—. Jack me sorprende, y mucho. Me extraña que no se haya dado cuenta.

—Nunca se da cuenta de nada. Es como si lo hubiera idiotizado.

Mi madre me abraza con fuerza, pero no dice nada. Ni siquiera asiente con la cabeza. Es demasiado lista. Sabe que dentro de un rato dejaré de llorar, que dentro de unas horas recordaré que Jack, en realidad, siempre capta las jugarretas y la manipulación de su mujer, y que, si se ciega hasta la estupidez, es sólo en lo concerniente a su hijo. Por eso sabe que lo mejor es que de su boca no salga ninguna crítica.

—¿Piensa casarse al menos? —me pregunta mi madre—. Yo siempre deseé que Annabeth se casase y fuese feliz para no tener que pensar más en ella.

—No lo sé —contesto. Yo también tengo el mismo deseo; que Carolyn se enamore y se case, que todos sus celos y amargura se desvanezcan con la aparición de una pasión nueva y emocionante, y que con ello se desvanezca también mi sentido de culpabilidad. ¡Qué típico de Carolyn torturarme con un bebé y negarme el alivio que su matrimonio me habría producido!

Al cabo de un rato compruebo que ya no estoy llorando; hago los ruidos propios de una persona que llora, pero tengo los ojos secos. Me incorporo.

—Bueno —digo—, estoy hambrienta.

—¿Quieres que haga la cena? —propone mi madre—. Pensaba comer salmón asado. Si quieres, puedo ir un momento a la pescadería y comprar dos filetes más.

—¿Todavía guardas la sartén para hacer crepes que me compraste en bachillerato? Si hacemos crepes de salmón, tendremos bastante con un solo trozo. Y de postre también podemos tomar crepes. La semana pasada vi que tenías un frasco de Nutella en la despensa.

Pongo un CD de Joni Mitchell en la cadena de música. Le regalé ambas cosas a mi madre al cumplirse un año de su divorcio. Mi padre dejó en casa todos los muebles, las fotografías, incluidas las de sus hijas, y hasta la tele. Pero se llevó el aparato de música de Bang & Olufsen.

Mientras preparamos la masa de las crepes mi madre y yo escuchamos a Joni Mitchell gemir porque pavimentan el paraíso, y cantamos lo mejor que podemos. Nos llevamos bien en la cocina. Hace muchos años me saqué un diploma de ayudante de cocina y desde entonces estoy al nivel de mi madre, pero dejo que sea ella la que lleve la batuta. Vuelco parte de la masa en la sartén antiadherente cuando me lo ordena, dejo que saque la crepe con un rápido movimiento de la espátula de plástico, sus gestos siguen siendo suaves y ágiles pese a que no hemos hecho crepes desde 1992. Agita un bote de salsa de estragón para el salmón y nos comemos tres crepes cada una. Cuando llega la hora del postre la dejo con la sartén de las crepes mientras me acerco en coche al centro comercial para comprar nata y avellanas saladas. Al volver a casa bato la nata con un par de pellizcos de azúcar, machaco las avellanas y nos comemos el postre con los dedos, pringándonos la barbilla de Nutella y sonriendo con los dientes llenos de chocolate.

Mientras metemos los platos en el lavavajillas mi madre me dice:

—La presencia de una ex mujer crea una tensión horrible en el matrimonio.

—No me digas.

—A veces me pregunto si mis problemas con tu padre no se agravaron por causa de Annabeth.

Estoy limpiando la sartén de las crepes, pero me detengo.

—Tus problemas con papá se agravaron porque es un idiota.

Tarda unos instantes en responder; entretanto se dedica a sacar del fregadero los restos de comida.

—Annabeth solía mandarles cartas a sus hijas diciéndoles que se las llevaría a pasar el día por ahí o de vacaciones en Navidad. Se me partía el corazón al ver la alegría con la que hacían sus pequeñas bolsas de viaje. La mayoría de las veces ni siquiera venía a recogerlas, y cuando lo hacía se las llevaba un par de horas aun habiendo prometido llevárselas una semana entera. Las niñas lo pasaban muy mal. Lucy lloraba durante días y Allison ponía cara de malhumor, ¿te acuerdas?

—Sí.

—La última vez que Annabeth las vio —me explica mi madre volviéndose y apoyándose contra el fregadero de la cocina mientras se seca con un trapo sus manos rollizas—, tú tendrías tres o cuatro años, estaban emocionadas porque se iban de viaje a California, a Disneylandia. Le dije a tu padre que hablase con ellas, que les advirtiese de que probablemente Annabeth no cumpliría su palabra, como había ocurrido en otras ocasiones, pero no me hizo caso. Me aseguró que no sería capaz de fallarles en un viaje como éste, que no era tan cruel. Pues bien, evidentemente, cuando llegó el gran día, no se presentó. Apareció unos cuantos días más tarde acompañada de uno de sus novios y se llevó a las niñas a pasar la tarde a la Catskill Game Farm, para ver los animales.

Estoy colocando las sillas, cuyas patas chirrían sobre el suelo embaldosado, debajo de la mesa de la cocina, pero hago una pausa.

—Lo recuerdo. Recuerdo que se fueron a la Catskill Game Farm. Me morí de envidia.

—¿Te acuerdas? ¿En serio? Pero ¡si eras muy pequeña!

—Volvieron a casa con unas pistolas de agua. Y Allison apareció con una rana rosa de peluche.

—¿De verdad? De eso no me acordaba. Lo que sí recuerdo es que al día siguiente durante el desayuno las niñas estaban incluso más pesadas que de costumbre. Se portaron tan mal que envié a Allison castigada a su habitación, pero empezó a protestar y a gritar, diciendo que no iba a escucharme después de no haberlas dejado ir a Disneylandia con su madre.

—¿Qué? —Me siento en una silla y acerco las rodillas a la barbilla. Mi madre casi nunca explica anécdotas sobre mis hermanas mayores, sobre lo mal que la trataban o lo mal que se portaban. Tampoco se queja mucho de su predecesora; ni aun ahora que, como ella, forma parte del pasado de mi padre. Así que considero un lujo esta confesión.

—Annabeth les dijo que la culpa había sido mía, que ella había querido hacer el viaje con ellas, pero que yo se lo había impedido.

—No puede ser.

—Sí, eso les dijo.

—¡Oh, Dios! ¡Menuda arpía! ¿Y le creyeron?

—¡Claro que le creyeron! O al menos eso decidieron. La otra opción, que su madre les había mentido, era intolerable.

—¿Y tú qué hiciste? ¿Les contaste la verdad? ¿Le pediste a papá que lo hiciera?

—Bueno, lo intentamos, aunque no sirvió de mucho. —Mi madre sonríe con picardía—. Pero conseguí vengarme.

—¿Qué quieres decir? ¿Qué hiciste?

La cabeza de mi madre se refleja en el vidrio de la ventana que hay encima del fregadero de la cocina. El cuello de su blusa rosa está levantado y ahora se lo coloca bien.

—Verás, ¿te acuerdas de mi viejo abrigo de visón con cuello y puños de marta?

—Por supuesto que me acuerdo. Tengo intención de heredarlo algún día.

—¿Quieres saber de dónde lo saqué?

—Cuenta, cuenta —le pido con cierta excitación en la voz.

Se inclina hacia delante en un gesto de complicidad, como si la mismísima Annabeth Giskin pudiera estar cerca y escuchar nuestra conversación.

—Varios meses después del desastre de Disneylandia, en otoño, recibí una extraña llamada de un agradable y anciano caballero que tenía un almacén de pieles en Paramus. Había telefoneado a papá al despacho preguntando por la señora Greenleaf. La recepcionista, que era nueva, le dio el número de teléfono de casa. El hombre del almacén estaba llamando a todos sus clientes para informarles de que cerraba el negocio. El pobre había perdido a su hijo, que trabajaba con él, creo que había muerto de leucemia. Y no tenía fuerzas para continuar. Quería jubilarse e irse con su mujer a vivir a Florida.

—¿Y?

—Y me pidió que fuera a buscar el abrigo de visón y marta.

—¿Y?

—Y eso es lo que hice. Por cierto que pagué casi seis años de gastos de almacén, un dineral, por si te interesa saberlo. —Le da un último y rápido repaso a la cocina y luego se dirige hacia la puerta.

—¿Y? —insisto.

Se detiene y me sonríe por encima del hombro.

—El abrigo es bonito, ¿no te parece?

—Sí, mamá, es bonito. Bueno, no sé, siempre que no te importe la masacre de mamíferos pequeños.

—Pues así es como castigué a Annabeth.

—Espera un segundo. ¿El abrigo era suyo?

Mi madre me guiña un ojo.

—¡Dios mío! ¡Le robaste el abrigo de marta!

—No se lo robé. Lo dejó durante años en el almacén sin tan siquiera molestarse en pagar los gastos. Yo sólo lo recuperé. Y no es de marta. Es de visón con el cuello y los puños de marta.

Ahora suelto una risita entrecortada y por primera vez admiro la audacia de mi madre. Es una mujer que nunca ha impuesto su voluntad sobre nada, que se ha pasado la vida asegurándose de hacer felices a los demás, de que estén cómodos y bien alimentados. Su vida es un esfuerzo constante por organizar las necesidades y deseos ajenos: la marca concreta de ibuprofeno que les gusta, una almohada Primaloft si son alérgicos a las plumas, clases de violín si tienen inclinación por la música, una bolsa de magdalenas con pepitas de chocolate, un vale regalo para la tintorería y un ramo de margaritas para los nuevos vecinos del barrio. Ésta es la primera vez que veo que se ha guardado algo para sí misma, un abrigo de visón y marta largo hasta media pantorrilla.

—Espera un momento —le pido—. ¿Papá no se dio cuenta de que llevabas el abrigo de piel de su ex mujer?

—No —contesta, apagando las luces de la cocina y acompañándome escaleras arriba—. Es curioso, pero no se enteró nunca. Siempre he pensado que probablemente recordaba haberlo comprado, pero que había olvidado a cuál de sus mujeres se lo había regalado.

Mientras mi madre me arropa en la cama le digo:

—No me lo había pasado tan bien desde la muerte de Isabel.

Me da un beso en la frente.

—Cariño, quería pedirte que me des una foto suya, si tienes alguna.

Mi cuerpo se tensa debajo del viejo edredón y hundo los dedos de los pies en el colchón, notando los bultos formados con los años. Para hacer que se olvide del tema de la foto que todavía no estoy preparada para darle, le explico lo del Paseo para Recordar.

—Antes de quedarse embarazada Mindy me pidió que fuese con ella.

—Mmm... —Me aparta el pelo de la cara.

—Pero es un alivio saber que ya no tengo que ir.

—¿De verdad?

—Lo encuentro de lo más falso. Deambular por Central Park al atardecer con un montón de familias cuyos bebés han fallecido... Es ridículo.

—¿Por qué te parece ridículo, Emilia? ¿No crees que puede ser reconfortante estar rodeada de gente que entiende por lo que estás pasando?

—No creo en las terapias de duelo.

—Vale, pero a mí no me parece que esto sea una terapia. Se trata sólo de pasear por el parque con otras mujeres y otras familias. Sería una forma de recordar a Isabel. A mí me parece muy tierno y una especie de sanación.

Cierro los ojos debajo de la cálida mano de mi madre. Creo que sabe que, pese a mi astuto e intencionado cinismo, a mí también me parece muy tierno. Caminar por el parque con un grupo de personas a las que no hay que explicarles nada, ante las que no hay que justificarse; un grupo de mujeres abatidas por el mismo dolor. Caminar por el frío parque mientras el cielo invernal se oscurece y las ramas se vuelven negras con las nubes grises moviéndose al fondo. Pronunciar el nombre de Isabel junto con el nombre de otras tantas personitas. Sí, suena muy tierno. Y terapéutico.

—Si al final voy, ¿vendrás conmigo? —le pregunto.

—¿Puedo? ¿Pueden ir los abuelos?

—Seguro que sí. Estoy segura de que puede ir cualquiera.

—En ese caso me encantaría ir. Sería un honor.

—Pero sólo si decido ir.

—Sólo si decides ir.

20

Por la mañana llamo a Jack al móvil. Está con William caminando por la calle Ochenta y uno en dirección a Amsterdam Avenue. Han quedado en Sarabeth´s para un desayuno-almuerzo con unos amigos. Scott e Ivy eran amigos de Carolyn y Jack. Salían los cuatro juntos. La única vez que Jack y yo los vimos fue un completo desastre. En el transcurso de una sola noche, Ivy me obligó a decir mi edad de doce maneras distintas. Me preguntó en qué año acabé bachillerato, si cuando entré en Harvard tenía edad suficiente para votar en contra del presidente Bush o si era demasiado joven para ver la primera temporada de *Laverne y Shirley*. Scott y ella intercambiaron miradas de complicidad por algunos comentarios que hice pensando que eran inofensivos, y cada vez que uno de ellos mencionaba a Carolyn se disculpaba profusamente. Desde aquella cena Jack y Scott han jugado a *squash* en varias ocasiones y han ido una vez a esquiar. Tengo entendido que de vez en cuando comen juntos. No creo que Jack haya ido con William nunca a su casa, aunque supongo que el niño y Carolyn van con frecuencia al piso que Scott e Ivy tienen en el edificio Apthorpe. Hoy, aprovechando que yo no estoy, Jack y William han quedado con ellos.

—Estaré en Nueva Jersey un par de días —anuncio.

—¿Un par de días? —se extraña Jack.

—Sí.

—Pero no tienes ropa.

Eso no es del todo cierto. He encontrado algo de ropa interior en mi cómoda. En realidad, son biquinis que me llegan hasta la cintura y no pegan nada con mis vaqueros de tiro bajo, pero son míos. O lo eran cuando estaba en bachillerato. Me he puesto una sudadera de la Woman's Law Association de Harvard que le regalé a mi padre. Esta mañana, al verla en el cajón de mi madre, he dicho: «No me puedo creer que papá se la dejara. Se la di yo. Era un regalo». Mi madre, que sigue excusándolo, ha musitado algo acerca de que ha engordado. Cuando estaba en la facultad de derecho le compraba a mi padre agresivas camisetas y sudaderas feministas, era una broma que sólo entendía yo. También en broma, él se ponía una camiseta negra con una montaña bordada y las palabras: «ANNAPURNA: SÓLO PARA MUJERES» y otra que decía: «AMHERST LBI; LESBIANA, BISEXUAL, INQUISITIVA Y ORGULLOSA». El único regalo que se negó a ponerse fue una camiseta que cogí en una manifestación a favor de la libertad de elección en Washington. Discutí con él, pero se negó incluso a dar un paseo con las palabras: «BUSH, ALÉJATE DE MÍ», serigrafiadas en vivos colores.

Por algún motivo mi madre y yo nos olvidamos de meter estas camisetas en la maleta cuando ella lo echó de casa, y cuando él vino para recoger el resto de sus pertenencias tampoco se las llevó, y se quedaron en el último cajón de la cómoda que había sido suya y que ahora usaba mi madre para guardar la ropa de fuera de temporada.

Entonces le digo a Jack:

—Aquí tengo algunas cosas; si las necesito, me las pondré.

Espero a que se disculpe por haber discutido conmigo, pero creo que él espera lo mismo, porque no dice nada al respecto.

—Bueno, será mejor que cuelgue —concluyo—. Nos vemos dentro de un par de días.

—Vuelve a casa, Emilia —me suplica.

—Volveré —replico—. No me he ido. Sólo he venido a Glen Rock a ver a mi madre.

—Vuelve a casa.

—Volveré.

Mi madre y yo dedicamos el día a ir de compras. Vamos a Lord & Taylor e intento convencerle de que no se compre otro cárdigan azul marino, o que al menos se compre uno de cachemir en lugar de uno de mezcla de lanas. Me acusa de tener gustos caros, y cuando se da cuenta de que estoy molesta, quiere comprarse el cárdigan de cachemir. Pero no la dejo. Le digo que no le queda bien, que le hace parecer gorda. Y luego se lo regalo yo.

Por la noche vamos al cine, en el pueblo de al lado. Mi madre, *sotto voce*, llama *yuppies* a los habitantes de este pueblo. Siempre utiliza las expresiones ocho o nueve años después de que estén de moda. Me comenta esto cuando estamos en el coche y le digo que no es necesario que susurre; le aseguro que nadie puede oírnos. Entonces se disculpa y me siento tan culpable que critico lo mal que aparca en paralelo.

—Aparca y ya está —la insto—. Si quieres, lo hago yo. Para y aparcaré yo.

Mi madre omite decir que conduzco fatal, mucho peor que ella. No me recuerda que suspendí dos veces el examen de conducir, una de ellas porque no supe aparcar en paralelo, y que me he visto involucrada en cuatro accidentes de coche que van desde un topetazo en el aparcamiento del edifico de Cambridge en que me alojé hasta un tremendo accidente en cadena en la autopista 4. Este último no fue por mi culpa. El otro conductor estaba borracho y fue un milagro que todos resultáramos ilesos. El poli que llamó a mis padres para informarles del accidente y asegurarles que había salido ilesa, aunque estaba histérica y amenazando con demandar tanto al conductor borracho como a la ciudad de Paramus, le sugirió a mi padre que considerase la opción de inscribirme en algún curso para conducir de forma menos agresiva o en clases para aprender a controlar la ira. Ahora mi madre se dispone a detener el coche para dejarme estacionar a mí, pero entonces ve un sitio libre y aparca ella.

Compartimos palomitas, un paquete de Twizzlers, unas cuantas Raisinettes y una Coca-Cola *light* grande. La película es una comedia romántica y la encuentro tan deprimente que me entran ganas de gritar. La he elegido porque sabía que no aparecerían bebés, los actores son demasiado jóvenes para desempeñar el papel de padres, pero en el cine, dos filas detrás de la nuestra, hay una pareja sentada con un bebé. Me entran ganas de preguntarles desde cuándo se considera lógico imponer los chillidos de un mocoso a un cine entero donde los espectadores pagan por entrar buscando huir del mundo real, algunos de los cuales seguramente habrán pagado a una canguro para que cuide de sus hijos. Pero lo cierto es que el bebé es muy tranquilo y de no haber vuelto la cabeza para ver si el cine estaba o no estaba lleno, no habría reparado en su presencia. No dice ni pío. Yo hago más ruido que él, removiéndome en la butaca y sonándome la nariz.

—¿Estás bien? —me pregunta mi madre—. ¿Necesitas otro pañuelo de papel?

—Sí, estoy bien —respondo. Miro fijamente a la pantalla y me repito a mí misma que lloro porque me preocupa que los personajes principales de la película nunca se den cuenta de que la antipatía que creen que sienten es, en realidad, un síntoma de su irresistible tensión sexual.

Cuando, al fin, termina la película, tras obligar a mi madre a esperar a que acaben los títulos de crédito y se marche el bebé, nos levantamos. Ella recoge las cajas y los envases de lo que hemos comido y de la Coca-Cola, así como lo que han dejado en el suelo los que se sentaban a nuestro lado.

—No hace falta que lo recojas, mamá. Hay gente a la que pagan por hacerlo. Ya limpiarán todo cuando salgamos.

—¿No has visto las papeleras, Emilia?

—Pero no las ponen para que la gente las use. En el cine todo el mundo tira los papeles al suelo.

—Pues yo no, y tú tampoco deberías. Es de mala educación.

Suspiro. Tiene razón. Es de mala educación.

Mientras caminamos por la calle en dirección al coche percibo algo distinto en mi madre. Su paso es algo más ligero que hace unos días. Yo estoy apática y arrastro los pies, pero ella está llena de energía. Caminando a su lado me siento como un niño sujetando un globo de helio.

—¿Qué te pasa? —inquiero.

—¿Mmm...?

—Te veo contenta.

—¿Ah, sí? —Mi madre se sonríe.

—Sí, estás contenta. —No era mi intención ser tan seca. Lo intento de nuevo—. Se te ve realmente feliz. —No es que haya mejorado mucho.

—No, no lo estoy. Bueno —se ríe—, no estoy ni feliz ni triste. Estoy normal. Y la película me ha gustado, ¿a ti no?

—No.

—¡Oh, cariño! —Me acaricia un brazo y luego lo aprieta varias veces—. Dentro de poco te sentirás mejor. Tardarás un tiempo, pero te sentirás mejor.

—¿Por qué te ha gustado tanto la película? Era romántica. Lo lógico sería que estuvieses triste. —Hemos llegado al coche y alargo el brazo para que me dé las llaves. Me las tira con agilidad. Es ligera, como esos bizcochos esponjosos que hace en las ocasiones especiales—. Espera un segundo, ¿no habrás conocido a alguien? ¿Estás saliendo con alguien? ¿Tienes novio? —Mi madre no ha salido con nadie desde que le ayudé a echar a mi padre de casa. Lleva cuatro años durmiendo sola.

—No, no he conocido a nadie —contesta. Se mete en el coche y cierra la puerta de un portazo.

Abro la puerta del conductor. Enciendo el motor, pero no muevo el coche.

—Si no has conocido a nadie, ¿por qué te comportas de forma tan extraña? ¿Por qué la película te ha puesto de tan buen humor?

—¡Oh, Emilia! —exclama. Tiene noticias. De pronto caigo en la cuenta de que lleva todo el fin de semana así, de que más allá de su paciente preocupación por mí crepita de excitación—. Emilia, no te lo vas a creer, pero el jueves por la noche tu padre y yo estuvimos juntos. —En su risa hay algo ridículamente infantil, tintinea, casi se estremece de emoción—. Digamos que tu padre y yo tuvimos nuestra primera cita.

—¿Te lo tiraste? —le pregunto—. ¿Te tiraste a papá en la primera cita, mamá, o te dio un beso de buenas noches y luego se fue de putas?

Lo que ocurre con los globos de helio es que, cuando les clavas una aguja, no puedes inflarlos de nuevo para que vuelvan a flotar alegremente en el aire sobre tu cabeza. Cuando revientan, ya no los puedes arreglar.

Mi madre se queda callada. Tiene las manos sobre el regazo, con las palmas hacia arriba. Veo su flácido abdomen que le cae sobre los muslos debajo del grueso abrigo de invierno que lleva a diario, el abrigo que lleva desde que tengo memoria.

—Mamá.

—Tranquila, Emilia —me interrumpe—. Sé que no lo has dicho en serio. —Alarga el brazo y coloca una mano en mi mejilla. Aprieto su mano entre mi mejilla y mi hombro y la froto hacia arriba y hacia abajo, como un gato.

—Mamá —repito—, es que... Quiero a papá, pero... no ha cambiado. ¿Qué te hace pensar que ha cambiado?

—¡Oh!, no creo que haya cambiado —me contesta. Sacude la cabeza apenada—. Hay cosas que no entiendes, mi amor. Cosas sobre papá y yo, sobre nuestra relación, que no sabes.

—Está bien, pues cuéntamelas. Ayúdame a entender por qué serías capaz de perdonarle después de lo que te hizo.

—No le he perdonado. Todavía no hemos llegado a ese punto. Sólo hemos tenido una cita. —Aparta la mano de mi cara y empieza a juguetear con sus guantes—. De momento, sólo ha sido una cita.

Saco el coche de donde está aparcado y empiezo a avanzar por la calle. Está llena de restaurantes y, a pesar de que son casi las diez y estamos en los suburbios, las aceras están llenas de gente.

—¿Y no te resultó difícil no pensar en lo que te hizo? No sé, ¿no pensar en cómo te engañó?

Mi madre se muerde el labio. Tiene la vista clavada en el parabrisas.

—Lo hemos hablado. Hemos hablado de todo, de todo. Me ha explicado lo que solía hacer. Y me mostró...

—¿Qué te mostró?

Mi madre sacude la cabeza.

—Tú no lo entiendes, Emilia. Ni yo misma lo entiendo, pero mientras me lo contaba... bueno, me pareció muy excitante. Tu padre y yo... En fin, esa parte de nuestra relación siempre ha funcionado bien e incluso tras el divorcio he seguido deseándolo. Al escucharlo..., no sé... Fue muy excitante. Me excité mucho sexualmente.

Esto no hay quien lo aguante. Giro bruscamente a la derecha ignorando la señal de *stop* del cruce. Detengo el coche en la parada de taxis que hay delante de la estación de tren y estaciono como puedo. Abro la puerta, haciendo caso omiso de los gritos de mi madre, corro por la calle y me subo a un taxi.

—A Manhattan —ordeno—. Al Upper West Side.

21

La primera vez que Jack y yo hacemos el amor después de la muerte de Isabel es también la primera vez que finjo un orgasmo. Es increíblemente fácil de simular. Unos cuantos jadeos en el momento oportuno, un estremecimiento, varias contracciones vaginales rítmicas, y Jack se lo ha tragado. Después espero a que me dé las gracias, pero él está convencido de que hemos hecho el amor; no tiene ni idea de que le he hecho un favor.

Claro que ¿cómo iba a saberlo? Yo nunca había hecho algo así. Es más, desde el inicio, ése nunca ha sido el contexto de nuestra relación sexual. Antes de que muriera Isabel yo era insaciable en la cama y no había motivo alguno para dudar de la veracidad de mi pasión. No puede decirse lo mismo de Jack. Desde la primera vez que hicimos el amor, en su despacho, la noche siguiente a nuestra vuelta de San Francisco, siempre hubo cierto titubeo por su parte antes de rendirse a la frenética insistencia de su deseo. Aunque yo no lo perseguí. Al contrario, fue él el que reservó las habitaciones de los hoteles, el que me hizo sentarme en la silla de su despacho y el que me acariciaba el pelo de la nuca cuando pasaba a mi lado en la biblioteca de la oficina. Pero antes de hacer el amor sus oscuros ojos siempre se nublaban un instante, y yo contenía siempre el aliento y sabía que él recordaba que estaba casado, que tenía un hijo y que lo que hacía estaba mal.

Rompió conmigo a los tres meses y medio de relación, tras hacer el amor veintisiete veces. Veintiocho, contando el encuentro en el Admiral's Club, pero no sé si una felación en unos lavabos públicos cuenta realmente como acto sexual. Estábamos comiendo una *pizza* en Two Boots, en el East Village, que solía ser uno de mis restaurantes favoritos. Jack y yo sólo frecuentábamos el East Village y, ocasionalmente, Chelsea, dos barrios en los que teníamos la seguridad de que jamás tropezaríamos con Carolyn ni con nadie de su entorno.

Me quemé la lengua al pegar el primer mordisco a mi *pizza* de pollo a la brasa y traté de enfriarla introduciéndola en el cuello de mi botella de cerveza Dos Equis. Jack no había probado bocado.

—¿No tienes hambre? —le pregunté. Entonces empezaron a temblarme las manos—. No. Por favor, no lo hagas. Te quiero.

—Lo sé.

—Y tú me quieres. Sabes que me quieres. Me quieres demasiado para no volverme a ver nunca más.

—Te veré. Te veré todos los días en el despacho.

—Eso será una tortura; te volverás loco. —No me esforcé por disimular mis sollozos. Mientras sollozaba derramé lagrimones que resbalaron por mi cara hasta la barbilla.

—Emilia, tengo un hijo. No puedo hacerle esto a Will. No es justo. Las cosas cambian mucho cuando se tienen hijos. —Pese a su intenso bronceado veraniego Jack estaba pálido.

—¿Y ser padre te obliga a renunciar a tu felicidad?

—Me obliga a no ser egoísta.

—¿Por qué te casaste con ella? —lloré—. ¿Por qué no me esperaste? Sabías que aparecería en tu vida. Tendrías que haberme esperado.

Jack no me dijo que hablaba como si me hubiese vuelto loca; se levantó y se puso a mi lado. Empezó a darme besos en las mejillas, enjugándome las lágrimas con los labios. Después dejó dinero encima de la mesa y me llevó fuera. Aún estábamos a principios de julio, demasiado pronto para que la humedad pegajosa y sofocante flotase con testarudez sobre la ciudad, pero hacía un calor insoportable. Anduvimos hasta la Primera Avenida y Jack detuvo un taxi y me hizo subirme. Le dio al taxista mi dirección (estaba a sólo unas doce manzanas en dirección norte) y cerró la puerta. Lo vi por la ventanilla trasera, un pequeño punto trajeado, demasiado arreglado y ridículo ahí, de pie, entre los seudoartistas con *piercings* vestidos de cuero que había los viernes por la noche en el East Village.

Esa misma noche Jack se lo confesó todo a Carolyn. Le dijo que
había tenido una aventura, pero que se había terminado. Ella lo
echó de casa. Tres noches después dormí con él en su habitación del
Carnegie Suites de la calle Cincuenta y ocho Oeste.

Esta noche Jack no hace alusión a nuestra pelea o a las cosas horribles que le dije. Está tan contento de que haya vuelto a casa que no
me pregunta nada. Ni siquiera me pregunta por qué hacemos el
amor, y me pregunto si lo considerará una forma de hacer las paces.

Antes de dormirse me cuenta que tiene que dejar a William en
su casa mañana por la tarde. Jack ha tenido que explicarle a Carolyn
que William le oyó hablar de su embarazo, y ella quiere que le de-
vuelva pronto al niño para darle la noticia en persona.

A la mañana siguiente, durante el desayuno, Jack está distraído.
He intentado hablarle del Paseo para Recordar y de los motivos por
los que creo que deberíamos ir, pero no me presta mucha atención.

—¿Qué te pasa? —le pregunto.

—Nada.

—¿Qué pasa...?

Desliza el periódico hacia mí sobre la mesa.

—Ten, ya he leído el magacín y las críticas literarias. ¿Te enfa-
darías si pasara esta mañana por el despacho? Será sólo media hora.
Una, como máximo. Varios empleados están todo el fin de semana
trabajando en un expediente y me gustaría aparecer por ahí.

—¿No puede esperar a mañana?

—Sólo quiero que me vean para que no piensen que he estado
todo el fin de semana jugando a golf mientras ellos trabajaban sin
descanso. No estaré mucho rato. Si quieres, me llevo a Will.

—No quiero ir a tu despacho —protesta William—. Es incluso
menos divertido que el de mamá. Donde ella trabaja al menos hay
modelos del interior del cuerpo humano.

—No pasa nada —comento—. Que se quede conmigo. Necesito salir un rato. Estoy un poco claustrofóbica.

Jack arquea las cejas, pero no me dice que sólo llevo en casa desde las once de ayer noche; difícilmente puedo tener claustrofobia.

—¿Qué te parece lo del paseo? —le pregunto—. ¿Lo del Paseo para Recordar? ¿Crees que deberíamos ir?

—No lo sé, Em —contesta Jack. Termina el poso de su café y empuja la silla hacia atrás—. Hasta ahora no te apetecían este tipo de cosas.

—Bueno, pues de eso se trata.

—¿Por qué crees que será positivo?

La pregunta es tan directa que me quedo en blanco. Estoy a punto de decirle lo que le dije a mi madre sobre lo terapéutico que es estar acompañado, aunque sea una sola tarde, por personas que han vivido experiencias similares. Pero Jack sabe lo que opino de los grupos de apoyo; me ha oído ridiculizar sus supuestos méritos demasiadas veces. No aceptará mi cambio de parecer. Y lo que dice Mindy acerca de que el paseo me permitirá recuperar el parque tampoco le impresionará mucho. Al fin y al cabo, sabe que pese a la omnipresencia de madres y niños me refugio en el parque a menudo. Me conoce demasiado bien como para aceptar tan frívolas explicaciones.

De lo que me doy cuenta sólo cuando intento explicárselo a Jack es de que tengo la esperanza de que el paseo, a pesar de su lenguaje excesivamente sentimental y cursi de recuerdo de los bebés fallecidos, rompa el estancamiento que hay en mi vida, que actúe como una especie de revulsivo suave que me libere de la catalepsia que me ha paralizado las extremidades y la mente desde la noche en que murió Isabel. Este entumecimiento eterno y desquiciante tiene que acabar; es demasiado aburrido para continuar. Quizás el paseo me catapulte a un nuevo estadio de dolor menos tedioso.

—¿Puedo ir? —pregunta William cuando termino de exponer mis esperanzas de que la entropía finalice.

—No es para niños, Will —contesta Jack.

—Sí, sí lo es —intervengo—. Quiero decir que es para las familias. Creo que debería venir. Sería estupendo. Lo lógico es que vayamos los tres juntos, ¿entiendes? Así todos podremos, no sé, volver a empezar. Los tres, e Isabel, en cierto modo, también. Su recuerdo. Sería como empezar de nuevo. O pasar página o algo. Pero tendríamos que ir los tres. Tú y yo, y William también.

Jack mira primero a William y después a mí, y percibo que una vez más le conquistan nuestros rostros esperanzados, la posibilidad de la reconciliación.

—¿Estás segura? —insiste Jack.

—Totalmente.

—Incluso de noche Central Park es uno de los lugares más seguros de la ciudad, papá —explica William—. El año pasado sólo se cometieron ciento veintisiete delitos en todo el parque, pero ningún asesinato.

Jack se echa a reír.

—No estaba precisamente preocupado por la seguridad, pequeño sabio, y menos aún por los asesinatos.

—La cuestión es —sigue William— que me encantaría ver el parque de noche. Nunca lo he visto con las farolas encendidas, excepto cuando alguna vez se han olvidado de apagarlas durante el día.

—El paseo es por la tarde —le corrijo—. Acaba al anochecer.

—No pasa nada —replica—. Aun así quiero ir.

Más tarde le pregunto a William qué quiere hacer hoy, adónde quiere ir.

—Vamos al parque —sugiere.

—¿Estás seguro? —Yo tengo muchas ganas de ir, pero no quiero que se sienta obligado a ir al parque sólo porque sabe que yo quiero ir.

—Sí.

Antes de salir de casa le digo que vaya al lavabo. Me responde que no sólo no tiene necesidad, sino que al ser un chico, en caso de necesidad siempre puede hacer pipí en un árbol.

—Yo tengo pene —me dice—. Pero ve tú. Tú no tienes pene.

—Gracias por la clase de anatomía. —Mientras estoy en el cuarto de baño suena el teléfono—. ¡Deja que salte el contestador automático! —chillo, pero William ya ha descolgado. No puedo oírle, pero sé qué habrá dicho. Tiene una forma impecable de contestar; sería el recepcionista ideal. Siempre dice: «Residencia de los Woolf, William al habla». Según Jack cuando William coge el teléfono en casa de su madre, saluda de la misma forma, simplemente sustituyendo un apellido por otro. Estoy segura de que nunca los confunde. Es demasiado meticuloso para eso.

—¿Quién era? —le pregunto al salir del lavabo.

—Nono. —William llama así a mi padre desde el día en que lo conoció, unas semanas antes de nuestra boda. Mi padre se presentó así, y como el niño no había oído nunca ese nombre ni tenía connotaciones familiares ni ningún vínculo emocional para él, no tuvo problemas en aceptarlo. «Nono» es un término ladino, la lengua que hablan los judíos en la zona de Bulgaria, de donde procedían los abuelos de mi padre. Todos los nietos lo llaman Nono, probablemente porque la palabra «abuelo» le haría sentir viejo.

—¿Qué quería?

—Nada. Le he comentado que íbamos al parque. Me ha dicho que deberíamos ir al Ross Pinetum. La mayoría de los árboles del pinar son coníferas.

—Naturalmente que lo son. Es un pinar, no un *caducuar*.

—La palabra *caducuar* no existe, ¿verdad? —dice William con recelo.

—No.

—Nono dice que vayamos porque los árboles están bonitos y frondosos.

Le doy a William su abrigo y me abrocho el mío. Ya no me queda tan mal. Sigo pareciendo una salchicha embutida, pero no es tan grave como para no abrigarme apropiadamente con el tiempo que hace.

—¿Es necesario que vayamos ahí? —pregunta—. ¿Tenemos que ir al pinar?

—¡Por supuesto que no! —No quiero ir a ningún sitio que mi padre haya sugerido, porque lo que ocurrió anoche entre mi madre y yo me recuerda lo enfadada que estoy con él.

—Es que está al lado de casa —justifica William—. Y tengo ganas de explorar. Quiero ir al Ramble. ¿A que es una buena idea? —Mete los pies en sus botas de invierno de suelas gruesas.

—Es una idea magnífica. Podemos ser exploradores. Yo seré Cristóbal Colón. ¿Tú quién quieres ser?

—¿Cristóbal Colón? —Sacude la cabeza, pero su desdén es inocente y juguetón—. ¡Qué aburrimiento, Emilia! Yo seré Coronado. Buscaré las Siete Ciudades de Cibola.

—¿Qué es eso? —le pregunto.

Se queda boquiabierto.

—¿No sabes quién es Coronado?

—Bueno, he oído hablar de él, pero no sé qué es eso de las ciudades.

William está tan enfrascado hablándome del conquistador español Francisco Vázquez de Coronado y de su búsqueda de las legendarias Siete Ciudades de Cibola que pasa por delante del Diana Ross Playground sin pedirme entrar. Más o menos cada tres pasos da un salto acompañado de una especie de balanceo. Además, se inclina para remover cosas del suelo con un palo que ha cogido.

—El Ramble es un sitio perfecto para jugar a los exploradores —declara.

—Lo sé.

—Es la parte más salvaje del parque. Parece una selva.

—Lo sé.

De repente se detiene.

—¿Es peligroso el Ramble?

Pienso en el mendigo vestido con bolsas de basura, el hombre que me atacó o al que yo ataqué; es difícil decir quién de los dos parecía estar más loco.

—No —respondo—. El parque no es peligroso. Los que dicen que es peligroso son unos estúpidos.

William golpea con el palo un charco de barro endurecido.

—Creo que aquí debajo hay un pájaro muerto congelado —comenta.

—¡Qué horror!

Mueve un rato el palo hasta que resulta obvio que lo que hay debajo del hielo es sólo un montón de lodo con hojas.

—Mi madre dice que al hombre que pagó el Delacorte Clock lo atacaron en el parque.

—¿Ah, sí? —Es típico de Carolyn, que me parece que jamás ha puesto un pie en Central Park, saber que George Delacorte, uno de los grandes filántropos de Central Park, fue asaltado a los noventa y dos años de edad en un túnel peatonal cerca del reloj que él mismo había donado. Carolyn es una aguafiestas.

—Las Siete Ciudades de Cíbola están en una pequeña cabaña que hay en medio del Ramble —anuncia William.

—¿Qué?

—Que en medio del Ramble hay una pequeña cabaña. La vi en el libro que me regalaste. Ésas son las Siete Ciudades.

—O una de ellas. ¿Sabes una cosa? Creo que he estado una vez en esa cabaña, hace un par de años. Estaba limpia, porque era verano, y dentro hacía fresco. Creo que en esa cabaña hace más frío que en el resto del parque.

—Está llena de oro.

—Lo recuerdo. Estaba repleta de oro. Había montones de oro por todas partes. Pero no cogí nada, porque llevaba un vestido sin bolsillos.

—¡Vamos! —exclama William.

Nos adentramos en el Ramble, manteniéndonos alejados del lado oeste, donde vi al mendigo. Subimos un tramo de escaleras y cruzamos uno de los múltiples puentecillos que atraviesan el arroyo que serpentea por el Ramble. Más abajo hay un pequeño campo y William se apoya en un árbol para asomarse al margen del sendero rocoso.

—¿Qué es eso? —me pregunta. Señala con el palo un racimo de aparentes envases de leche de plástico que cuelgan de las ramas de los árboles y que están adornados con Frisbees.

—No tengo ni idea. A lo mejor son para dar de comer a los pájaros.

William arquea las cejas, vacilante, y seguimos caminando.

—Huele a oro —comenta—. La cabaña debe de estar cerca. ¿Crees que está cerca?

—Pues no lo sé, la verdad. No recuerdo en qué parte del Ramble estaba. Si seguimos buscando, la encontraremos.

Mete el pie en un charco helado.

—Hace frío.

—Caminemos más de prisa y entraremos en calor.

Atravesamos un puente corto y alto que une dos riscos. William se asoma un momento a la barandilla y me acerco a él para poderlo sujetar en caso de que pierda el equilibrio. Tose con fuerza para reunir saliva en la garganta y luego escupe. Vemos cómo la saliva cae al arroyo helado.

—Excelente puntería —lo felicito.

Se incorpora y seguimos andando. Al cabo de unos minutos, no sé cómo, pero volvemos a estar en el mismo puente; el sendero ha cambiado de dirección y hemos caminado en círculo.

William chasquea la lengua con impaciencia.

—¿Por qué no vamos al Dairy a comprar un mapa?

—Porque eso es hacer trampas. Tenemos que explorar hasta que demos con la cabaña. ¿Acaso Coronada tenía un mapa?

—Coronado, no Coronada. —Se ha detenido. Tiene el palo apoyado en la punta de una bota—. Quiero comprar un mapa.

—No podemos.

—¿Por qué?

—Porque no.

—Pero ¿por qué?

—Porque no y ya está. Venga, finjamos que estamos en un territorio virgen y que no hay mapas.

Caminamos un rato más, pero cada vez tenemos más frío. Entonces me doy cuenta de que jugar a ser unos exploradores que encuentran una pequeña cabaña de madera en el Ramble es divertido, pero ser exploradores fracasados no tiene ninguna gracia. No tiene gracia dar vueltas al Azalea Pond, cuando no hay azaleas y el estanque está congelado, y no tiene gracia estar preocupado por los mendigos que puedan esconderse tras las rocas. Cuando me tuerzo el tobillo con una raíz, decido que Coronado era un idiota y que le estuvo bien empleado no hallar las Siete Ciudades de Cibola. Consulto el reloj.

—A lo mejor no es tan buena idea ser exploradores —concluyo.

—El Ramble es un aburrimiento.

—Vale, ¿qué te parece si hacemos algo totalmente diferente y vamos al extremo norte del parque?

—¿Para qué?

Muevo las cejas con aire misterioso y empiezo a salir del Ramble. Por desgracia, tardamos un rato, porque me he perdido por completo. Al fin, gracias a la suerte y a mi tenacidad, acabamos de algún modo en el extremo oriental del parque. Localizo la estatua de la pantera agazapada sobre el East Drive.

—¡Ajá! —exclamo mientras cojo a William de la mano. Corremos hasta la parte posterior de la estatua. Se cierne sobre la calle desde lo alto de una roca, es demasiada la distancia para que podamos saltar, pero un poco más adelante la colina desciende ligeramente y podemos bajar hasta la calle.

—¡Menuda aventura! —comento.

—Nos hemos salido del sendero.

—Lo sé. ¡A que ha sido genial!

—Mi madre se enfadará, Emilia.

—Pues no se lo digas.

Mientras él reflexiona sobre si añadir esto o no a nuestra retahíla de secretos, lo guío por el Glade hasta la salida de la calle Setenta y nueve.

Le ordeno al taxista que nos lleve al Conservatory Garden, cerca de la calle Ciento cinco. Si estuviese sola habría ido andando, pero me parece una barbaridad hacerle caminar casi treinta manzanas a un niño.

He estado pocas veces en el Garden. Es un tanto serio para mi gusto, sobre todo el extremo norte, con sus anillos geométricos de arbustos y sus fuentes. Lo cierto es que mi zona favorita es la del sur, un jardín perenne inglés, pero en invierno no hay mucho que ver allí; suele estar casi todo seco y marchito, podado e hibernando antes del esplendor de la primavera y el verano. Iré otra vez con William a fines de abril o principios de mayo, cuando los manzanos cubren los senderos con pétalos de color rosa. La primavera aquí es bucólica.

A William, más animado gracias al agradable viaje en taxi y a una tierna rosquilla, le gusta el jardín. Me hace por lo menos cuatrocientas sesenta preguntas sobre las especies florales. Aunque estuviéramos en plena primavera, aunque el aire estuviera repleto de ondeantes pétalos, y por muchas subespecies florales que yo pudiera identificar, él nunca tendría bastante. Le explico que hay veinte mil tulipanes plantados en el jardín y que podemos volver en mayo para ver cómo florecen, y de algún modo la enorme cantidad mencionada calma su curiosidad, aunque las flores aún dormitan y no pueden verse.

Al llegar a la Secret Garden Fountain, que se encuentra en el estanque helado de nenúfares del South Garden, William me asegura que no sabe quién es Frances Hodgson Burnett y que tampoco ha leído su libro.

—¡Qué curioso! —exclamo—. Es una asombrosa laguna de tu educación a la que voy a tener que poner remedio.

—El jardín secreto es un libro para niñas —dice William horrorizado ante la mera idea de tener que leer algo semejante.

Sólo cuando comento que el libro tal vez sea demasiado difícil para su edad, me pide que le compre un ejemplar de inmediato.

A William le fascinan los eléboros. Tenía la esperanza de que pudiese ver sus flores colgantes blancas, rosas, verdes y de color morado oscuro, pero también es demasiado pronto para eso. Supongo que florecerán el mes que viene.

—Son venenosos —declaro con voz dramática, como de dibujo

animado—. No se pueden comer ni sus flores ni sus hojas, son mortales. ¿Nos llevamos alguna y se las ponemos a alguien en el té?

—Nos detendrían —replica.

—Sólo si dijeras que hemos sido nosotros.

Reflexiona unos instantes.

—¿Y a quién podríamos matar?

Medito la pregunta. Conoce a casi todas las personas que figuran en mi lista.

—Volvamos hacia el North Garden —sugiero cambiando de tema.

Bordeamos la fuente de las Three Dancing Maidens. Naturalmente, está apagada debido al frío. La observamos un momento.

—Es más bonita cuando brota agua —comento.

—¡Eh! —grita William—. ¡Mira eso! —Señala hacia el punto más lejano de los anillos concéntricos de arbustos que rodean la fuente—. Están filmando una película.

Al otro lado de la hilera de flores hay varias personas apiñadas, dos hombres y una mujer. Al principio me da la impresión de que los hombres son gemelos. Ambos son calvos, tienen una diminuta e idéntica perilla debajo del labio inferior y gafas de montura gruesa. Los abultados chaquetones que llevan se complementan, uno es negro con las costuras naranjas y el otro es naranja con una raya negra. La mujer no es calva ni tiene barba, pero también parece formar parte de esta moderna familia, con su gorro acrílico de esquí rojo, los vaqueros con rotos de tiro bajo sobre unas gruesas botas y unas gafas con montura de ojo de gato de imitación. Hubo una época en que traté de adoptar este estilo chic de *hip-hop* del East Village, aunque la cámara cinematográfica digital, los maletines de piel desgastada y los fotómetros amontonados alrededor de los tobillos de este trío les conferían un aire de autenticidad artística del que yo siempre carecí en mi época pro *hip-hop*. De alguna forma siempre acababa pareciendo lo que era: una chica de Nueva Jersey con una idea más bien escasa de lo que era el estilo.

—La mejor película que he visto en mi vida es *¿Dónde está papá?* y se rodó en el parque —le digo a William—. George Segal se disfraza de gorila y se pone a correr de noche por el parque. La peli me gusta porque la madre de George Segal le baja los pantalones y le da un beso en el trasero.

William, que se dispone a inclinarse para partir una rama marchita de un seto, se detiene en medio del proceso.

—¡Qué ordinariez, Emilia!

—¿Nunca te han dado un beso en el culo tus padres?

—¡No!

—Recuérdame que le diga a tu padre que hoy te dé uno.

—¡Ni hablar!

—¿Y si te beso ahora en el culo? —Me abalanzo sobre él y se pone a gritar rodeando un arbusto helado y podado bajo. Lo persigo, lo cojo y lo levanto en brazos. Finjo que le beso en el trasero y chilla mientras se ríe tanto que casi no puede respirar. Yo también me estoy riendo casi tan histéricamente como él.

El equipo de rodaje dirige casualmente la cámara hacia nosotros, como si nuestro alboroto distrajera su atención.

Lo dejo en el suelo y William intenta desviar mi atención de su indefenso trasero.

—Dime más películas que se hayan filmado en el parque —me pide.

—Veamos... *Hair*. Y *Marathon Man*, en la que Dustin Hoffman hace *footing* por el Reservoir. No la veas si quieres seguir yendo al dentista.

—A mí me gusta mi dentista. Es amigo de mi madre.

—¿Te gusta tu dentista? ¡Cómo no!

Reflexiona unos instantes.

—Es el amigo especial de mi madre.

—¿Su amigo especial? —repito.

—Ya sabes, su novio.

—¡Oh!

—¿Alguna más?

—¿Alguna qué? —pregunto.

—Alguna película. En el parque.

Me obligo a apartar de mi mente a Carolyn y al dentista que la ha dejado embarazada.

—Bueno, *Cuando Harry encontró a Sally*. Sí, y una que seguro que has visto. *Cazafantasmas*. ¿A que las has visto?

—No.

—Pues el próximo día que tu padre nos dé permiso para alquilar un DVD la cogeré.

—Me pregunto qué película estará filmando esa gente —comenta William.

—¿Por qué no vamos a preguntárselo?

—¿Tú crees?

—¡Claro!

Cruzamos el jardín. Uno de los gemelos está ocupado sacando la cámara del trípode y guardándola en su funda. El otro está enrollando una pantalla reflectante redonda y blanca.

—Perdonen —les digo.

La mujer del gorro rojo con una borla en el extremo levanta la vista.

—Queríamos preguntarle si están filmando una película.

—Estamos buscando localizaciones para una película.

—¿Qué película? —pregunto.

—*Lyle, Lyle, Crocodile*.

William está alucinado.

—¿*Lyle, Lyle, Crocodile*, como el libro *Lyle, Lyle, Crocodile*? —inquiere.

La mujer se ríe.

—Supongo que sí, eso intentaremos.

William está tan emocionado que se ha puesto a dar saltos.

—¡Me encanta ese libro! Primero me lo leyó mi madre y luego lo leí yo solo. Me encanta. ¡Me encanta Lyle!

Uno de los hombres interviene:

—El primer jueves de marzo rodaremos escenas con figurantes

en el Zoo Infantil. Para la escena en la que el señor Grumps envía a Lyle a vivir al zoo.

—Esa parte me gusta muchísimo —dice William.

—Pues ven —lo anima la mujer—. Porque se necesitarán muchos extras. Hay que apuntarse alrededor de las dos de la tarde.

—¿Vendremos, Emilia, por favor?

—No lo sé, William. Hablaré con tu madre. Los jueves estás con ella.

—Cámbiaselo. ¡Cámbiaselo, por favor! Me encanta *Lyle, Lyle, Crocodile*, es mi libro favorito. Es el mejor libro que he leído en mi vida.

De ninguna manera Carolyn va a dejarme a William un jueves. Dirá que no, pero se las ingeniará para que acabe pareciendo que yo soy la madrastra malvada que promete cosas que no puede cumplir.

Le digo a William:

—En primer lugar, tu libro favorito es *The Amber Spyglass*. Nunca te había oído hablar de Lyle. Y me acordaría, William, porque *The House on East 88th Street* era uno de mis libros favoritos cuando yo era pequeña. Mi padre me lo leyó un montón de veces. Es más, lo tienes en la estantería y juraría que jamás lo has abierto. —Cuando mi padre me leía las historias de Lyle le ponía voces a todos los personajes, incluido Hector P. Valenti, antiguo propietario y pareja de baile de Lyle. Mi padre imita de maravilla el acento suramericano.

William sacude la cabeza.

—*The Amber Spyglass* es mi libro favorito de este año. Lo que pasa es que no me conoces muy bien, Emilia. Si me conocieras, sabrías que *Lyle, Lyle, Crocodile* es mi libro favorito de siempre. Es mejor que *The House on East 88th Street*. Mucho mejor. Y últimamente no lo he leído, Emilia, porque estoy leyendo otras cosas. Pero eso no significa que no sea mi libro favorito, porque lo es. —Y entonces se le ocurre una idea. Me dedica una sonrisa triunfal. Una gran sonrisa de cocodrilo—. Y como también es tu libro favorito, ¿no te gustaría aparecer en la película?

—Ya lo hablaremos —lo tranquilizo—. Venga, vamos al Harlem Meer a pescar. En el Discovery Center tienen cañas de pescar que prestan a la gente.

—No quiero ir a pescar. Quiero participar en la película. Por favor, Emilia. Prométeme que me llevarás.

—Te he dicho que ya lo hablaremos. Venga, vamos al Meer.

—Pero...

—Ya lo hablaremos, William —repito.

Cruza conmigo a regañadientes la verja del jardín y bordeamos el Meer. El Dana Discovery Center está en un lateral y ha quedado precioso tras las reformas; es una diminuta joya de ladrillo ubicada en el extremo más al norte del parque. El contraste desde la última vez que estuve aquí con mi padre, cuando era tan sólo un poco mayor que William, no puede ser más fuerte. Sin embargo, al entrar, la empleada de rostro malhumorado no da crédito a nuestra petición. ¿Por qué íbamos a querer pescar en febrero?

—El Meer está helado —declara.

—Pero los peces están ahí —recalco—. No los han sacado, ¿no?

Se niega a tolerar semejante estupidez. Ni a William ni a mí nos interesa especialmente la alternativa que nos propone: ver la exposición de ecología del Discovery Center.

—Bueno, siempre podemos ir a ver los peces —concluyo—. De todas formas, ¿de qué sirve pescarlos? —Estoy deseando que los dos recobremos el ánimo, pero mi alegría es forzada y él no se la traga.

—¡Lástima que no tengamos eléboros! —exclamo—. Porque podríamos tirarlos al Meer, envenenar algunos peces y llevárnoslos.

William no se ríe.

Cuando salimos por la puerta del Discovery Center empieza a lloviznar. He vuelto a olvidarme el paraguas en casa.

—Está lloviendo —anuncia William.

—Son sólo unas gotas. ¡Juguemos a matar unos cuantos peces!

—Creo que sería mejor volver a casa. Hace frío y no quiero mojarme.

—¿Sabes lo que significa la palabra «Meer»? Significa «lago» en holandés.

—Me da igual. —Está enfadado.

—¡Oh, vamos, William! Después de haber hecho el viaje hasta aquí, no podemos irnos sin ver el Meer de cerca. —Le cojo de la mano y empiezo a correr hacia el lago. Las gotas de lluvia que caen sobre mi cara están frías, pero quiero que nos divirtamos. Nos visualizo a los dos, me imagino cómo nos debe ver un extraño, una madre con su hijo pequeño, ambos riéndose y corriendo bajo la lluvia. Sólo que soy la única que se ríe. William camina despacio y cuando intento acelerar el paso, se resiste. Al acercarnos al borde del lago tira de mi mano para tratar de soltarse. Resbalo y lanzo los brazos hacia delante para evitar la caída. El problema es que lo hago sujetando aún la mano de William, quien se cae al suelo con un ruido sordo y las piernas estiradas. Está sentado de culo sobre la orilla fangosa, pero sus pies y sus piernas han atravesado la frágil membrana de hielo y han ido a parar al agua helada.

—¡Oh, mierda! —exclamo—. ¡Mierda, mierda, mierda! —Pongo a William de pie—. ¿Estás bien? ¡Cuánto lo siento, William!

—¡Me has tirado al lago! ¡Me has tirado al lago!

—Eso no es verdad.

—Sí, lo has hecho. Es la segunda vez que me haces caer. Una cuando fuimos a patinar y ahora vas y me tiras al lago. Me he vuelto a empapar y tengo los vaqueros sucios y llenos de barro. ¡Mi madre se enfadará mucho contigo, Emilia! ¡Te matará!

—Ha sido un accidente, William. He resbalado. Lo siento.

—Quiero irme a casa, ahora —suplica—. Odio este sitio. Está sucio, hace frío, y lo odio. Lo odio.

—Vale, cálmate. Ahora mismo nos vamos. ¡Venga!

William ni siquiera levanta la vista cuando pasamos junto al Duke Ellington Memorial. Intento hacerle reparar en las nueve cariátides desnudas que representan las musas. Le digo:

—Mira, sir Duke está ahí arriba, junto a su piano de cola. Ni siquiera está tocando.

Él camina haciendo eses, se niega a alzar la vista.

—Tiene ocho metros y pico de altura —insisto desesperada.

William permanece callado.

—El apodo de sir Duke lo inventó Stevie Wonder. Creo que debía ser el único que lo llamaba así. Sabes quién es Stevie Wonder, ¿verdad? —Me pongo a imitarlo, moviendo la cabeza hacia delante y hacia atrás y tocando unas teclas de piano imaginarias mientras canto, pero la única canción que se me ocurre es *Ebony and Ivory*.

William suelta un maullido parecido al de un gato enfadado, una especie de maullido-ronroneo. Me callo y contemplo la horrible estatua. Las columnas se elevan entre las piernas de las musas hasta sus pubis como penes gigantes. ¿Qué habrán hecho el pobre Duke Ellington y Harlem para merecer tan horrible homenaje?

Lógicamente, no hay ningún taxi y enseguida estoy tan furiosa como William. No me puedo creer que este niño se haya vuelto a mojar por mi culpa. No me puedo creer que no lleve un paraguas. No me puedo creer que vuelva a pasarme esto. Al fin, cuando estamos empapados y tenemos el pelo aplastado sobre la cabeza, para un taxi con un conductor gitano. William se resiste, pero lo empujo hacia el asiento trasero. No hay cinturones, pero el coche está limpio y seco.

—A Central Park West con la Ochenta y uno —le ordeno al conductor.

Viajamos un rato en silencio y luego digo:

—William, creo que esto debería ser otro secreto.

—De eso nada —responde él.

22

Al llegar a nuestro edificio vemos que Jack está en el vestíbulo hablando de béisbol con el nuevo portero que hay los fines de semana.

—A veces, señor Woolf, me dan cierta envidida esos fans de los Yankees. Odio reconocerlo, pero...

—No hablará en serio, Rodrigo.

—Bueno, sólo me atrevo a confesárselo a usted.

Jack sacude la cabeza.

—Pues me decepciona usted mucho.

—¡Papi! —chilla William desde la puerta de entrada. Estira los brazos, pero no para darle un abrazo, sino para mostrarle su lamentable estado.

—Pero ¡Will! ¿Qué te ha pasado? ¡Estás lleno de barro!

—Emilia me ha empujado al lago. Me ha tirado al lago helado.

No me detengo. Me limito a cabecear, pasar de largo y apretar el botón de llamada del ascensor.

—¿Em? —me dice Jack—. ¿De qué va todo esto?

Vuelvo a cabecear.

—¡Emilia!

De Rodrigo no hay ni rastro. Ha desaparecido en el interior del edificio o ha salido fuera, pese a la lluvia, a acurrucarse debajo del toldo hasta que hayamos acabado nuestro espectáculo.

—¿Podemos hablar de esto arriba? —le pido.

En el ascensor estamos callados, únicamente se oyen los gemidos de William, los mocos que sorbe por la nariz y la garganta con dramática intensidad.

Nada más entrar en casa Jack repite:

—¿Qué ha pasado?

William le dice:

—Emilia me ha tirado al lago. —Y luego rompe a llorar.

—No seas ridículo —suelto yo. Entonces le explico brevemente lo ocurrido, que ha resbalado y se ha caído en el Meer. Que ha sido un accidente—. Lo estábamos pasando bomba —comento, asombrada por mi tono de voz patético y suplicante—. De verdad, lo estábamos pasando muy bien.

Jack se vuelve y se acuclilla frente a William. Le enjuga las lágrimas de los ojos con los pulgares.

—Venga, vamos a quitarte esta ropa mojada y luego tomarás un baño caliente y espumoso. —Lo coge en brazos, y él de inmediato lo rodea con los tentáculos de sus brazos y piernas.

—Estoy empapado, papi —protesta William lastimero.

—¡Esto es absurdo! —exclamo.

Jack no dice nada. Están a mitad del pasillo cuando grito:

—¡Espera un segundo!

Se detiene frente a la puerta del cuarto de William.

—¿Qué? —replica. Tiene la voz tensa, casi quebrada.

—¿No piensas decirle que exagera? ¿Que no debería ponerse así por un poco de agua y barro? ¡Nos estábamos divirtiendo, Jack! ¿No piensas decirle nada?

Jack aprieta los labios con fuerza y las aletas de su nariz se ensanchan al respirar. Está pálido, blanco de ira.

—¿Quieres que diga algo, Emilia? —Silabea tanto cada palabra que es como si las escupiera rabiosamente—. ¿En serio quieres que diga algo?

No digas nada. No pronuncies las palabras que ya veo formándose en tu boca, incluso en este espacio oscuro y solitario.

—¡Ha sido un accidente! —insisto—. Hemos tropezado. Estábamos corriendo y nos hemos caído.

—No te importa una mierda. Tiene frío y está asustado, y no te importa lo más mínimo.

—Sí me importa. Pero no estaba asustado. Ya conoces a William, Jack. Sabes que exagera. Es como si no pudiese soportar la idea de pasárselo bien conmigo, como si tuviese la sensación de que traiciona a Carolyn o algo así. Pero es una tontería. Tienes que decirle que es una tontería.

Jack deja a William en el suelo con suavidad, lo conduce al interior de su habitación y luego cierra la puerta. Se acerca a mí y me susurra:

—No tienes ni idea de la cara que pones cuando lo miras, Emilia. ¡Eres tan fría! Eres más fría que el jodido y helado Harlem Meer.

Abre de golpe la puerta del cuarto de William, entra y la cierra de un portazo tras él. Antes no era fría. Antes era cariñosa con su hijo. Lo era. Pero lo que acaba de decirme y lo que no me ha dicho ha caído sobre mí como hidrógeno líquido. Son sus palabras las que me han dejado helada, las que me han producido inseguridad y me han dejado impasible. Más fría de lo que incluso Jack se imagina.

Estoy pálida y helada, y por alguna razón recuerdo cómo me sentía años atrás, todo menos fría. Cuando me sentía como si alguien hubiese abierto una pequeña ventana en mi coronilla y hubiese vertido rayos solares en mi cuerpo, inundándome desde las puntas de los dedos de mis pies y las yemas de mis manos hasta las raíces de mi cuero cabelludo. Un momento que fue aún más valioso por las circunstancias que habían conducido hasta él. Llevaba por lo menos una semana convencida, lo sabía como sé mi número de teléfono, como sé las palabras que Jack no ha pronunciado, de que iba a volver a romper conmigo.

Desde que Carolyn había echado a Jack de casa hacía tres meses, habíamos estado saliendo juntos como una pareja cualquiera, como la gente normal. Salíamos a cenar y al cine. Íbamos al teatro, a la ópera. E incluso fuimos dos veces al ballet antes de que yo le confesara que me horrorizaba. Habíamos ido a tres partidos de los Mets y una vez al estadio de los Yankees, pero sólo porque Jack tenía un amigo con un abono para unas butacas justo detrás del *home plate* y porque jugaban los Red Sox, por los que tengo predilección desde la universidad. Éramos la pareja de la compañía, nos escondíamos sólo lo habitual en estos casos. Ya no nos escapábamos para comer juntos, ni vivíamos a base de bocadillos del servicio de habitaciones ni de encuentros rápidos para luego fingir un trato cordial delante del resto del bufete. Tampoco hacíamos nada escandaloso. Evitábamos las muestras de cariño excesivas en la cafetería de la empresa, pero nos permitíamos llegar a la misma hora por las mañanas y hasta hacer cola juntos en la panadería italiana que había en el vestíbulo del edificio para pedir un café. Por las noches hacíamos el amor, siempre en el piso nuevo de Jack, en el Upper West Side, en el colchón con somier que había en el suelo de su habitación. Jack no venía nunca a mi casa. Yo dormía en la suya tres o cuatro noches a la semana como mucho, en ocasiones menos. Pero nunca dejé allí mis cosas. Al contrario, llevaba encima un gran bolso con ropa interior de recambio, un cepillo de dientes y un neceser con maquillaje. En la puerta de mi despacho había colgado un par o tres de trajes y unas cuantas blusas en bolsas de la tintorería, y debajo de mi mesa había seis o siete pares de zapatos alineados.

Nunca me quedaba en su casa cuando William dormía allí; nunca me quedé a menos que así lo hubiésemos acordado la noche antes. Pero no dormíamos juntos así porque sí. Si Jack me llamaba a lo largo del día y me proponía que fuéramos a cenar, yo sabía que esa noche dormiríamos juntos. Si yo le sugería un martes que el sábado fuéramos a un concierto, entonces hacíamos el amor el sábado por la noche. A veces, cuando salíamos tarde del despacho, él me llamaba y me preguntaba si me apetecía cenar en su casa o que viéramos una película. Siempre había un pretexto para las noches que Jack y yo pasábamos el uno en compañía del otro. Jamás uno de los dos sugería ir a casa después de trabajar para estar juntos, para hacer el amor o dormir juntos. Estábamos saliendo, lo que significaba que teníamos algo que hacer juntos, aunque ese algo fuese tan simple como ver un DVD.

Pero la semana anterior al momento perfecto, Jack sólo me llamó una vez para cancelar una cita que teníamos con Simon y su novio para ir a la inauguración de una exposición en Chelsea. Habíamos quedado a las siete para echar un vistazo a las obras (el artista hacía algo con unas cuerdas y unas poleas) e irnos luego a cenar a Man Ray. Jack puso como excusa el trabajo, ni se inmutó ante mis súplicas, cuando le dije que si él no iba me sentía incapaz de hacer frente a un espectáculo y una cena pretenciosos en compañía del pretencioso amante de mi mejor amigo. El artista, recién elegido favorito de la galería del distrito de West Chelsea, le tiró los tejos al novio de Simon, y Simon y yo acabamos solos en Red Cat, compartiendo un plato de sardinas fritas y quejándonos de la perfidia de los hombres.

Esa semana Jack y yo sólo cenamos juntos una vez, en la mesa de su despacho. Decidí sorprenderlo una noche y pedí comida, que le facturé al cliente para el que estaba trabajando, dando por sentado que la empresa del cliente podría permitirse dos raciones de *udon* con *tempura*. En el despacho de Jack no había nadie, pero di con él en la sala de juntas que había al otro lado del pasillo; estaba comiendo un trozo de *pizza* con el equipo de asociados con los que trabajaba hasta tarde para una petición para un auto de avocación que, finalmente, le sería denegado. Me vio con la bolsa de papel blanca en la mano y dejó el trozo de *pizza* a medio comer en un plato de papel.

—Tomaos vuestro tiempo —les dijo a los jóvenes abogados—. Enseguida vuelvo.

Ya habíamos recorrido medio pasillo cuando oímos que la sala estallaba en una carcajada contenida.

—Sé que ha sido humillante —me disculpé mientras entrábamos en su despacho—. Lo siento.

—No, no pasa nada —repuso.

Comimos deprisa. Supe al instante que el trozo de *pizza* que Jack había dejado a mitad no había sido el primero. Tomó varios sorbos de sopa y unos cuantos fideos antes de dejar los palillos encima del cuenco. Cuando acabé de cenar, él volvió al trabajo y yo me fui a mi casa. El sábado por la mañana habían pasado cinco días desde la última vez que habíamos dormido juntos y seis desde que habíamos hecho el amor. Esperé a que me llamara, sin separarme del teléfono como alguno de los personajes de los relatos cortos de Dorothy Parker. Me obligué a mí misma a acercarme a la tienda de productos *delicatessen* para comprar un café y un donut, pero no tuve la entereza de dejar el móvil en casa. Me lo puse en el bolsillo después de poner el volumen al máximo y activar el vibrador. A las dos de la tarde estaba horrorizada ante la idea de que Jack planease dejarme y a las cuatro supe que ya lo había hecho. Entonces, como no tenía nada más que perder, me fui a su casa. En esa época aún no cogía taxis con tanta naturalidad, todavía estaba pagando el crédito de la universidad y tenía más paciencia para los transbordos de tren. Me senté en el vagón y observé a los desgraciados que me rodeaban, al resto de miserables de la ciudad que, al igual que yo, no tenían adónde ir ni siquiera los fines de semana. Nadie parecía especialmente patético, excepto un individuo tullido que recorría los vagones del tren de enlace del Times Square. Iba de uno a otro sentado en una silla de ruedas con las piernas inertes dobladas. Le di cinco dólares como recompensa por ser más desgraciado que yo.

Ivan, que curiosamente trabajaba ese sábado, me dejó esperar a Jack en el diván del vestíbulo, en el que nunca más he visto a nadie sentado. Creo que mi trasero es quizás el único que ha arrugado la tapicería de seda de estampado floral. De ser así, a las damas de alcurnia de los demás pisos no les haría ninguna gracia enterarse; al fin y al cabo, nunca he sido santo de la devoción de la asociación de vecinos.

Ivan me dio un ejemplar de la revista *Time* y una galleta. Me sentía como una niña pequeña, era la encogida señorita Greenleaf esperando en el vestíbulo. Cuando llegó Jack con su raqueta de *squash* y la bolsa de deporte, acababa de rechazar por tercera vez un vaso de Coca-Cola *light*.

Jack no parecía ni contento ni sorprendido de verme. Mantuvo la puerta del ascensor abierta con el brazo y, cuando estuvimos fuera del alcance visual de Ivan, me dio un ligero beso en los labios. Entramos en su piso vacío (pese a que llevaba tres meses viviendo

ahí, no había comprado más que una mesa de cocina con unas sillas, un somier y un colchón que había colocado en su habitación, y
una fea cómoda que le había vendido un persuasivo anticuario). La
única habitación de la casa que estaba completamente amueblada
era la de William. Jack le había dejado decorarla y el diseño resul-
tante era una combinación de dinosauriolandia y el reino de los pi-
ratas. La cama y la cómoda a juego, que habían comprado en una
tienda de muebles de Nueva Jersey, tenían un ligero aire náutico,
con cabos anudados en los frentes de los cajones en lugar de tira-
dores. William había distribuido su colección de dinosaurios de
tres palmos de altura encima de la cómoda y por el suelo delante de
la estantería empotrada. Tenía docenas de dinosaurios de caucho,
todas las especies que albergaba el Museo de Historia Natural, incluso algunas que yo ni sabía que existían, como los *Maiasaurus* y
los *Hypsilophodon*. Jack había hecho lo posible para que su estantería fuese una réplica exacta de la que William tenía en casa de Carolyn, y había algo conmovedor en esas filas de libros (*El toro Fer-
dinand*; el famoso *House on East 88th Street*; *Mike Mulligan and His
Steam Shovel, Dinosaur Bob*): los lomos estaban brillantes e impecables, las tapas firmes y tiesas, y sus páginas no estaban manosea-
das como ocurre cuando un niño hojea durante años un libro con
avidez.

Jack apoyó la raqueta en un rincón del salón vacío.

—¿Quieres beber algo? ¿Una copa de vino, una cerveza, un
vaso de agua?

Sacudí la cabeza.

—Creo que me tomaré una cerveza. Hoy hace un calor increíble
—declaró.

Lo seguí hasta la cocina y lo observé mientras abría la nevera y
cogía un botellín de cerveza del *pack* de seis que había en un es-
tante. A excepción de la cerveza, la nevera de Jack estaba llena de
cosas para niños de tres años con intolerancia a la lactosa: paquetes
de *tortellini*, uvas, zanahorias *baby* y una docena de *bricks* de leche de soja.

Vi cómo se acercaba el botellín a los labios e inclinaba la cabeza hacia atrás. Tenía la nuez muy marcada en la garganta, un triángulo perfecto que subía y bajaba al tragar.

—Creo que debería trasladarme a vivir contigo —anuncié.

Jack dejó el botellín encima de la mesa de la cocina y me miró con sus ojos aterciopelados, cálidos y oscuros como la tinta de color azul marino.

Esto es lo que no dijimos:

—Sé que pensabas dejarme, pero no lo hagas. No lo hagas —no dije yo.

—Lo siento, Emilia. No puedo hacer esto. No puedo embarcarme tan pronto en una relación. Mi matrimonio acaba de romperse. No estoy preparado para empezar otra relación —no dijo él.

—Pero tú me quieres —no le dije.

—Eso no importa —no contestó él—. Ahora mismo no estoy preparado. Me siento confuso. Lo estoy pasando mal. Necesito tiempo para aprender a vivir sin Carolyn y sin William antes de poder estar con alguien más.

Más cosas que no dijimos:

—Me perteneces. No puedes dejarme porque me perteneces —no le dije.

—No puedo soportar que me quieras tanto —no me contestó él—. No soporto la fuerza de tu deseo. Ha acabado con mi familia y me ha separado de mi hijo. No puedo estar contigo porque me da miedo quemarme en el calor de tu pasión, que me prendas fuego y que no queden de mí más que las cenizas.

—Tú también me quieres —no le dije—. Me deseas tanto como yo a ti. No he destruido tu hogar yo sola, el fuego lo has provocado tú.

—Quizás estés en lo cierto —no me dijo él— y el incendio lo he provocado yo, razón de más para que te alejes de mí. ¿Para qué queremos esta mierda? Coge tu ardiente pasión y sal de aquí de una vez.

Y aún hay más cosas que no dijimos. Él no dijo:

—Mi hijo no te quiere.

Yo no dije

—No importa. Te quiero tanto a ti que mi amor te bañará de una luz dorada. Mi amor inundará tus ojos de color azul marino y te impedirá ver lo que no siento por tu hijo.

Esto es lo que dijo Jack:

—¿Te da igual vivir sin muebles?

23

Desde el domingo por la noche Jack y yo nos hemos hablado controlando nuestro tono de voz, tratando cada conversación como si fuese un paseo sobre una superficie de hielo quebradizo demasiado fina para soportar el peso de nuestro remordimiento. No hablamos de William, del Meer o de lo poco que nos faltó para articular lo impensable. Nos tratamos como si fuéramos de porcelana, hacemos cada comentario y cada gesto con un cuidado tan exagerado que parecemos una pareja de lunáticos encerrados en un precioso asilo de tres habitaciones. Hasta decir que no a una segunda taza de café es de pronto tan delicado que el desayuno me cansa lo bastante para obligarme a meterme en la cama y dormir dos horas de sueño reparador después de que Jack se ha marchado a trabajar. Una de las maravillas de que Jack sea socio de un bufete es que puede llegar a casa a las diez o las once de la noche sin tener que excusarse por un inusual exceso de trabajo, así que al menos nos ahorramos las cenas encargadas por teléfono y de forzada cortesía.

Hoy Jack se levanta temprano y se planta frente a mí, elegante y guapo con su traje gris marengo y camisa rosa, con el pelo húmedo de la ducha y las mejillas recién afeitadas con olor a la loción astringente que le compro.

—¿Estás despierta?

—Sí.

—¿Has dormido bien?

—Sí, muy bien.

—Esta tarde tengo que ir a los tribunales y no podré ir a buscar a William.

—De acuerdo.

—¿Prefieres que llame a Carolyn para que le diga a Sonia que esté con él hasta que yo salga del despacho?

—No, iré yo a buscarlo.

—¿Seguro?

—Sí.

—Porque, si lo prefieres, no hay ningún problema.

—He dicho que iré yo. —Mi tono es seco. Soy consciente de que he violado la norma del discurso educado.

Jack se inclina y se saca un hilo invisible de la punta de su reluciente mocasín negro. Me dice mirándose el pie:

—¿Qué harás con él?

—No lo sé, había pensado en tirarlo al estanque de los barcos dirigidos por radiocontrol. A menos que esté helado, en cuyo caso probaré en el lago.

Se incorpora con rostro ceñudo, no sonríe.

—Vendremos a casa —contesto—. Le daré algo para merendar que no tenga leche y jugaremos al Lego o con los dinosaurios hasta que llegues.

—¿Por qué no alquiláis un DVD?

—No necesito alquilar un DVD. No le dejan ver la tele, ¿recuerdas? Estaremos bien.

—¿Seguro?

—Sí, seguro.

Jack asiente con la cabeza. Se abrocha la chaqueta del traje y después la vuelve a desabrochar.

—He estado pensando en aquello del parque. En lo del Paseo para Recordar.

—¿Ah, sí? —Yo no, no he pensado en ello en absoluto.

—¿Sigues queriendo ir? —me pregunta. Pero no me deja contestar—. Porque creo que deberíamos ir. Los tres. Creo que nos sentará bien. Deberíamos ir todos juntos.

—De acuerdo —concedo.

Inclina los labios sobre mí y se detiene a unos cuantos centímetros de los míos. Levanto la cara y salvo la distancia que hay entre los dos. Es el primer beso que nos damos desde el incidente del Meer, desde nuestra pelea. Es un beso casto, ni especialmente suave ni tierno, pero es firme y me resulta familiar.

—Nos veremos por la noche —me dice.

—No te preocupes. William y yo estaremos bien.

Aunque, naturalmente, no lo estamos. Cuando William me ve esperándolo fuera de la Clase Roja, frunce las cejas. Ladea la cabeza como si estuviese considerando las posibilidades, evaluando la situación. Después viene hacia mí.

—No pienso irme contigo —me suelta.

—Es miércoles, William. Y los miércoles te toca venir a casa.

—Hoy no.

—Sí, hoy sí. Hoy es miércoles.

—No, Emilia. —Sacude la cabeza con determinación—. No pienso irme contigo. Nunca más. Me tiraste al lago. En Harlem.

—Era el Harlem Meer. Y no te tiré. Resbalaste. Resbalamos. Fue un accidente. Son cosas que pasan. Ponte el abrigo.

—¡No! —grita.

Sharlene asoma la cabeza por la puerta de la clase atraída por la vehemencia del grito.

—No hace falta gritar, William —le dice.

—Dile a Emilia que no pienso irme con ella —insiste corriendo hacia la puerta. Se agacha al pasar por debajo del brazo de Sharlene y entra en su clase.

—¡Oh, Dios mío! —murmuro mientras voy tras él. Hay un par de niñeras que me dedican sonrisas compasivas. Han pasado por esto; saben lo que es tratar con un niño incorregible al que no puedes castigar, pero de cuyo comportamiento eres responsable. Las madres, por otra parte, cabecean o me dirigen miradas reprobatorias y malhumoradas. ¿Quién soy yo para imponerle mi presencia adúltera a un niño que sólo quiere estar con su madre, su verdadera madre, la que jamás deberían haberle usurpado?

—Siento todo esto —le explico a Sharlene al entrar en la clase—. Venga, William. Tenemos que irnos.

—William no ha tenido un buen día, Emilia —me explica Sharlene—. Le está costando asimilar lo que le ha ocurrido en el parque este fin de semana.

Ya no quiero ni admiro a Sharlene. Es una idiota. No deberían dejarle ser profesora de niños pequeños.

—No hay gran cosa que asimilar. Resbaló y se cayó. Se mojó los pies. No es para tanto.

—Para él sí lo fue. Creo que no acaba de sentirse seguro a tu lado. La sensación de seguridad es muy importante para los niños, especialmente para aquellos cuyo sentido de la estabilidad se ha visto afectado por un divorcio o algún otro trauma.

Sharlene está sentada junto a William en el rincón de lectura. Él ha cogido un enorme libro sobre dinosaurios y lo está leyendo. Se lleva el dedo índice a los labios para impregnarlo de saliva y pasar las páginas, consciente de que es el absoluto protagonista. Yo estoy de pie frente a ellos, apoyándome en un pie y luego en el otro. El abrigo me da calor.

—William —le digo—, siento lo que pasó en el Meer. Siento que te mojaras. Lo siento mucho. Sólo quería enseñarte esa parte de Central Park. El Harlem Meer es uno de mis sitios favoritos y quería enseñártelo. Pensé que te gustaría tanto como a mí.

Él me mira de soslayo antes de acercarse más al libro.

—William —continúo hablando—, si vienes ahora mismo, iremos a comprar *El jardín secreto*. Así podrás demostrarme que no es demasiado difícil para ti. Y también compraremos el resto de libros de Lyle, porque en casa sólo tienes *The House on East 88th Street*.

Sharlene coloca una mano con suavidad encima de la página.

—William, ¿estás listo para irte a casa con Emilia?

—No —contesta.

—¿Crees que estarás listo dentro de un rato?

—No.

La profesora retira la mano.

—Creo que tendríamos que llamar a Jack o a Carolyn —concluye—. No quiero obligarle, está muy sensible.

Tan sensible como los salientes rocosos que rodean el Meer.

—Está bien —accedo—. Llamaré a Jack. —Sin embargo, Jack no está en el despacho. Y no lo localizo en el móvil. Según Marilyn, está en una audiencia y no terminará antes de las cinco.

—William no está apuntado a ninguna actividad extraescolar —declara Sharlene.

—Nos vamos a casa, William —ordeno.

—¡No! —me grita.

—Me temo que no tenemos otra opción —decide Sharlene—. Voy a tener que llamar a Carolyn.

—¡Pues claro que sí! —replico—. ¿Por qué no? Las cosas todavía pueden empeorar. Aún me queda una pizca de dignidad. Llame a Carolyn para que la pierda del todo.

—Emilia, no se trata de usted, sino de William.

—¡No me diga! —exclamo.

Me quedo para esperar a Carolyn. No porque sea masoquista ni porque crea que merezco los vituperios que, sin duda, me dedicará, sino porque hoy es miércoles y los miércoles le toca a Jack estar con William. No puedo simplemente irme y dejarlo en manos enemigas sin siquiera rechistar. Quiero que Jack sepa que he perdido, pero que he pataleado y gritado.

Carolyn entra en la Clase Roja como un ángel vengador, como la madre halcón que viene a rescatar a su plumífero polluelo. Es suave y elegante, tiene el pelo sedoso, la piel tersa, los labios suaves, las piernas largas y elegantes, y lleva un abrigo de cachemir largo y elegante. Lo cierto es que noto cómo yo me voy encogiendo cada vez más. Dentro de unos minutos seré un *hobbit*.

Abraza a su hijo contra sus pequeños pechos y dice:

—William, cariño, ¿estás bien? Pobrecito, mi niño. ¿Estás asustado?

Sharlene parece incómoda ante la desmesurada exhibición de inapropiada preocupación maternal.

—Está bien, Carolyn. Es sólo que esta semana le están costando un poco las actividades programadas, nada más.

Claro, ahora compadécete de mí, traidora, pienso.

—William, cariño. No tienes por qué ir a casa de tu padre, si no quieres —le explica Carolyn—. Sonia está abajo, en la portería. Te llevará a casa.

—Es miércoles —advierto, como si el problema fuese ése. Como si William no tuviese claro qué día es hoy. Como si no conociese el orden de los días de la semana desde que tenía quince meses.

Carolyn me lanza una mirada malévola. Ayuda a William a ponerse de pie y lo conduce hacia la puerta. Voy tras ellos. Al salir de la clase paso por delante de la cuerda de la que cuelgan los dibujos de las familias. Localizo el de William enseguida; es el único pegado con cinta adhesiva. Lo examino intentando distinguir los rasgos del bebé-ángel dibujado con trazos suaves. Tiene el pelo rizado y sonríe. Las alas están pintadas con detalle, adornadas con volutas, corazones y, por alguna razón, signos del dólar. Isabel es un ángel precioso. William ha hecho un trabajo magnífico.

—¿A que es precioso? —me pregunta Sharlene.

—Sí —contesto, y abandono la clase.

Justo cuando la puerta de mi ascensor se abre en la portería, veo que Carolyn y William salen del suyo. Maldigo los ascensores de la calle Noventa y dos Y, reúno valor y los sigo. Ella le pasa a Sonia el elevador y coge la mano enguantada de William.

—Hola, Sonia —digo.

—Hola, Emilia —responde ella.

—Lo tuyo es el colmo —me suelta Carolyn.

—¿Cómo?

—Tiene narices que pretendas imponerle tu presencia a mi hijo después de lo que le hiciste. Es repugnante. Eres repugnante, ¿lo sabes?

La portería de la calle Noventa y dos Y está llena de gente que va al gimnasio, señoras mayores que se dirigen al centro de jubilados, padres de niños de la guardería y niños más mayores que asisten a sus actividades extraescolares. Carolyn habla en voz baja, pero se le oye. Estamos dando un pequeño espectáculo.

—Yo no le hice nada a William. Fue un accidente. Resbalamos y se mojó los pies. ¡Era agua, por el amor de Dios, no ácido sulfúrico!

—¿Cómo te atreves? —Carolyn avanza hasta mí y acerca su bello rostro al mío. El iris de sus ojos es azul pálido. Hasta el blanco de sus ojos está teñido de azul, como la leche desnatada.

—¿Cómo me atrevo a qué? —replico retrocediendo un poco.

—¡Lo llevaste a Harlem! —exclama con rabia contenida—. Y no te creas que no sé lo del patinaje sobre hielo. Le hiciste patinar sin casco. Podría haberse matado.

Suspiro. William me ha delatado.

—¿Tiene usted algo que objetar al hecho de que su hijo visite Harlem? —La mujer que ha interrumpido nuestra conversación medirá alrededor de un metro y cincuenta centímetros de estatura, no más. Tiene joroba y esgrime el andador como si fuese un arma. Su voz es áspera y estridente; demasiado chirriante para proceder de una mujer de cuerpo frágil y huesos de pajarito—. Habla de Harlem como si fuese algo horrible. Debería darle vergüenza, jovencita.

Carolyn se aparta de mí y se queda mirando a mi anciana defensora, boquiabierta.

La mujer continúa, su rostro levantado hacia nosotras como una luna apergaminada.

—Más de una noche he bailado yo en Harlem, he escuchado música y he cenado. Sola o con mis amigas. Y no hemos cogido un taxi, hemos vuelto a casa andando. Andando. Y nadie nos ha puesto un dedo encima. Así que tal vez deba pensar bien lo que dice antes de volver a criticar Harlem. Permítame una pregunta —sigue mientras alza un dedo agarrotado y lo sacude frente a Carolyn. Es tan bajita que no lo sacude a la altura del rostro de su interlocutora, sino de su cinturón—: ¿A esta chica a la que le estaba gritando le paga la seguridad social? ¿Le ingresa dinero para un plan de pensiones? ¿Y qué me dice de las horas extras? ¿Se las paga más caras? ¡A lo mejor en lugar de insultar a su niñera por enseñarle a su hijo las bellezas de la ciudad, debería pensar en dejar de comportarse como una ricachona insolente!

—No es mi niñera —contesta Carolyn—. Es la mujer de mi marido. Y, por favor, métase en sus malditos asuntos.

—Esto es asunto mío, querida. Se necesita una ciudad entera para educar a un niño. Debería leer el libro. Hillary Clinton. Es maravilloso. Y le guste o no, yo soy parte de esta ciudad, querida. —La anciana empieza a andar sirviéndose del andador con dificultad.

—No soy sólo la mujer de Jack —me defiendo—. También soy la madrastra de William.

—¿Y eso qué significa? —replica Carolyn—. Te diré lo que significa. Nada. No significa nada. No tienes ningún derecho sobre mi hijo. Ninguno. Ninguno, ¿lo entiendes? Si vuelves a hacerle algo, si vuelves a tirarlo al lago, a llevarlo a Harlem o a patinar sobre hielo, o incluso a Central Park, y si no que Dios me castigue, haré que te arresten por maltrato infantil.

Caigo en la cuenta de que no ha mencionado lo del helado. Por lo visto hay secretos que William sí ha guardado.

Carolyn acerca tanto su cara a la mía que uno de sus largos, finos y castaños cabellos, elevado por la electricidad estática del calor creado y por su ira, flota entre nosotras y se me pega sutilmente al labio.

—No te acerques a mi hijo —silabea, y la saliva me rocía el rostro.

—Carolyn —interviene Sonia con mucho tiento—. Doctora Soule. Carolyn. —Tira suavemente de su brazo para alejarla de mí—. Delante del niño no. —Señala a William, que permanece de pie, con la mano aún sujeta a la de su madre, pero con el cuerpo echado hacia atrás como el que hace esquí acuático y se agarra a la barra. Tiene la vista clavada en el suelo, y cuando lo miramos, se le escapa una lágrima y luego otra. Está llorando en silencio, inmóvil, sin que los sollozos ni los temblores del llanto sacudan su cuerpo, está tieso como un cable sujeto por la firme mano de su madre y las lágrimas caen en las sucias baldosas de piedra del suelo de la portería.

Sonia rodea a su jefa con el brazo para apartarla de mí. A continuación libera la mano de William de la de su madre y la sustituye por la suya. Curiosamente, Carolyn no se opone, sucumbe a la templada autoridad de esta chica joven. Retrocede y luego desaparece rápidamente, cruzando la portería como un huracán hasta la calle, y dejándonos a Sonia, a William y a mí atónitos en medio de la sala.

—Gracias —le digo a Sonia.

Ella asiente con la cabeza, coge el elevador que Carolyn ha dejado en el suelo y conduce a William hacia la puerta. Yo los sigo y los observo mientras bordean los tiestos de cemento en dirección a Carolyn, que espera impaciente con una mano apoyada en la cadera. Me quedo junto a la puerta, lo más lejos posible de ellos, y veo cómo Carolyn para un taxi con un chasquido de dedos. Tiene más suerte que yo, aun llevando el espantoso elevador. Le abre la puerta a Sonia, quien entra y coloca el asiento. William sube al taxi y Sonia lo abrocha, comprobando que está bien sujeto. Entonces Carolyn se asoma por la ventanilla y le dice algo al conductor. Después cierra la puerta dando un portazo y levanta un brazo para detener otro taxi.

24

Cuando el taxista me pregunta adónde voy, titubeo; no soporto la idea de volver a casa, donde no tendré nada más que hacer salvo esperar a que Jack regrese para poderle explicar lo sucedido. De modo que digo:

—A Le Pain Quotidien, en Madison con la Ochenta y cinco.

Me siento de nuevo en la mesa compartida, y aunque no hay ningún bebé, sí hay un niño pequeño, varios años menor que William. Está comiendo un pastel de chocolate y me pregunto si tendrá o no lactosa. Pido un café con leche y estoy a punto de pedir un pastel de fresa con que mitigar la angustia que me anuda el estómago tras mi terrible encuentro con Carolyn cuando pido uno de vainilla recubierto de chocolate y sin lactosa, como el que pide William.

—¿Prefiere también que la leche de su café sea de soja? —pregunta la camarera.

—No —respondo.

Parece momentáneamente confusa, pero se encoge de hombros como si ya llevase demasiados años tratando de entender los complejos desórdenes alimentarios de las mujeres neuróticas del East Side y se hubiese jurado dejar de perder el tiempo.

Cuando me traen el pastel lamo la capa que lo recubre y luego le doy un mordisco. Es sorprendentemente sabroso, ligero y esponjoso, no está aceitoso como me esperaba que fuesen los pasteles cocinados sin mantequilla. Aun así, William tiene razón, no está tan bueno como el de fresa. Lamo la capa de chocolate concienzudamente.

No pensé que William lloraría como lo hizo. Es demasiado pequeño para que una escena lo incomode y, al fin y al cabo, seguro que era lo que quería. Quería que Carolyn lo rescatara de mí. Y, sin embargo, cuando ella ha dado rienda suelta a su lógica y colérica indignación, ha llorado.

Llamo a la camarera con un gesto.

—¿Está aquí el pastelero? —pregunto.

—No tenemos pastelero —contesta—. Nos lo traen todo de la fábrica de Long Island City.

—¿Y el dueño?

—Esto es una cadena. ¿Por qué?, ¿ocurre algo?

—No, no. Nada. Todo está estupendo. Es sólo que... me gustaría hacer una sugerencia.

La camarera suspira.

—Avisaré al gerente —anuncia.

El gerente es un hombre extraordinariamente educado, pero tajante, como si, en vista de la ubicación del restaurante, estuviese acostumbrado a tratar con un determinado tipo de cliente, un cliente que contempla la queja no sólo como un derecho sino como una obligación, que no titubea a la hora de escribir duras cartas dirigidas a los directores de las empresas o de montar bochornosos espectáculos en restaurantes atestados de gente.

—¿Qué puedo hacer por usted, señora? ¿Hay algún problema? ¿Puedo ayudarle en algo? —me pregunta con un acento de indefinido origen europeo.

—No, en absoluto. No hay ningún problema. Es sólo que mi hijastro es alérgico a la lactosa. Bueno, más o menos. En cualquier caso, él cree que lo es y su madre no le deja tomar productos lácteos. Le encantan los pasteles sin lactosa que tienen ustedes, pero sólo los hacen recubiertos de chocolate y vainilla. Me preguntaba si tal vez cabría la posibilidad de que añadieran pasteles recubiertos de fresa a la carta.

—¡Ah...! —exclama.

—Porque probó mi pastel de fresa y le encantó.

—¿Es alérgico a la lactosa, pero comió un trozo de pastel normal? —El gerente está desconcertado, es como si ya visualizara el juicio por culpa de un pastel; se imagina las declaraciones ante el juez, las peticiones de pruebas exigiéndole a la empresa que revele el secreto de sus recetas, los testigos expertos: científicos con un montón de diplomas en intolerancia a la lactosa y en la digestión de las enzimas de la leche.

—Es que, en realidad, no es alérgico. Pero él cree que sí.

—Y, sin embargo, quiere que siga comiendo pasteles sin lactosa.

«Bueno, no, si fuera por mí, no se produciría semejante locura, pero su madre insiste.»

—Sí.

—Ya veo.

—De modo que se me ha ocurrido que a lo mejor podrían hacer pasteles de fresa sin lactosa.

—Le hablaré de su sugerencia a Claudio, el jefe de la fábrica.

—Gracias, muchas gracias.

—De nada, señora. Que disfrute el pastel. Veo que ha optado por el que no lleva lactosa.

—Sí, quería probarlo.

—¡Ah...!

—Para ver si está tan bueno como el pastel normal.

—¿Y lo está?

—No.

—¡Ah!

—Está muy bueno, en serio, está delicioso. Pero, no sé, no está tan bueno como el otro.

El gerente se retira para que termine de comerme el pastel tranquila y pienso en lo feliz que será William si Claudio se toma en serio mi sugerencia y añade la fresa a su repertorio de pasteles sin leche. Tal vez William se alegre tanto que olvide lo sucedido en la portería de la guardería. Que olvide cómo su madre y yo le hacemos sentir. Que disfrute tanto con un pastel de fresa que se olvide de la ira que refleja el rostro de su madre cuando me mira. ¡Ojalá hubiese un pastel tan exquisito!

¿Qué necesito para olvidar?, me pregunto.

—¿Dónde está William?

Esto es lo primero que dice Jack incluso antes de colgar el abrigo en el armario de la entrada, cuando su paraguas todavía gotea por los laterales del gran paragüero galvanizado que hay en el rellano, junto a la puerta de casa.

—En casa de su madre.

De pie en el recibidor, le explico lo ocurrido y observo cómo Jack empieza a encogerse. El largo impermeable negro le va más largo, está más cerca del suelo, baja los hombros y los puños de la camisa ocultan sus manos. Se está encogiendo y arrugando delante de mis narices. Su propia desesperación le abate. Se deshace del abrigo, que va a parar al suelo de cualquier manera. Tira encima la cartera. Pasa por delante de mí y los bajos mojados de sus pantalones dejan un reguero de gotas de agua. Recorro tras él el largo pasillo hasta nuestra habitación.

—Todo irá bien —comento esperanzada. Revoloteo cerca de él, pero sin tocarlo. Me da miedo hacerlo. Es como si ambos fuéramos los polos de un imán y entre nosotros hubiese un campo de energía palpable que nos separara al uno del otro. O, mejor dicho, que me separase a mí de él. Me siento en la cama con las plantas de los pies en el suelo, la espalda recta y las rodillas juntas y apretadas. Parezco una niña pequeña que sabe que van a reñirle.

—¡Oh, mierda! —exclama Jack. Consulta el reloj y luego el despertador de la mesilla de noche como si quisiera verificar que realmente son las 18.17—. Mierda.

—¿Crees que tendríamos que ir a buscarlo? —Le pregunto—. Bueno, tú. Que tendrías que ir tú. ¿Crees que tendrías que ir a buscarlo?

—No lo sé.

Tengo que averiguar la forma de cambiar el sonido del teléfono. Para que sea menos agresivo. Algún sonido que no chille el nombre de Carolyn con tanta fuerza.

—Mierda —repite Jack. Su «hola» es tan inexpresivo que roza lo cómico. Igual que su alivio—. Es tu madre —me dice al pasarme al auricular después de unos instantes obligados de conversación formal.

—¡Hola! —saludo. No he hablado con mi madre desde que la dejé plantada en esa calle de las afueras y ya me preparo para disculparme.

—¿Qué pasa? —me pregunta.

—Nada, no pasa nada. Bueno, ¿te refieres a ahora o a lo de la otra noche?

Chasquea la lengua.

—Olvida lo de la otra noche. No tiene importancia. Sólo llamaba para asegurarme de que sigue en pie lo del paseo conmemorativo.

—Sí, vaya, eso creo. —Tapo el auricular con la mano—. Quiere saber si iremos al Paseo para Recordar.

Jack está de pie en el centro de la habitación, sujetando las solapas de su chaqueta como si no tuviese claro si quitársela o no.

—¿Por qué?

—Porque quiere venir.

—¡Oh! Supongo que sí. Seguro que sí.

—¿Mamá? —le digo—. A las cuatro en Strawberry Fields.

—Espera que lo apunto —contesta, y justo entonces suena el aviso de una llamada en espera.

—Un segundo —le pido y aprieto el botón de luz parpadeante. Naturalmente, es Carolyn.

—Me gustaría hablar con Jack, por favor.

—Hola, Carolyn. —Me asombra la frialdad de mi voz pese al nudo que siento en el estómago. Debe haber salido la abogada que llevo dentro; no en vano soy hija de mi padre—. Un momento —le digo. Vuelvo a contactar con mi madre—. Es Carolyn.

—¿Tienes que colgar? —me pregunta.

—Sí. Nos veremos en Strawberry Fields, ¿vale?

—Sí. Mmm... ¿Cariño?

—Mamá, de verdad, tengo que colgar.

—De acuerdo. Te quiero, mi amor.

—Yo también te quiero, mamá.

Le paso el teléfono a Jack. Pobre Jack. Tiro a su hijo al Harlem Meer y me peleo con su ex mujer, pero es él quien, descalzo, tiene que soportar que la voz de Carolyn le perfore el tímpano. Me asombra el modo en que me defiende, aunque también hay que decir que todos los argumentos que usa son míos; se limita a repetir las frases que utilicé yo para defenderme de su ataque.

—Fue un accidente.

—Tropezaron y se cayeron.

—No fue más que un poco de agua y barro.

Me siento especialmente satisfecha cuando le dice a Carolyn que exagera. Y más me impresiona Jack cuando le dice que cree que es hidrófoba. Excelente palabra. Espero a que le recomiende alguna terapia contra su aversión o una inmersión en el agua. Yo misma estoy a punto de ofrecerme voluntaria para hundirla en el Meer, pero no se muestra tan sarcástico. Y, encima, al final de la conversación, acaba disculpándose. Y luego dice:

—Vale, gracias. Te lo agradezco. Te lo agradezco.

—¿Gracias? —repito horrorizada—. ¿Por qué? ¿Por qué gracias?

Jack agita una mano para que me calle. A continuación cuelga el teléfono.

—¿Por qué demonios le das las gracias?

—Me ha dicho que no pretendía comentar nada del incidente. Que pensaba dejarlo correr, pero al ver que William estaba tan enfadado no tuvo otra opción.

—El incidente. —Me río con rabia—. ¿Le has dado las gracias por haber cambiado de idea y haber acabado gritándote?

—Le he dado las gracias por haber tenido la intención de dejar correr el tema. Sólo trato de torearla, Emilia. ¿Es que no lo ves? ¿No comprendes que es lo único que puedo hacer? Tengo que torearla. ¡Dios! Precisamente tú tendrías que entenderlo.

—¿Por qué? ¿Porque a mí también me tienes que torear?

—Yo no he dicho eso.

—Pero lo piensas.

—Dejémoslo, Emilia. —Se quita la chaqueta y la tira en el si-llón. Después se quita la corbata. Se desabrocha el primer botón de la camisa y se sienta pesadamente en la cama, a mi lado. Se frota con brusquedad la cara con las manos—. Estoy harto de todo esto.

Le cojo una mano y la sostengo entre las mías.

—Lo siento. Lo siento. No sé cómo he podido decir lo que he dicho. Todo esto es por mi culpa. —Le doy un beso en la palma de la mano—. Lo siento, Jack.

—Lo sé.

Acerco su palma a mi mejilla y la apoyo en ella. Es suave al tacto.

—¿Crees que conseguiremos que William venga con nosotros al paseo? —le pregunto.

—¿Qué?

—Ya sabes, el Paseo para Recordar. Por eso ha llamado mi ma-dre. Es el próximo domingo por la tarde. El día veintinueve. Es año bisiesto o como se llame. El último día de febrero.

Jack no retira la mano, pero tampoco me coge la mejilla como me gustaría que hiciera.

—¿Sigues queriendo que venga Will? —replica.

—Necesito que venga. —Y es verdad. Necesito que estemos juntos, incluido el niño, sobre todo él, para así poderle demostrar que estoy intentando enderezar las cosas y convertirme en la clase de madrastra que no tira a su hijastro al agua helada; la clase de ma-drastra en la que William confíe para cambiarse los pantalones su-cios. Si él viene con nosotros al paseo por el parque, podré empezar a rehacer mi vida y nuestra familia.

Le comento esto a Jack, y aunque no parece convencido, me dice:

—Pues vendrá.

—Pero Carolyn me advirtió que no volviera a llevarlo al parque.

—Carolyn no tiene vela en este entierro.

25

A media tarde del domingo 29 de febrero, Jack, William y yo vamos al centro de la ciudad, hacia Strawberry Fields y el mosaico circular blanco y negro con la palabra «Imagine» desde donde dará comienzo el Paseo para Recordar. Como soy meticulosa y me gusta tener las cosas controladas, me aseguré de apuntarnos a través de Internet, aunque eso me obligó a rellenar una casilla con el nombre y la fecha de nacimiento de mi «querido bebé». Pagué veinte dólares, la cantidad más alta, pero no quise encargar al Grupo de Apoyo, Pérdida y Duelo una camiseta o una sudadera conmemorativa del paseo.

Ignoro cuánta gente acudirá al evento. Mientras caminamos por Central Park West hacia la calle Setenta y dos, no dejo de mirar a los transeúntes pensando cuáles de ellos irán también al paseo. Intuyo que una mujer de aspecto melancólico que veo, que bien podría estar paseando su tristeza como si empujara un cochecito de bebé vacío, es una de nosotras, pero cuando sube las escaleras principales hasta la marquesina del elegante hotel Langham y entra en el cálido vestíbulo, me recuerdo a mí misma que se puede estar triste por muchas razones. Entramos en el parque detrás de dos mujeres rubias con *parkas* de esquí. Pese a la alegría que transmiten sus voces y a sus grandes vasos de café, están aquí para pasear y recordar.

—Ésta es tu entrada, Emilia —me dice William.

—¿A qué te refieres?

—Es la Puerta de las Mujeres. Se llama así. La entrada de la calle Setenta y dos Oeste es la de las mujeres.

Me veo incapaz de hablar con William del parque. Agradezco el hecho de que sepa tantas cosas de este lugar que adoro, pero esta tarde estoy demasiado ansiosa para participar de su alegría.

Strawberry Fields está abarrotado de gente que ha perdido a sus bebés. Demasiada como para que todos quepan cómodamente dentro del perímetro del mosaico; de modo que se colocan por los senderos de la zona que hay detrás de los bancos, que en verano se convierte en un prado verde y que ahora, en invierno, no es más que una extensión de tierra dura. Algunas personas se han reunido incluso más lejos, junto a las glicinas de ramas retorcidas y desnudas. En el centro del mosaico hay una mujer que sostiene una carpeta de pinza y se dedica a repasar los nombres de los asistentes. Está rodeada de una serpenteante cola y de dos mujeres que rebuscan en una gran caja de cartón que hay a sus pies.

—Voy a dar nuestros nombres —le anuncio a Jack.

Cuando logro colocarme en la cola, lamento haber tomado la decisión de venir esta tarde. Hace frío aquí, en Strawberry Fields, y me siento incómoda. La gente se sonríe con demasiada amabilidad, y hay mujeres que se han puesto encima de sus abrigos enormes camisetas con las palabras «Paseo para Recordar» impresas. Pasean entre la multitud mostrando cajas de pañuelos de papel. La mayoría de las personas llevan enganchado en el abrigo un pin de una gran estrella blanca. Cada estrella tiene un nombre grabado, y me pregunto si seré yo la única que piensa que se parecen desagradablemente a las estrellas amarillas de la Alemania nazi. Mientras espero en la cola, leo los nombres que figuran en las estrellas de los abrigos de la gente que me rodea. «Jacob, 16/12/03», «Tallulah, 3/3/01». Algunas mujeres llevan más de un nombre impreso en su estrella, y me pregunto qué clase de desdicha habrá envenenado sus vidas. Me sobresalto al ver a una mujer que lleva un abrigo rosa fucsia y unas botas Ugg de color turquesa, y en cuya estrella aparecen tres nombres. La miro con detenimiento. A dos de los nombres los separan sólo tres meses y el tercero está fechado seis meses después. Con un vértigo que por poco me tumba, me doy cuenta de que esta mujer ha puesto nombre a tres abortos. Henry Marcus, Jackson Felipe y Lucy Julianne. ¿Cómo es posible que supiera su sexo?, me extraño. Por lo menos en uno de los casos era demasiado pronto para que en la ecografía se pudiese saber el sexo.

Sé que es injusto que me dé asco esta rubia vestida de rosa y aspecto alegre; al fin y al cabo, lo que está claro es que sus embarazos han sido de riesgo. Y sé lo duro que eso resulta. He visto lo mal que lo ha pasado Mindy al sufrir un aborto detrás de otro. Me da la impresión de que esta mujer sería la madre perfecta, una madre que insistiría en mudarse de Westchester a Nueva Jersey para que sus hijos no tuviesen que limitarse a dar vueltas en bici delante del portero, una madre que participaría activamente en UrbanBaby.com, que compartiría su bondad y sus conocimientos, una madre que prepararía comidas ricas y equilibradas y pondría en la nevera la pechuga de pavo para conservarla fresca, una madre que utilizaría una cuchara especial para que sus hijos desayunasen bolas de papaya y melón. No tengo ningún derecho a criticarla sólo porque les ha puesto nombres a los bebés que ha perdido.

De pronto me asalta una idea repugnante. ¿Habrá Mindy puesto nombres a sus abortos también? Espero que no. Espero que sea una de las madres en cuya estrella nada más aparece una lista de fechas, lo cual ya es suficientemente tétrico.

—¿Cómo se llamaba tu ángel?

—¿Disculpa? —respondo.

—¿Tu pequeña estrella? ¿Tu bebé? —La mujer de la carpeta de pinza pone cara de payaso triste con la cabeza ladeada y las cejas fruncidas. Es inquietantemente parecida a la que a veces pone Simon. Aun así, su voz es muy agradable. Es melódica. Relajante.

—Isabel. Isabel Woolf.

Pasa varias hojas hasta llegar a la última y hace una marca. A continuación señala a las mujeres encargadas de la caja.

—Ellas tienen tus estrellas. Una es para que te la enganches y la otra está hecha de celulosa y al final del paseo la tiraremos al estanque para que flote.

Me dispongo a coger mis estrellas cuando reparo en la que la mujer lleva enganchada en su grueso abrigo verde. Sólo pone un nombre: «William, 19/7/98».

—¡Oh! —exclamo.

Acerca la mano a la estrella.

—Llevo muchos años haciendo estos paseos —declara.

—No, no es eso. Es que... mi hijastro se llama igual.

Me sonríe.

—Es un nombre bonito.

—Sí.

Acaricia la estrella como si se tratase del pelo suave y aterciopelado de su hijo.

—Mi abuelo se llamaba William. Por eso le pusimos ese nombre, aunque le llamábamos Billy. William nos parecía un nombre
muy de adulto para un niño pequeño.

—¿Cómo...? Da igual, no es de mi incumbencia.

—No, no. Haces bien en preguntar. Aquí nos gusta hablar de
nuestros bebés. Para la mayoría de nosotros es el único momento en
que podemos hablar de ellos. Murió de muerte súbita. Billy murió
de muerte súbita.

—Isabel también. Murió de lo mismo.

Se acerca a mí e inclina la cabeza para que nadie pueda oírnos.

—Es una forma terrible de perderlos. Todas las muertes son
malas, pero la muerte súbita es la peor. Y no es sólo mi sentimiento,
es que es así. Lo peor es el misterio, no saber nunca por qué ocurrió.

Me aparto tras su secreta y seductora confesión, y le pregunto
con naturalidad:

—¿Tienes más hijos?

Noto que mi rechazo a aceptar su intento de secretismo le ofen-
de. Aun así me dice:

—Naturalmente. Billy era el segundo y hemos tenido dos más
desde que murió. Tenemos cuatro hijos, contando a Billy. Viven
tres. Y ahora será mejor que me ocupe del resto de la cola. No tar-
daremos en empezar el paseo. Y no olvides coger una vela para cada
una de las personas con las que hayas venido.

Sostengo en la mano la estrella de cartón con el nombre y la fecha de nacimiento de Isabel. ¡Qué extraño me resulta su nombre
sin el apellido paterno! Sólo pone Isabel Greenleaf. Como si Jack

no formase parte de su vida para nada. Cuando la registramos con mi apellido antecediendo al de su padre, nunca se nos ocurrió que acabarían llamándola sólo por el apellido materno. No me apetece engancharme el pin en la solapa.

—Emilia —me dice Jack, que aparece a mi lado—. He encontrado a tus padres.

—¿A mis padres?

Allí, de pie, en la luz grisácea de la tarde, cogiendo a William con fuerza de la mano, está mi padre con una orgullosa y tímida sonrisa en el rostro. «Mira —dice su sonrisa—. Mira lo bueno y comprensivo que soy. He ido a buscar a mi ex mujer y he cruzado el George Washington Bridge para darte mi apoyo como abuelo.» Mi padre tiene una expresión dulce, se parece a como debería haber sido Clark Kent, de haber querido realmente conservar su anonimato. Mide un metro ochenta y es de complexión media, aunque tras el divorcio engordó porque comía en restaurantes y desayunaba a base de donuts Krispy Kremes. Tiene el pelo gris, casi blanco, que se extiende sobre su cuero cabelludo pecoso y rosado como si esperase a que un fuerte viento se lo llevara de pronto. Cuando se presenta como candidato a la presidencia de la Asociación de Abogados o cuando le presentan por primera vez a un amigo de alguna de sus hijas, parece muy jovial. Es propenso a los estallidos de optimismo y buen humor con ocasionales momentos de bajón y arrebatos de ira inexplicables.

—Siento mucho haber llegado tarde —se excusa mi madre—. No pensamos que un domingo de pleno invierno habría tráfico para llegar hasta aquí. Y luego hemos tenido que aparcar. Ya conoces a tu padre, nunca aparca a la primera. Se dedica a dar vueltas y más vueltas. Pensé que no llegábamos. —Habla deprisa para que pueda recuperarme de la sorpresa de ver a mi padre allí, de verlos juntos.

—¿Quién te ha dicho lo del paseo? —le pregunto.

—Yo —confiesa William con naturalidad. Balancea el brazo de mi padre hacia delante y hacia atrás, como si fuese una cuerda de saltar. Yo hacía lo mismo cuando era pequeña.

—¿Se lo has dicho tú?

Mi padre interviene.

—Llamé el otro día, ¿no te lo dijo William? Estabais a punto de iros a explorar el pinar.

—No teníamos ninguna intención de ir al pinar —replico—. Tú sugeriste que fuéramos, pero fuimos al Ramble y al Conservatory Garden.

—Y al Harlem Meer —matiza William con picardía y a continuación se ríe y se esconde juguetón debajo del brazo de mi padre.

Mi padre tira de él y lo saca varias veces de su escondite. De toda la multitud congregada para el Paseo para Recordar, son los únicos que ríen y bailotean, y desearía que parasen.

—William me comentó lo del paseo, y cuando supe que tu madre también venía, pensé que el viejo Greenleaf debía participar con su familia. Al fin y al cabo, hace mucho tiempo que no veo el parque iluminado de noche.

—¡Eso mismo dije yo! —exclama William—. Dije que quería venir para ver las luces.

—¿No te pones la estrella, cariño? —me pregunta mi madre.

Bajo la vista para mirar la estrella de cartón que llevo en la mano. La he estado sujetando con demasiada fuerza y una de sus puntas está doblada. Procuro alisarla, pero no lo logro. Me la engancho en el pecho y la punta doblada se levanta.

—Sólo tengo cuatro velas —comento.

—Iré a buscar otra —se ofrece Jack. Vuelve enseguida y nos ponemos a ajustar los envoltorios de papel de cera para proteger las velas del viento.

Al cabo de un momento un murmullo recorre la multitud, un zumbido de expectación. La mujer de la carpeta de pinza, la madre del William que se fue en plena madrugada, como Isabel, dice con su voz clara:

—Bienvenidos a este especial Paseo para Recordar que ha caído en año bisiesto. Enseguida nos pondremos en marcha. Caminaremos en dirección este hacia la Bethesda Fountain, y luego giraremos al norte. Si por alguna razón os apartáis del grupo, que sepáis que el paseo acabará en el estanque usado para los barcos dirigidos por radiocontrol, junto a la estatua de Hans Christian Andersen. Quiero recordaros que es importante realizar el paseo en silencio hasta el final, cuando tendrá lugar la tradicional lectura del poema y la ceremonia.

La multitud se dispersa lentamente, iniciando el paseo por el sendero. Mi padre coge a William de la mano y alguna que otra vez se susurran cosas. El susurro de William se oye más que el de un actor de una obra de Shakespeare; es un susurro dirigido a los espectadores de la galería del teatro. Un hombre de nariz aguileña y abrigo hecho a medida nos dirige varias miradas de reprobación. Finalmente, su mujer le agarra del brazo y aceleran el paso para alejarse de nosotros y nuestro mal comportamiento.

—¡Chiss! —le indico a mi padre.

—¡Este niño no sabe quién fue Daniel Webster! —dice él en voz baja justo cuando pasamos por delante de la gran escultura de bronce del ceñudo orador. William imita su postura poniendo una mano en la solapa de la chaqueta, y mi padre se ríe. Es un fan de Daniel Webster. Colecciona las biografías de abogados ya fallecidos: Clarence Darrow, Oliver Wendell Holmes, Louis Nizer.

—Sheldon —le reprende mi madre—. Shelly, cállate. Estás molestando a los demás.

Jack me rodea los hombros con el brazo y me atrae hacia sí al tiempo que me da un tierno beso en la sien. Seguimos andando hacia la fuente Angel of the Waters.

Está empezando a oscurecer y las luces naranjas *art nouveau* resplandecen. El largo tramo de escaleras que conduce al Bethesda Terrace y la fuente está cubierto de una fina capa de hielo, y, con cuidado para no resbalar, pisamos sobre las huellas de quienes han pasado por ahí antes que nosotros. Me vuelvo para mirar a mi madre, que está detrás de mí. Lleva botas de invierno con gruesas suelas de goma y camina con más seguridad que yo.

El paseo hace un alto en la fuente y la gente se coloca alrededor del estanque circular, sus titilantes velas se reflejan en el agua. En el centro se yergue la inmensa estatua de bronce, una mujer alada sujetada por cuatro querubines, angelitos de pelo rizado como los bebés que no tenemos. Estoy de pie entre Jack y mi madre mientras aguardo algún cambio, alguna curación transformadora y divina. Sacudo los pies porque tengo frío y se me apaga la vela.

—Mierda —murmuro.

Jack acerca su vela a la mía y junta las dos mechas.

Me vuelvo hacia la fuente. Alrededor del estanque hay miembros de la organización con camisetas distribuyendo pañuelos de papel. Hay un montón de caras surcadas por las lágrimas. Hasta se oye algún que otro sollozo. Tardo un poco en localizar a mi padre y a William. Están en el borde del lago, arrojando piedras al agua. La gente ha empezado a dispersarse para continuar el paseo. Me concentro, desesperada por sentir algo rápido antes de que sea demasiado tarde. Es ahora cuando tengo que liberarme de la culpa que está anudada en mi garganta. Intento visualizar el rostro de Isabel, pero no es más que un rostro de bebé, tierno e informe, demasiado parecido a los de otros bebés como para que lo recuerde con nitidez. En lugar de eso, pienso en Emma Stebbins, que diseñó esta escultura, dicen que en honor de su amante, la actriz Charlotte Cushman, que estaba enferma de cáncer de pecho. Incluso he oído que por eso el ángel tiene los pechos tan grandes, porque Charlotte también los tuvo así antes de sufrir los horrores de una mastectomía del siglo XIX. Pero los senos de Charlotte Cushman y la recargada escultura de Emma Stebbins no es en lo que debería estar pensando ahora mismo.

—Sigamos andando —me dice Jack al oído. Siempre solícito, nos guía a mi madre y a mí, dándonos una mano a cada una. Al cruzar el terraplén y andar por el sendero en dirección norte, me vuelvo para comprobar si mi padre y William nos siguen. Pero no los veo por ninguna parte.

—¿Dónde se han metido? —pregunto.

Jack otea el lago y después el terraplén.

—¿Qué ocurre? —se inquieta mi madre. Sigue hablando en voz baja, aunque a estas alturas ya nos han adelantado todos en dirección al serpenteante sendero que desemboca en el estanque de los barcos dirigidos por radiocontrol.

—¡Papá! —grito—. ¡Papá! ¡William!

—Quedaos aquí —nos ordena Jack. Sale corriendo hacia el terraplén llamando a William. No tarda mucho en encontrarlos. Tan sólo unos momentos. En realidad, no se han escondido y no se han ido lejos. Los dos están en la Arcade, en el túnel que hay debajo de las escaleras que conducen al terraplén.

—Nono va a venir conmigo a ver el rodaje de Lyle —anuncia William. Levanta uno y otro pie subiendo las rodillas hasta arriba—. Estábamos practicando los pasos de baile.

—¿Te acuerdas de cómo solíamos bailar tú y yo como Lyle y el signor Valenti cuando eras pequeña? —me pregunta mi padre.

—Venga, intentemos alcanzar al resto del grupo —sugiere Jack.

—Lo siento —se disculpa mi padre—. Supongo que William y yo nos hemos despistado con tanto baile. —En la Arcade está mucho más oscuro y se nos han apagado todas las velas.

Siento cómo crece en mí la venenosa vergüenza de la que llevo tanto tiempo tratando de huir. Y la descargo sobre él, porque él también tiene motivos para estar avergonzado.

—¿Qué haces aquí? —le pregunto.

—Es que no queríamos interrumpir tan solemne acontecimiento con nuestros juegos —contesta mi padre— y hemos pensado que lo mejor sería ensayar aquí, en la Arcade.

—No, me refiero a qué haces aquí, en el parque. ¿Por qué te has molestado en venir?

Jack, que estaba intentando reconducir a mi madre y a William hacia el terraplén, se detiene. Se queda inmóvil, como un soldado cuya labor consiste en desactivar minas terrestres. Lenta, muy lentamente, alarga el brazo, pero yo no dejo que me agarre.

—¿Por qué te has molestado en venir? —repito en voz más alta.

Mi padre me mira, después mira a Jack y luego a mi madre. Está demasiado oscuro para captar su expresión.

—Ya sabes por qué he venido —responde al fin—. Para mostraros mi apoyo a ti y a Jack.

—No, has venido para jugar en el parque de noche.

Se ríe nervioso.

—No digas tonterías, cariño. Estoy aquí por ti. Por vosotros dos, y por Isabel.

—¡Cómo te atreves! —le chillo—. ¡No pronuncies su nombre!

Ahora Jack actúa con rapidez. Me agarra bruscamente del brazo y medio me guía medio me arrastra fuera de la Arcade, hacia el terraplén.

—Vamos —ordena—. ¡William! —exclama por encima de su hombro—. Ven conmigo ahora mismo. —Ya en el terraplén Jack se detiene y sé que está intentando decidir si tratar de alcanzar la lejana comitiva de diminutas velas titilantes o simplemente dar media vuelta e irnos a casa. Es ese momento de indecisión el que le permite a mi padre reunirse con nosotros.

—¡Emilia! —grita mi padre indignado. Su sombrero está ladeado y respira con dificultad tras la corta carrera—. No consentiré que me hables de este modo.

La furia se extiende por mi pecho y sube por mi garganta. Justo antes de explotar atraigo la atención de mi madre. Ha corrido detrás de mi padre e incluso a la luz amarilla de Central Park al anochecer puedo ver lo que siente. Está tan acostumbrada a esto, tan acostumbrada a someterse al poder de mi ira. Al fin y al cabo, ¿qué otra cosa ha estado haciendo durante toda su vida salvo renunciar a su felicidad, incluso a su esperanza de felicidad, a favor de los caprichos de cuantos la han rodeado, especialmente los de su hija? Está tan resignada ante el devastador espectáculo que voy a montar por el complicado amor que le une a este hombre que ni siquiera se le ocurre preguntarme qué derecho tengo a destrozar lo que no soy capaz de entender. Está resignada a la inevitable demolición de cualquier estado satisfactorio que haya logrado reconstruir.

Veo esto, lo sé, pero es demasiado tarde.

—¿Que no consentirás que te hable de este modo? —repito indignada.

—No, no lo consentiré.

—Pues ¿sabes lo que yo no consentiré? No consentiré que te acerques al niño. No consentiré que toques a William o incluso que hables con él. No quiero que corra el riesgo de contraer cualquier enfermedad que te haya contagiado tu bailarina de *striptease*.

Bajo la tenue luz observo cómo el rostro de mi padre se hunde como una mina de carbón tras una defectuosa explosión de dinamita. Primero su boca se encoge, después se le hunden los ojos. Sus arrugas se intensifican hasta que su cara parece un puño cerrado.

—Emilia —interviene Jack—, ¿qué estás haciendo?

Me vuelvo a mi marido.

—¿Sabes por qué se divorciaron mis padres? Porque mi padre se gastaba miles de dólares al mes en una bailarina de *striptease* rusa. Sheldon Greenleaf, presidente de la Asociación de Abogados de Nueva Jersey y adicto al sexo. Quién sabe, a lo mejor ha estado haciendo esto durante todo su matrimonio con mi madre. A lo mejor cada vez que llevaba a sus hijas pequeñas a la ciudad para que pasaran el día jugando en el parque y subiéndose a la estatua de Balto lo que buscaba era sexo.

Somos un cuadro petrificado, silencioso, únicamente se oye nuestra horrorizada respiración. Entonces Jack se agacha y coge a William en brazos. Se va dando zancadas; en cuestión de segundos cruza el terraplén y sube las escaleras de dos en dos. Es una mancha negra a la luz de las farolas. Después desaparece.

—Vamos, Shelly —dice mi madre—. Pararemos un taxi para que nos lleve hasta el coche. —Desliza la mano por debajo del antebrazo de mi padre y se alejan a paso lento, de pronto parecen mucho más viejos que los sesenta y cinco años que tiene mi padre. Cuando están en los pies de la escalera, mi madre se vuelve.

—Ve con el resto del grupo —me dice—. Es casi de noche y no deberías pasear sola por el parque.

Y entonces me quedo sola. Meto las manos en los bolsillos y encuentro la segunda estrella de Isabel, la que se supone que tengo que tirar al agua del estanque. Aunque es demasiado tarde para la sanación, aunque he maldecido y desdeñado cualquier sueño reparador y rejuvenecedor que tuviera acerca de este paseo conmemorativo, corro para dar alcance a la multitud que ha perdido a sus hijos. Hay una maraña de senderos que conducen desde la Bethseda Fountain por el East Drive hasta el estanque de los barcos y no estoy segura de cuál coger. Ya no veo la tenue hilera de velas, de modo que voy hacia un camino y me desvío por donde creo que está la estatua de Hans Christian Andersen. Pese a que conozco bien esta zona del parque, de noche todo se ve distinto, remodelándose y reconstruyéndose en una nueva y extraña topografía, y hasta que vislumbro el Trefoil Arch no estoy del todo segura de adónde me dirijo. Corro escaleras abajo hacia el oscuro agujero del arco mientras mis pasos resuenan con fuerza. Está oscuro, tengo miedo y estoy completamente sola. Salgo a la luz tenue y echo a correr por la colina, ya apartada del sendero, pisando el barro y la hierba muerta hasta que veo el dorso del hombre de bronce sentado con su libro y su pato.

La muchedumbre se ha arremolinado alrededor del agua y llego a tiempo para escuchar los últimos versos del poema que alguien a quien no veo lee con voz temblorosa y sollozante.

—Tu dulce recuerdo vive en mi corazón. Una tierna lágrima, un vacío en mis entrañas. Siempre mío, siempre parte de mí. Una amarilis, un lirio, siempre en flor.

Hago una mueca de contrariedad. Una discusión irreparable con mis padres y poesía barata. Sin duda, éste es un paseo para recordar.

En pequeños grupos, parejas y familias, o simplemente mujeres solas, la gente se acerca al estanque, se agacha, pronuncia en voz alta el nombre de su bebé y tira su estrella de celulosa al agua helada. El agua está parcialmente congelada, pero la lluvia ha hecho su trabajo y ha dejado suficiente líquido para que las estrellas se disuelvan. Observo durante un rato. La mayoría de la gente ha empezado a llorar, las parejas se sostienen unas a otras, los hombres sujetan a sus esposas para que no se caigan. Las mujeres que reparten pañuelos de papel están muy atareadas yendo de un lado a otro con sus cajas y sus abrazos de apoyo. Envidio la facilidad con que exteriorizan su dolor. Toco con los dedos la estrella de mi bolsillo. De nada me servirá llevármela a casa. Ya tengo la otra, la de la punta torcida, enganchada en el abrigo y, al fin y al cabo, ¿qué haré con ella?

Me arrodillo junto al borde del estanque, me quito el guante y me arremango el abrigo y el jersey. Después, con la estrella en la mano, me inclino sobre el estanque y meto la mano a través del hielo en el agua helada. El impacto del frío me quema la mano, es una quemazón helada, pero aprieto los dientes y mantengo el puño en el agua. Los dedos no tardan en entumecerse y apenas noto cómo la celulosa de la estrella se ablanda y se deshace. La apretujo, sujeto en mi puño la estrella de Isabel medio deshecha unos cuantos segundos más y entonces se desintegra. Abro el puño y dejo los dedos en el líquido helado, pero no lo resisto mucho tiempo. Cuando saco la mano, está anestesiada, como una extremidad inerte que cuelga de mi manga.

—¿Quieres un pañuelo? —me pregunta una mujer que lleva una camiseta con las palabras «Paseo para Recordar» impresas.

—No, gracias —contesto mientras me seco la mano y el antebrazo en el abrigo. Vuelvo a introducir los dedos entumecidos en el guante.

—Estoy avisando a la gente para que abandone el parque en grupo por la calle Setenta y dos Este —comenta—. Cuando estés lista.

—Creo que me iré en la otra dirección —replico—. Vivo en el West Side.

—No, no lo hagas. Es muy peligroso caminar por el parque sola de noche.

Se equivoca. Central Park es ahora un parque seguro, incluso de noche. Ya no es lo que era, el lugar donde se cometió el primer asesinato justo en el año en que se acabó de construir. Mientras camino envuelta en la oscuridad vacía pienso en un tocayo de William. En 1870, un hombre llamado William Kane fue tomado erróneamente por católico y un grupo de orangistas protestantes lo apuñalaron y dispararon hasta matarlo. Cuando William sea un poco más mayor le contaré esta historia. Habla de los orangistas, de la violencia y de un hombre llamado William. Averiguaré dónde fue asesinado exactamente. Hasta es posible que en alguna parte haya un monumento en su honor que no conozco. Tal vez William y yo lo visitemos en peregrinación y le hagamos nuestro homenaje particular. Es una lástima que sea demasiado pequeño para conocer una historia de un asesinato, porque habría sido una forma perfecta de que olvidara esta terrible y desafortunada tarde.

No tardo mucho rato en cruzar el parque. Salgo por la calle Setenta y siete y recuerdo, como me recordaría William, que es la puerta de los exploradores. Llego pronto a casa, pero estoy helada, y tengo las manos y los pies agarrotados por el frío, sobre todo la mano que he metido en el agua del estanque. Manejo las llaves con torpeza y hago un montón de ruido al entrar en casa. Sin embargo, y aunque sé que están (sus abrigos y sus botas están en el recibidor), Jack y William no salen a recibirme. Ni siquiera contestan cuando los llamo vacilante.

Me encuentro a William en el salón, haciendo lo inimaginable.

—¿Qué estás viendo? —le pregunto.

—*Walking with Prehistoric Beasts*.

—¿Y es buena?

Se encoge de hombros sin apartar la vista de la pelea de los dinosaurios que aparecen en la pantalla.

—Siento lo que ha pasado antes, en el parque. Supongo que he perdido el control.

Se encoge de hombros otra vez.

—Es sólo que... no sé... estoy enfadada con mi padre. Con Nono.

—Si hablas, no puedo escuchar lo que dicen en la película.

—¡Oh! Claro, perdona.

Me asomo al despacho de Jack, pero no está ahí. La puerta de nuestra habitación está cerrada y me quedo frente a ella unos segundos, casi sintiéndome obligada a llamar.

Jack está tumbado en la cama con las piernas cruzadas a la altura de los tobillos y los brazos doblados detrás de la cabeza. Tiene los ojos cerrados y sus párpados parecen translúcidos bajo la intensa luz de la lámpara de la mesilla de noche; tienen un resplandor rosa con un leve matiz azulado que le proporcionan sus finas venas. Su piel, en verano de color castaño claro, un marco perfecto que resalta su penetrante mirada, ahora está pálida. Es tan guapo, está tan bien formado y proporcionado, está hecho a mi medida.

—Lo siento —me disculpo.

Abre los ojos.

—Ya no puedo seguir con esto.

—Siento haber perdido los estribos. La situación me ha desbordado. Las estrellas de cartón. Los embarazos ectópicos a cuyos fetos habían puesto nombre... Ha sido todo un poco.

—Esto no es un permiso carcelario, Emilia. La muerte de Isabel no te da derecho a hacer y decir lo que te dé la maldita gana, ni a herir a quien te dé la gana.

—Lo sé.

—No, no lo sabes.

Me quedo a los pies de la cama, agarrada al estribo. Lo sujeto con fuerza, porque no puedo abrazarlo a él. Sé que no deja que me acerque. Ha tenido tanta paciencia conmigo este hombre, este marido tan chapado a la antigua y caballeroso, que el chaparrón me coge desprevenida. Mi intuición, mi presciencia, mi precognición de todo lo relacionado con Jack Woolf me falla. No estoy en absoluto preparada para su indignación ni para todas las palabras que ha reprimido durante estos meses de silencioso apoyo.

—He sido un estúpido —declara—. No me puedo creer que me haya dejado engañar pensando que era el amor de tu vida. —Pronuncia la frase con indiferencia y desdén, y con ironía.

—Lo eres. Eres el amor de mi vida. —Intento que mi tono de voz se ajuste a la grandeza que sé que siento, pero por alguna razón mis palabras suenan tan falsas como las suyas.

—¿Sabes por lo menos por qué te enamoraste de mí? —me pregunta. Su rostro se sonroja y contrasta bruscamente con la piel azulada que hay debajo de su barba incipiente.

—¿A qué te refieres? Eres mi *bashert*. Me enamoré de ti nada más verte.

—¡Basta! —chilla. Echo la cabeza hacia atrás y los hombros me crujen. Me siento como suenan las ramas secas del parque cuando se parten debajo de mis pies.

—¡Basta de tonterías! Lo único que te estoy pidiendo es que pienses un momento con claridad. Sólo un momento, Emilia, nada más. Haz un esfuerzo, ¿vale?

—Vale —susurro.

—Siempre has sido la niña de los ojos de tu padre, ¿verdad?

No me molesto en contestar porque salta a la vista que la pregunta es retórica.

Sin embargo, hoy Jack no da nada por sentado.

—¿Verdad? —insiste.

—Sí.

—Y estudiaste derecho igual que él.

—Sí.

—Y te gusta el parque igual que a él.

—Sí.

—Y luego, cuando destrozó a tu madre y su matrimonio, decidiste demostrar que eras exactamente como él.

Me alejo de la cama y retrocedo hasta el silloncito que hay en la esquina de la habitación. No me siento, pero noto cómo presiona contra mis pantorrillas.

—Contesta —ordena Jack. Se sienta y sus piernas cuelgan del borde de la cama.

—Me estás interrogando.

—No.

—Sí, me estás interrogando. Me estás haciendo preguntas cap-
ciosas. Me tratas como a un testigo de la parte contraria.

—No me has contestado. No quieres hacer frente a la verdad.
Tu padre engañó a tu madre y tu reacción fue liarte con un hombre casado. Tu reacción fue demostrar que podías ser tan mala
como él.

—No es cierto —objeto. Respiro con fuerza por la nariz y me
duele la mandíbula de apretarla.

—Te has pasado la vida intentando demostrar que eres como tu
padre, que no eres sacrificada como tu madre. Por eso cuando hizo
lo que hizo, tenías que hacer algo equivalente.

—No.

—Te comportas como si tú fueras la víctima. Te comportas
como si acostándose con esa bailarina de *striptease* tu padre te hubiese traicionado a ti y no a tu madre. Estás celosa.

—¡No estoy celosa!

—Piénsalo.

Y al hacerlo me doy cuenta de que, naturalmente, tiene razón.
Estoy furiosa con mi padre. Estoy furiosa desde que mi madre me
contó lo que había hecho mi padre, y no porque la hubiera engañado, sino porque me había engañado a mí. Con su actitud desprecia-
ble y repugnante, descubrí la realidad asquerosa y lasciva de su se-
xualidad, y eso ensució para siempre el romanticismo inocente de
nuestra relación. Nunca más podré darle la mano y pasear por los
senderos del Ravine o disfrutar de un picnic sobre una manta en el
claro que hay debajo de los históricos robles rojos, ni sentarme frente a él en un restaurante sonriendo mientras tomamos sendas copas
de vino, porque, a diferencia de otras hijas, sé dónde han estado las
manos de mi padre. Me resulta muy fácil imaginármelas entre los
muslos de una chica diez años menor que yo. Creo que todas las relaciones estrechas entre un padre y su hija tienen una pizca de romanticismo. Lo que mantiene la perversión a raya es la ausencia total de hasta la más mínima insinuación sexual. Ahora esa barrera ha
desaparecido entre nosotros y con ella la posibilidad de una intimi-

dad inocente. Mi padre nos la robó al meter sus billetes en el tanga de Oksana. Mi madre me la robó cuando me lo confesó.

Me desplomo en el mullido sillón, el sillón que Jack me regaló y cargó hasta casa a hombros porque no cabía en el taxi y me gustaba tanto que no podía esperar cinco días para que me lo trajeran. Me hundo en el blando almohadón de plumas y presiono mis dedos temblorosos contra la desgastada tela de los brazos del sillón.

—No es verdad —miento al fin cuando me veo capaz de hablar.

—Sí lo es. Mira con quién te has casado. —Suelta una amarga carcajada—. Con un abogado bajito y judío de Nueva York. ¡Dios! Pero ¡si soy un calco de tu padre, sólo que un poco más joven! Soy el viejo amigo Woolf.

—No, no eres como mi padre. No te pareces en nada a él.

—¡Oh! ¿Es ése el problema, Emilia? ¿Que no soy como tu padre? A lo mejor serías más feliz si fuese por ahí tirándome a todas las bailarinas de *striptease* rusas de Nueva Jersey.

—¿Cómo puedes decir una cosa así? ¿Estás loco o qué?

—¿Yo, loco? ¿Y qué hay de ti, Emilia?

Se levanta de golpe y empieza a pasear por la habitación mientras se mesa el pelo.

—No me puedo creer que le haya hecho esto a mi hijo —dice—. No me puedo creer que haya arruinado su vida por esto. ¡Por esto! —Se detiene en seco en medio del cuarto y expresa el asco que siente abriendo los brazos para abarcar la habitación entera—. Le he impuesto tu presencia a mi hijo para nada. Para nada.

—¿Cómo puedes decir eso? —Me pongo de pie. Ahora estoy tan enfadada como él—. ¿Qué quiere decir que le has impuesto mi presencia? ¿Qué coño quieres decir con eso? Ya has soltado tu brillante discurso freudiano. ¿Y qué? Todo el mundo tiene una jodida razón para estar con quien está. A ti te gustan las mujeres con el culo grande; ¿te parece eso más puro? ¿No te has fijado nunca en el tamaño del culo de tu madre? No puedes negar el valor de las decisiones emocionales sólo porque crees haber descodificado sus orígenes psicológicos.

Jack replica:

—He obligado a William a estar con alguien que no le tiene cariño. Le he obligado a vivir con alguien que no lo quiere. —Habla en voz baja para que su hijo no pueda oír sus palabras, pero su rostro está ahora completamente encendido.

—¡No tienes ni idea de lo que siento por William! ¡Ni idea!

—¡Pues dilo! Si lo quieres, dilo.

—Eso son tonterías, Jack. Si lo digo porque me lo pides, ya no tiene ningún valor.

—¡Dilo! Di que lo quieres.

—¡Que te jodan! No pienso hacerlo. ¡No pienso decirlo sólo porque tú quieras que lo haga!

Se vuelve. Junto a la puerta de la habitación hay una pequeña papelera metálica con un dibujo de una bailarina de cancán de Touluse-Lautrec vestida con unas enaguas rojas con volantes. Jack le propina una patada a la papelera, que se estrella contra la pared. La golpea una y otra vez hasta que se deforma y se retuerce, y el pie se le queda enganchado en el metal. Lo saca y se sienta pesadamente en el suelo, con la cabeza hundida entre las manos. Le tiemblan los hombros.

Vuelvo a sentarme en mi precioso sillón.

—Sí —digo.

—¿Sí? ¿Sí, qué? —replica sin levantar la cara.

—Que sí, que estoy como una cabra.

Tarda unos instantes en responder. Y luego dice:

—Vete al infierno, Emilia.

—Ya estoy en él.

—¡Oh, por Dios!

—Estoy en el infierno desde que murió Isabel.

—Esto no tiene nada que ver con Isabel.

—Sí, sí tiene que ver, sí.

Se me acerca. Me agarra de la barbilla y me obliga a mirarlo a los ojos.

—Emilia, estás en el infierno porque tú quieres. Y nos arrastras a todos contigo. No eres la única mujer que ha perdido un bebé. A

mí también me partió el alma perder a Isabel, pero no es el fin del
mundo. La vida no acaba ahí. Tenemos que seguir adelante. Hemos
perdido a nuestro bebé, Emilia, no nuestras vidas.

—No perdí a nuestro bebé.

—¿Qué?

Nuestras caras están separadas por unos centímetros. Su mano
sigue en mi barbilla para que no deje de mirarlo. Noto su aliento en
mis labios. Puedo oler el café que ha tomado hoy, la cebolla de la comida y el chicle de canela que ha mascado.

—No perdí a Isabel. La maté.

Y así es como confieso mi verdadero delito, el crimen que hace
que lo que haya o no haya sentido por mi padre sea una nimiedad
en comparación. Evoco aquella noche, el 17 de noviembre de 2003.
Estoy tumbada en nuestra cama con la niña en brazos. Por fin estaba mamando, succionando entre gruñidos y ruidos. Le hablo a Jack
de lo cansada que estaba, agotada tras horas de llantos y angustias.
Me pesaban los párpados y tenía la cabeza espesa. Con los dedos
corazón y anular de mi mano izquierda tiré del grueso pezón para
separarlo de las diminutas aletas de la nariz de Isabel. Para ello debía mantener el codo en alto y el brazo me dolía. La postura era tan
cansada e incómoda que debería haberme mantenido despierta,
controlando. Pero estaba muy cansada. Me quedé dormida y el brazo se me cayó a un lado. Me desperté y me recordé a mí misma que
tenía que retirar el pezón de su nariz para asegurarme de que podía
respirar. Entonces me volví a dormir y de nuevo bajé el codo y la
fuerza de mis dedos disminuyó. Desperté de nuevo y oí cómo tragaba y chasqueaba la lengua; seguía alimentándose. Y fue entonces
cuando hice lo imperdonable. Estaba tan cansada que me despreo-
cupé. Me dije a mí misma que podía dormirme, porque si la niña no
podía respirar, apartaría la cara. Sabría hacerlo. Era un reflejo, un
instinto animal. La sujeté con fuerza contra mi cuerpo con mi brazo
derecho y me dejé llevar, sosteniendo su cabeza, manteniéndola inmóvil, su diminuta nariz y su boca presionadas firmemente contra
mi pecho cálido, redondo y cargado de leche.

A medida que le cuento la historia, veo cómo Jack recula despacio y se aleja de mí. Cuando termino me mira fijamente. Está a treinta centímetros de mí, incluso tal vez más alejado. El aire que hay entre nosotros está muerto, desprovisto de toda sustancia.

—No —me dice.

—Sí.

—No la asfixiaste. El informe de la autopsia aseguraba que murió por causas naturales. Que murió de síndrome de muerte súbita.

—Lo que decía era que no se había encontrado la causa de la muerte. El forense dijo que dejó de respirar. Y la razón por la que dejó de respirar, Jack, es que no podía respirar; porque mi pecho se lo impedía y no podía inspirar.

—No pudo morir aplastada. El informe de la autopsia decía específicamente que no murió aplastada.

—Yo no he dicho que la aplastara. No la aplasté. La asfixié.

Jack está de rodillas, sus ojos azul marino están muy abiertos y clavados en mí, y sé que me cree. Estoy sorprendida. Porque me doy cuenta ahora de que diciéndoselo, confesando, tenía la esperanza de que él me salvara. Al fin y al cabo, Jack es abogado. Es un experto en el maravilloso arte de interrogar, de la dialéctica, de elegir las palabras y escenificar, de crear una historia a partir de una serie de hechos. Sabe manejar las palabras y tergiversarlas, es persuasivo. Es un mago. Del mismo modo que él me ha interrogado acerca de mis sentimientos por mi padre y me ha hecho enfrentarme a una verdad que yo no había visto hasta que él me la ha planteado, quiero que me convenza de que estoy equivocada, de que mi recuerdo está distorsionado por la pena y el dolor, de que es imposible saber a ciencia cierta que Isabel murió tratando de apartar su cara del pezón de mi seno.

Pero no dice nada. Permanece arrodillado, mirándome fijamente, y me cree. Y entonces me abandona cualquier vestigio de esperanza al que pudiera haberme aferrado.

Abre la boca y la vuelve a cerrar.

—No —me adelanto—. Ésta es tu casa, y la de William. Todas sus cosas están aquí. Es absurdo que te vayas tú.

Me impresiona mi entereza, si no se pierde de vista que tengo el corazón destrozado y los huesos derretidos. Ni siquiera estoy llorando. Al contrario. Incluso soy capaz de tomar una decisión sensata acerca de qué maleta llevarme. La de ruedas, no la bonita bolsa Kate Spade, porque en la maleta grande me caben más cosas. Cojo el cargador del móvil y unos tampones, el desodorante y lentillas de recambio. Soy un dechado de pragmatismo. Cuando caigo en la cuenta de que me he olvidado los pantalones (no he cogido vaqueros ni faldas, ni siquiera un vestido), ya estoy delante del ascensor con la mano cubriéndome la boca.

26

Lo cierto es que es imposible exagerar al hablar de la tristeza que produce la terminal de autobuses de Port Authority. El olor a orina es tan desagradable y absoluto que es casi una parodia de sí mismo. ¿Acaso en algún otro sitio hay cafeterías tan deprimentes, con mesas de formica de colores tan horrendos, con pelagatos semejantes encorvados sobre cafés rancios mientras recuerdan y se lamentan de sus vidas rotas y desperdiciadas? Incluso entre semana los abogados, las secretarias, los banqueros y los *brokers* inmobiliarios que vuelven a sus hogares, en Bergenfield y Mahwah, parecen brevemente abatidos y taciturnos mientras entran en Port Authority. Hoy, domingo, el ambiente es insoportable.

Me quedo en el vestíbulo principal arrugando la nariz porque el olor es apestoso y me imagino la escena que me espera en casa de mi madre. ¿Cuántas veces he ido últimamente a esconderme detrás de sus faldas? ¿A quién más encontraré allí esta noche? ¿Quién más habrá esperando mis disculpas? La mera idea de encontrarme a mis padres enfrascados en algún baile lascivo me produce arcadas. Más nauseabundo me resulta pensar que, al parecer, están logrando salvar su relación, la misma que debería haberse visto irrevocablemente truncada por una imperdonable traición. Y mi matrimonio, mi maravilloso matrimonio, el matrimonio por el que estaba dispuesta a hacer cualquier cosa, a dar cualquier cosa, a sacrificar y destruir cualquier cosa, está hecho añicos.

Arrastrando la maleta, salgo de nuevo a la calle. Movida únicamente por el drama inherente de la autocompasión, decido caminar hasta casa de Simon en lugar de coger un taxi. Vive en London Terrace, en un piso que le encontré yo cuando, al fin, me harté de que durmiese en mi sofá de Stuyvesant Town.

Desde Port Authority hasta London Terrace hay casi veinte manzanas, y cuando llego estoy helada, pero al menos no tengo el rostro desfigurado por las lágrimas, el rostro de una mujer que ha abandonado a su marido. Aun así, y a pesar de que tengo una copia de la llave, el portero no quiere dejarme entrar. Estoy discutiendo con él cuando aparece Simon por la puerta.

—Buen trabajo, Francisco —le dice Simon—. Esta mujer es un peligro. ¡A saber lo que le habría hecho a mi casa!

—Jack y yo hemos roto —le explico—. Y me he olvidado los pantalones. —Y entonces me pongo a llorar.

Simon se acerca a mí con sus largos brazos y su caro abrigo. Me estrecha entre ellos y hundo la cabeza en la lana de su pecho, estremeciéndome y sollozando, llorando tan fuerte como en el ascensor de mi casa. Es tal mi lloriqueo que apenas si me doy cuenta de que caminamos, como cangrejos, hacia el buzón, alejándonos del centro del vestíbulo.

—¿Por qué no llevas pantalones? —me susurra Simon cuando dejo de sollozar.

—¡Claro que llevo pantalones, idiota! Pero me he olvidado de poner más en la maleta.

Me vuelve a abrazar.

—Pues mañana iremos de compras —musita mientras me conduce al ascensor.

Y, naturalmente, es lo que hacemos, porque Simon es mi querido, queridísimo amigo, y una vez más deja el trabajo por mí, en esta ocasión dando esquinazo a cuatro miembros gays de la Junta 217 de Fontaneros, que sufren discriminación por su opción sexual, para ayudarme a rebuscar entre las pilas de vaqueros en la octava planta de Barneys. Me siento extrañamente descansada, porque anoche me tomé una píldora para dormir y otra más cuando me desperté sobresaltada a las cinco de la mañana. Además, estoy llena, porque desayuné copiosamente en compañía de Simon . He tomado tortitas, beicon y las gachas de avena que él no terminó. Se supone que una mujer cuyo matrimonio acaba de fracasar tiene que estar desganada y apática, y con ojeras;

y yo tengo un resto de azúcar en polvo en la barbilla y más energía que un galgo inquieto momentos antes del inicio de una carrera.

—Pruébate éstos —me propone Simon mientras me enseña un par de llamativos vaqueros de color añil.

—Pero son demasiado largos.

—Pues que te hagan el dobladillo.

Los cojo.

—Ésos no le sentarán bien —objeta una chica.

—¿Disculpe?

Apoya las manos en sus huesudas caderas y se inclina hacia delante, contemplando el tamaño y la forma de mi trasero. El de ella es más pequeño que el de William.

—Le irán demasiado pequeños. Y no son nada elásticos. Pruebe los Sevens. Se ajustan realmente bien y tienen los bolsillos un poco más arriba; le harán el trasero más pequeño.

Un cuarto de hora después he salido del probador con dos pares de vaqueros que me van perfectos de cadera y trasero, aunque me van tan largos que barro el suelo. Me ha gustado ponerme en manos de los competentes y decididos consejos de esta chica experta en vaqueros. Me ha dicho con brusquedad, pero sin ser grosera, que con el vientre flácido es mejor que no lleve vaqueros apretados.

—Da la impresión de que estilizan, pero no. La cintura de los vaqueros tiene que apoyarse aquí, en la cadera —me explica mientras me enseña dónde están mis caderas—. Queda fatal que los michelines sobresalgan de los pantalones. Pero si la cintura de los vaqueros se apoya aquí, así, está usted estupenda.

Me miro en el espejo. Hace mucho tiempo que no me miro así. Caigo en la cuenta de que Simon y yo estábamos buscando pantalones de mi talla antigua, la que tenía antes de que Isabel me deformara el cuerpo. Ahora mi cuerpo ha cambiado. Mi cintura es más ancha, se ha redondeado. Mis caderas también se han ensanchado y tengo más barriga que antes. De cintura para abajo todo está más fofo. Me pregunto si esta desfiguración será permanente, si mi cuerpo será siempre testigo de mi breve maternidad.

—¿Podrían hacerle el dobladillo? Porque no sé si lo habrá notado, pero le van larguísimos —comenta Simon.

—¡Por supuesto! —responde nuestra dependienta—. Avisaré a la costurera. Normalmente, la entrega tarda una semana, pero puedo decir que es urgente para que estén listos el jueves o el viernes.

Como no puedo llevar los pantalones que llevo puestos durante toda la semana, Simon pasa media hora más conmigo eligiendo una falda larga de ante que, pese a que está rebajada, es mucho más cara de lo que debería permitirme, sobre todo teniendo en cuenta que hace mucho tiempo que ya no pago las facturas de mi tarjeta de crédito. Al firmar el comprobante me imagino la cara que pondrá Jack cuando le llegue el cobro. ¿Se preguntará cómo he sido capaz de irme de tiendas a la mañana siguiente de hacer las maletas y abandonar nuestro hogar? A lo mejor pensará que lo he hecho para intentar consolarme. Y hasta estará encantado ante esta prueba de mi desesperada búsqueda de consuelo; en ese caso, tal vez debería comprarme unas botas a juego con la falda.

Al salir de Barneys acompaño a Simon al trabajo y luego vuelvo en metro al centro de la ciudad. De algún modo, cuando la apatía se apoderaba de mí en mi propio hogar, apatía que podría llamarse «aflicción», no me sentía tan indolente. No me daba tanta vergüenza deambular por la ciudad a pleno día. Se me ocurre telefonear a Mindy, pero entre nosotras se interpone su embarazo, un proverbial elefante en el centro de la habitación de cuyos niveles de la hormona HCG no hablamos. No puedo sobreponerme a eso. Así que en lugar de llamarla o volver a casa de Simon y ver la tele, cojo el tren hacia el Village, hasta la pequeña librería que hace esquina y adonde Simon y yo solíamos ir antes de que yo me mudara a la parte alta de la ciudad.

Elijo una novela rusa lo bastante larga como para perderme en sus páginas. Mi nueva soledad vital me permitirá no tener que seguir mintiendo cuando me pregunten si he leído a los clásicos. Doy con una edición de Modern Library de *El jardín secreto*, para William, y un libro de Lyle que no creo que tenga. A continuación me acerco a la sección de autoayuda orientada a los padres.

Las estanterías de mi madre estaban repletas de manoseados volúmenes sobre madrastras y padrastros. Cada vez que publicaban algún nuevo corría a comprarlo convencida de que contendría las claves para establecer una relación con Allison y Lucy. Los leía con avidez, pero nunca logró saber qué tenía que hacer para que mis hermanas la quisieran.

Yo jamás me he comprado un libro sobre cómo ser una buena madrastra. Me he negado a ello, perversamente. Ahora los hojeo, uno tras otro. Hay muchísimos.

Sutileza: consejo para madrastras; *Ser madrastra paso a paso*; *Madrastras: cómo no ser malvadas*; y uno humillante, *Las afectuosas y maravillosas madrastras de los famosos*.

Los hojeo uno a uno, procurando decidir cuál es el mejor, cuál me dará las respuestas que necesito. Y entonces, impulsivamente, me los llevo todos.

La dependienta me pregunta si quiero que me los envuelva y titubeo unos instantes. No sé cuándo le regalaré a William los que le he comprado y me da miedo que la impuesta jovialidad del papel de regalo fuerce una ocasión que no existe. Pero tienen papel de envolver con dibujos relacionados con el mundo de los dinosaurios que sé que le encantarán. Le pido a la dependienta que envuelva únicamente *El jardín secreto*. Después me dirijo a un café cercano.

Me instalo con el café en una mesa pequeña, me saco el abrigo y me acomodo para una agradable sesión de lectura. El café está considerablemente concurrido para ser lunes por la tarde y, gracias a Dios, no hay ningún cochecito de bebé. Algunos de los clientes parecen estudiantes, pero la mayoría está pasando el tiempo, como yo. ¿Es que nadie trabaja o qué? Veo que hay gente tecleando en sus portátiles y leyendo el periódico, y una o dos personas que se limitan a sorber sus cafés y mirar fijamente al infinito. Introduzco la mano en la bolsa de la librería, pero en lugar de extraer la novela rusa que me he propuesto leer, cojo *Lovable Lyle*. Trata sobre una serie de sospechosas notas que Lyle recibe, y el misterio se mantiene hasta que al final Lyle lo resuelve todo. No sé si leí este cuento de la colección cuando era pequeña. No sé con seguridad si mi padre me leyó los libros de Lyle más allá de los dos primeros. Lo que sí recuerdo con bastante nitidez son las veces en que mi padre me leía cuentos, sentándose a mi lado e inclinando el libro hacia la lámpara de mi mesilla de noche; recuerdo las voces que ponía para los distintos personajes de cada obra. Pero no recuerdo cuándo dejó de leerme cuentos por las noches; en algún momento dado aprendí a leer y eso fue todo. En cambio, aunque William es un lector precoz, Jack le sigue leyendo cuentos. Leen juntos libros de consulta o un capítulo de la novela que William esté leyendo en ese momento. Es un niño afortunado.

Devuelvo el libro al interior de la bolsa y saco mi novela de Gogol. Mientras hojeo diligentemente el prólogo alguien me dice:

—¿Te importa que coja esta silla?

Alzo la vista. Creo que tiene mi edad. Treinta y pocos años, con el pelo salvajemente rizado y la piel morena.

—No, claro que no.

Levanta la silla sin problemas con una mano de largos dedos y repara en mi libro.

Me dice:

—Nos obligaron a leerlo en la universidad. Es realmente divertido. Triste, pero divertido.

—¿Era inglés la asignatura principal de tu carrera?

Sacude la cabeza.

—No. Me matriculé en una asignatura optativa de literatura rusa. ¿Y qué me dices de ti?

—¿Te refieres a cuál fue mi especialidad? —replico con astucia, arqueando las cejas. Tardo unos instantes en darme cuenta de que estoy ligando.

Se echa a reír.

—Naturalmente. ¿Quieres ver mis dibujos? Hago grabados al agua fuerte.

Durante unos segundos me pregunto cómo sería mi vida si dejara que ese hombre con ojos de color miel se sentara a mi mesa.

¿Me convertiría en otra persona? ¿Podrían tal vez mis ojos ver a mujeres empujando cochecitos de bebé Bugaboo sin alterarse, impasibles ante su presencia porque mi vida estaría llena de otras cosas? ¿Dejaría de pronto de añorar a Jack, a Isabel y a William?

Echo un vistazo al anillo de oro grabado que llevo en el cuarto dedo de mi mano izquierda. La mirada del guapo desconocido que sostiene la silla sigue la mía.

—Que disfrutes tu libro —me desea.

Asiento y guardo la novela rusa en el interior de la bolsa; saco las guías para madrastras y las apilo en una tambaleante torre encima de la mesa. Mientras leo, el café se me enfría y se vuelve amargo. Todos los libros hablan del desconcierto y el estrés que viven las madrastras. Todos describen sus erróneas expectativas. Todos me animan a hacer frente a la realidad de la compleja naturaleza de los sentimientos que fluyen en las familias con padrastros o madrastras. Y los devoro. Los leo vorazmente como hizo mi madre cuando yo era pequeña. Ahora me doy cuenta de que no los leía para obtener respuestas, sino para no estar sola. Esos volúmenes de consulta eran su consuelo, no su salvación. Estos libros no pueden enseñarme cómo ser mejor madrastra, pero pueden proporcionarme el tremendo consuelo de saber que no estoy sola.

Aunque parezca mentira, el que más me gusta es *Las afectuosas y maravillosas madrastras de los famosos*. Es mucho más divertido de lo que me esperaba, y desde luego compensa los malabarismos que me veo obligada a hacer para impedir que los que están a mi alrededor lean el título. Me gustan especialmente la historia de la infeliz buscona Isabel I, que se acostó con el marido de su madrastra embarazada, que tan leal y buena había sido con ella, y la historia de John James Audubon, el hijo ilegítimo de un capitán de marina mercante y su querida, que fue educado por una madrastra indulgente y resignada. Me gustan estas madrastras abnegadas, incluso aunque su devoción sea un tanto exagerada. La abnegación es, sin duda, un rasgo del que nadie puede acusarme. Tengo mucho que aprender al respecto.

27

El jueves, después de que Simon se va a trabajar, limpio su impecable piso, aspiro la alfombra gris y ahueco los cojines grises de su sofá gris. Por alguna razón no me atrevo a ir a buscar mis vaqueros y me pregunto si será porque hacerlo significa que necesito esa ropa nueva, que realmente me he ido de casa y no puedo volver. Me digo a mí misma que eso es una tontería. Si Jack y yo hubiéramos terminado, ¿acaso no embalaría mis cosas y me las enviaría, con lo que yo ya no necesitaría comprarme ropa? Por tanto, los vaqueros nuevos, más que simbolizar la continuidad de nuestra separación, son, en realidad, un indicio de la posibilidad de reconciliación. O a lo mejor no quiero ir a recogerlos porque son una talla treinta y uno de cintura y no puedo creerme que todavía no haya recuperado mi talla veintinueve.

A primera hora de la tarde ya he limpiado cuanto he podido, he releído dos de las guías para madrastras, he leído dos capítulos de mi novela rusa y estoy muerta de hambre. La comida que hay en la nevera de Simon es tan gris como su mobiliario.

He caminado media manzana en dirección al restaurante griego de la esquina cuando, al fin, caigo en la cuenta de que hoy es el primer jueves de marzo. Me quedo en medio de la calle, indecisa. Tengo hambre y he abandonado mi hogar y a mi marido, pero he hecho una promesa. Entonces cojo el teléfono y busco en mi agenda hasta que doy con el número de Sonia. Me contesta enseguida, pero hay tanto ruido de fondo que apenas puedo oírla.

—Soy Emilia —grito.

—¿Emilia?

—Sí. —Intento explicarle qué día es hoy, que es el primer jueves del mes y que en el zoo ruedan una escena de *Lyle, Lyle, Crocodile*, pero sigue preguntándome «¿qué?» una y otra vez.

Finalmente, me dice:

—Lo siento, no la oigo. Hay demasiada gente aquí. Hacen una película y hombres hablan con megáfonos.

—¿Estáis en la película? ¿En Central Park?

—Lo siento, no puedo oírla. —Y a continuación cuelga.

A mediodía en tren se tarda poquísimo, por eso me planto en el parque en veinte minutos. Lo que resulta más asombroso, casi milagroso, es que me los encuentro delante del Delacorte Clock. Justo cuando son las dos de la tarde. Los animales de bronce inician su baile bruscamente, los monos golpean la campana con sus mazos, el oso toca la pandereta, el pingüino el tambor, el hipopótamo el violín, el canguro la trompeta, la cabra la flauta y el elefante, mi favorito, la concertina. Al son de *Mary tenía un corderito* me pongo a llorar. Lloro porque William no para de dar saltos, emocionado al ver a los animales dando vueltas en círculo, y recuerdo el día en que nos conocimos, aquí mismo, en este zoo, en el parque. ¡Era tan pequeño, subido a hombros de su padre, y estaba tan triste! En estos dos últimos años, ¿qué he aportado a la vida de este niño salvo más infelicidad?

Primero destrocé su familia, porque por imperfecta que fuera, por complicada que fuera debido al desamor, los malentendidos y el dolor, era una familia. Después me negué a participar en la creación de una nueva y adecuada familia, una alternativa en la que él pudiera de algún modo reinventar la vida que yo le había arrebatado. Y ahora, he desgarrado, incluso he hecho añicos, la ilusión de nuestra falsa familia, la he roto definitivamente.

Al verme Sonia me dice:

—Emilia, hoy no es su día. No puede venir hoy. Creo que doctora Soule se enfada mucho, si viene hoy aquí.

—Todo irá bien —contesto, como si creyese en lo que acabo de decir.

—Creo que se va usted a casa, Emilia —insiste Sonia—. Hoy no es su día y no quieren lágrimas en la película. Traigo a William para salir en la película. Usted se va a casa.

Quiero explicarle a Sonia que no puedo irme a casa porque Jack me ha dejado, aunque soy yo la que se ha ido. Pero percibo que está harta de todo esto. Está hasta el gorro de los norteamericanos y su vanidoso dramatismo. Está cansada de los llantos y los gritos. Del egocentrismo y la autoflagelación, siendo la última, en realidad, una variación del primero. Está deseando que tengamos problemas de verdad, problemas como una precariedad económica tal que las adolescentes se hacen prostitutas para escapar de ella o un medio ambiente devastado por décadas de mala gestión de las centrales nucleares. O a lo mejor de lo que Sonia está cansada es de mí.

Resulta deprimente que aquí, contemplando el baile de animales del Delacorte Clock, que nunca le ha podido provocar la alegría para la que fue diseñado, tenga que decirle a William que sólo ahora, cuando no sé si podré volverlo a ver, me he dado cuenta de lo mucho que me importa.

Cuando el reloj ha dado la hora, me acuclillo. William se saca el gorro y la electricidad estática entiesa su pelo de color arena. Hay algo distinto en su mirada y contemplo su rostro. Tiene los ojos más oscuros, más tiernos, más aterciopelados.

—William —le digo. Tengo los ojos llorosos y me gotea la nariz, y me apresuro a enjugarme las lágrimas.

—¿Por qué lloras? —me pregunta con tranquilidad y curiosidad.

—Déjame hablar un momento, ¿vale? Pase lo que pase entre tu padre y yo...

—No te entiendo. ¿Por qué no te suenas la nariz?

—William, ¿podrías callarte un segundo para que pueda decirte esto? Estoy intentando decirte que me pareces un niño estupendo y que, pase lo que pase, siempre pensaré que eres estupendo.

Pero él no me presta atención. Está mirando por encima de mi hombro.

—¡Nono! —exclama—. ¡Emilia también ha venido! ¿Me has puesto mostaza en mi rosquilla?

Mi padre se ha quitado el guante y lleva tres rosquillas entre los dedos extendidos de la mano. Me sonríe titubeante, suplicante. Su expresión se ablanda y su sonrisa le dibuja profundas arrugas en las mejillas y los párpados. ¡Parece tan mayor!

—Hola, cariño —me saluda.

—Hola.

Antes de que pueda preguntarle qué hace aquí me dice:

—William y yo habíamos quedado para venir juntos a la filmación de la película, ¿recuerdas? Jack me dijo que podía llamar a su madre sin problemas.

—¿Carolyn te ha dado permiso para traerlo aquí?

—Sí.

—¿De verdad?

Ladea la cabeza y frunce el ceño un tanto apenado, como diciéndome: «¿Por quién me tomas, en serio crees que te mentiría?» Entonces le da una rosquilla a William y otra a Sonia, y parte la tercera por la mitad.

—Ten —me dice, ofreciéndome la mitad más grande. La acepto. La rosquilla está caliente y tierna, la mostaza me deja un sabor fuerte en la boca. Estoy hambrienta y ésta es la mejor rosquilla que he comido en mi vida.

—Gracias —comento con la boca llena.

—De nada. Tienes mostaza en el labio. —Me da una servilleta.

—Los extras que todavía no hayan firmado los pases, que por favor se reúnan en el zoo, delante de la piscina de los pingüinos —se oye con fuerza por el altavoz—. Los que ya los hayan firmado, por favor, diríjanse al estanque de los caimanes del Zoo Infantil.

—¡Venga! —exclama William. Agarra a mi padre de la mano—. ¡Vamos!

Sonia frunce el entrecejo y me mira.

—No pasa nada, Sonia —la tranquiliza mi padre—. Seguro que a Carolyn no le importará.

Reflexiona unos instantes y luego se somete a la autoridad de mi padre como nunca ha hecho conmigo. Dejamos que William nos conduzca hasta el Zoo Infantil, donde las cámaras están instaladas alrededor del estanque de los caimanes. Creo reconocer a uno de los hombres del Conservatory Garden, pero la mayoría de los que llevan auriculares y van de aquí para allá desplazando a la multitud me parecen clones del trío que vi y no estoy completamente segura.

—¿Dónde están los cocodrilos? —le pregunto a William.

—No hay cocodrilos en el zoo de Central Park —me explica.

—Ya, ¿y no te parece que eso es un problema? El libro se llama *Lyle, Lyle, Crocodile*, no *Kyle, Kyle, Caiman*. ¿No irán a cambiar el título?

William sacude la cabeza exasperado.

—Usarán efectos especiales. ¿No has oído hablar del programa CGI?

Durante las dos horas siguientes vamos de un lado a otro del estanque. William desespera al coordinador de los extras cada vez que pega un grito asustado porque cree que es allí donde se proyectará la imagen generada por ordenador de Lyle y sus pasos de baile. Sonia, mi padre y yo no hablamos mucho. Podríamos pasar por un grupo de neoyorquinos que ha ido al zoo a pasar la tarde con su hijo y que pasea entre las jaulas y las vitrinas en un silencio relativamente impasible.

Al cabo de dos horas hasta William se ha cansado, y cuando Sonia sugiere que deberían irse a casa, accede de inmediato.

—¿Podemos ir a Le Pain Quotidien? —le pregunta.

Sonia reflexiona unos segundos y luego asiente.

—Pide un pastel de fresa —le propongo—. A lo mejor ya han empezado a hacerlos sin lactosa.

—¿Quieren venir? —nos invita Sonia, aunque salta a la vista que espera que no aceptemos la invitación.

—No, gracias —contesta mi padre—. Yo también debería ir cruzando el puente para volver.

Los observamos mientras se alejan por el sendero cada vez más tenuemente iluminado. Cuando los perdemos de vista, me vuelvo. Mi casa está al otro lado del parque; la casa de Jack. Y en medio hay una vasta extensión gris y verde, el Ramble y rocas, prados y jardines. Extravagantes puentes de madera, piedra y acero. Aves rapaces y pájaros carpinteros, turacos orientales, currucas, patos y las sempiternas palomas. Plantaciones de pinos y farolas numeradas. El parque. Mi parque.

Mi padre me dice:

—¿Te apetece dar un paseo?

—Vale.

Vamos hacia el norte, caminamos en silencio el uno al lado del otro hasta que llegamos a la estatua de Balto, el perro héroe que arrastraba trineos. Nos detenemos delante del perro de raza alaska malamute de bronce y me pregunto si lo que dije el domingo por la noche resuena en los oídos de mi padre como resuena en los míos. Seguimos andando y cruzamos en silencio el arco subterráneo. Entonces mi padre habla:

—Jack me ha dicho que te has ido de casa.

En lugar de contestar le doy un puntapié a una piedra.

—Me lo dijo cuando llamé para ver si podía traer a William a la filmación.

Sigo sin contestar.

Pasamos de largo las estatuas de escritores: Shakespeare, sir Walter Scott. Frente a la de Robert Burns mi padre me advierte:

—No cometas el mismo error que yo, Emilia.

—¿Qué error?

Suspira.

—Lo siento —me disculpo, pero como soy incapaz de mirar a mi padre, lo digo mirando al poeta escocés borracho y mujeriego esculpido en bronce.

Mi padre comenta:

—Jack es un buen hombre.

—Lo sé.

Reanudamos el paseo por el sendero sur de Sheep Meadow.

—En este prado hubo ovejas hasta los años treinta —me explica como ha hecho otras cien veces antes—. Cuando las sacaron de aquí, eran completamente endogámicas.

—Cosa insólita —replico, también por enésima vez.

—Mandaron al pastor a trabajar con los leones del zoo, pobre hombre. Me pregunto qué debió pensar. Probablemente acabó echando las ovejas a los leones para que se las comieran. ¿Te apetece tomar algo?

—¿Dónde?

Señala las alegres luces blancas de Tavern on the Green.

—¿Ahí? —pregunto. Siempre me ha dicho que es un sitio al que sólo van los turistas y las ancianas.

—Sí, así bebemos algo.

Nos dirigimos al restaurante. Nunca he entrado; es una monstruosa bombonera de cristal de Tiffany y relucientes espejos de estilo victoriano. De repente entiendo que el jardín del exterior esté tan recargado con setos recortados con figuras de un gorila y un reno. Está acorde con esta horrenda linterna. Mi padre pide un Glenfiddich con soda, algo que nunca le había visto beber. Tal vez Burns lo haya inspirado. A mí me apetece algo más a tono con el entorno, algo absurdo y extravagante. Algo que tenga ajenjo. Me decido por un *kir royal*.

Bebemos nuestras bebidas a sorbos. Creo que nunca habíamos estado tanto rato sin hablar. Normalmente somos locuaces. Hablamos de derecho, de política, de mis hermanas. Incluso después de enterarme de lo que había hecho, nuestras conversaciones superficiales continuaron. Su permanente tranquilidad enmascaraba cualquier tensión que hubiese por mi parte.

Las burbujas del champán me hacen cosquillas en el paladar y el *kir* está dulce. Tomo un gran trago y me preparo para hablar. Pero antes de que pueda hacerlo mi padre se adelanta:

—No fui un buen marido.

Se apresura a continuar antes de que yo le diga que estoy de acuerdo.

—Y no me refiero a lo que provocó el divorcio. —Esto es lo máximo que diremos con relación directa a lo que hizo—. No apoyé a tu madre en muchos aspectos. Especialmente con Lucy y Allison.

Tomo otro sorbo:

—No hace falta que me lo cuentes, papá.

Él se encoge de hombros.

—Es cierto, tú fuiste testigo.

—No, me refiero a que no me debes ninguna explicación. No tenía ningún derecho a decir lo que dije. No tengo derecho a estar tan enfadada contigo. Es algo entre mamá y tú. No tiene nada que ver conmigo. No es de mi incumbencia.

Frunce el entrecejo.

—Sí, por un lado tienes razón. Parte de esto es entre tu madre y yo, pero hay otra parte que te afecta a ti. Lo que pasó entre nosotros te afecta. Te sigue afectando.

Ya he terminado mi bebida y la cabeza me zumba por el alcohol.

—Lo siento, papá. Siento haber sido tan desagradable contigo la otra noche. Delante de Jack y de William. Lo siento mucho.

—No pasa nada, cariño. —Estamos sentados uno junto al otro y me rodea los hombros con el brazo—. ¡Ay, mi niña!

Apoyo la cabeza en su hombro. Me acaricia el pelo y me dice con tristeza:

—Te esfuerzas tanto por parecerte a mí, hija.

Me incorporo. Quiero decirle que no me parezco en nada a él, pero ambos sabemos que es verdad. Cuando mi padre traicionó a mi madre, cuando la humilló de la forma más degradante y horrible que pudo, y en un momento de tremenda debilidad, ella confió en mí y yo me propuse demostrar que éramos iguales. ¿Y cuál fue mi reacción a la dolorosa vergüenza que mi madre compartió conmigo y que heló el amor que yo sentía por mi padre? Seduje y cacé a un hombre como él, que se parecía a él, que se dedicaba a lo mismo que él, que quería a su hijo tanto como mi padre a sus hijas. Me aferré a Jack, arruiné su matrimonio y su familia y los dos nos convertimos en traidores. Exactamente igual que mi padre.

Y entonces recibí mi castigo. Fui castigada y castigué.

¡Oh, Isabel! ¡Oh, Jack! ¡Oh, William! ¿Qué os he hecho a los tres?

Mi padre sigue hablando:

—Eres una ilusa incorregible en lo que respecta al amor. Eres tan tonta como yo, aunque de otra manera.

—¿Qué quieres decir? —Estoy a punto de llorar y mi voz suena más hostil de lo que me gustaría.

—Tu fantasía es tan irreal como la mía y acabará teniendo el mismo resultado.

—¿Mi fantasía?

—Sí, esa historia sobre el *bashert* que antes se contaba, la que te explicó tu abuela. —La voz de mi padre ha adquirido un ligero tono burlón—. Eso de que te enamoraste de Jack nada más verlo. Y que es tu alma gemela, tu media naranja. Eso de que estabais predestinados. ¿Cuántas veces me has contado la historia de la primera vez que lo viste, Emilia? ¿Arrodillado en el pasillo de Friedman Taft? Amor a primera vista, amor a primera vista. ¿En serio crees que el amor es sólo eso?

—Sí —susurro.

—No —niega con rotundidad. Me sujeta por los hombros y me sacude con firmeza—. No, eso es una fantasía, cariño. El amor y el matrimonio se basan en el trabajo y el compromiso. En aceptar a la otra persona como realmente es, en sentirse decepcionado y aun así decidir seguir a su lado. Se basan en el compromiso y el consuelo, y no en una especie de repentino y brusco reconocimiento.

—Pero eso no es lo que yo quiero. Decepción y consuelo no es lo que quiero.

—¿Por qué no? ¿Porque crees que todo ha de ser mágico y místico? ¿Porque no quieres esforzarte?

—Pero ¿por qué no puede ser mágico? ¿Por qué no puede ser místico?

—Porque si todo lo basas en eso, Emilia, en cuanto las cosas se tuercen, en cuanto la vida interviene, en cuanto tu hijastro te trata mal, la ex mujer de tu marido tiene un arrebato de ira o tu bebé se muere, en cuanto la vida actúa, la magia desaparece y te quedas sin nada. No puedes basarte en la magia, Emilia. Créeme, lo sé por experiencia. Mi amor, mi pequeña, olvídate de la magia.

Afortunadamente, a mi padre se le dan bien los numeritos. Claro que a la fuerza ahorcan. Mis hermanas y yo no hemos parado de dar espectáculos en público desde que teníamos dos años. Cuando lloro sin control y mis sollozos aumentan, extrae su gran pañuelo y lo agita delante de mí como haría un torero frente a un toro obstinado. El barman y los camareros se alejan de nuestra mesita, y el resto de clientes apartan la vista hasta que consigo levantar la cabeza y respirar con normalidad. Al cabo de un rato todavía lloro, pero ya no necesito taparme la boca para evitar que mis sollozos hagan vibrar las ventanas dentro de sus marcos y rompan las copas de cristal que hay alineadas detrás de la barra.

—Lo siento mucho, cariño —dice mi padre.

—No pasa nada, papá —logro decir entre lágrimas—. Es sólo que... que lo quiero. Lo quiero.

—Naturalmente que lo quieres. No estoy diciendo lo contrario. Y él también te quiere.

—Lo he echado todo a perder.

—Tranquila. Por si te sirve de consuelo, lo que has hecho no es nada en comparación con lo que yo hice.

Me enjugo los ojos.

—Pues no me consuela mucho, para serte sincera.

Hace una breve pausa y luego se echa a reír.

—No, supongo que no.

—Te quiero, papá —le digo.

—Yo también te quiero, pequeña.

28

—¡Oh! Dame un jodido respiro, ¿quieres? —protesto. Estoy sentada en el váter del restaurante con mi nueva falda de ante subida hasta la cintura.

—¿Cómo dice? —La mujer que está en el lavabo contiguo se muestra impasible, como si estuviese acostumbrada a que la insulten en los retretes públicos.

Me pregunto qué me diría si se planterara la siguiente pregunta: «¡Oh!, señora del lavabo de al lado, después de haber aceptado y confesado su secreto más oscuro a su marido, que es usted la culpable de la muerte de su hija, y después de que su marido no sólo le ha creído sino que la ha rehuido, reconociéndola finalmente como el malévolo diablo que es, y ha faltado poco para que le pida que se marche de casa, y después de llegar a la conclusión de que su matrimonio es una farsa, construido sobre una especie de repetición protofreudiana de la infidelidad de su padre, y tras haberse dado cuenta, también demasiado tarde, de que las peores fechorías que ha cometido en toda esta tragedia estaban dirigidas contra la única persona que es realmente una víctima de las circunstancias, a la que ha intentado matar con comida a la que es alérgica, a la que ha dejado jugar en un entorno peligroso y desprotegido, a la que ha tirado al agua helada, aunque haya sido un accidente —¿acaso no decía Freud que los accidentes no existen?—; después de pasar por todo esto, señora del lavabo de al lado, ¿cómo reaccionaría ante la pesadilla de ver parpadear la luz del identificador de llamada de su teléfono móvil?»

Debería haberme imaginado que esto ocurriría. Debería haberme dado cuenta de que la única tragedia que faltaba en mi vida, que me arrancaran brutalmente las entrañas, vendría por cortesía del milagro de la fibra óptica.

—Nada —le digo a la señora de al lado, y—: Hola, Carolyn —digo contestando al teléfono.

—Necesito verte.

—¡Ah, era eso! —¿Por qué no? En serio, ¿por qué no?

—Ven a mi consulta. ¿Puedes venir esta tarde? Sólo tengo un par más de pacientes. La dirección es...

—Sé la dirección. —¿Qué se ha creído? ¿Que durante los meses en que intenté que Jack olvidara que estaba casado no averigüé su dirección? ¿Que no traté de adivinar su prefijo vía telepática, completándolo con códigos postales de nueve dígitos?

—Procura no venir muy tarde. Mañana tengo que entrar en quirófano a las siete y me gustaría volver a casa a una hora decente.

¿Por qué iba a llegar tarde a mi propia ejecución?

La sala de espera de la consulta de Carolyn es exactamente como me la había imaginado, aunque además hay dos mujeres embarazadas sentadas en el elegante sofá de cuero. Una está leyendo la revista *Ser padres* con cara de espanto, la que pondría cualquiera que tuviese delante un artículo sobre nombres de bebés, estuviese o no influenciado por los caprichos del flujo y reflujo hormonal. La otra tiene un halo de felicidad que me resulta repugnante. Caigo en la cuenta de que es la primera vez que piso una consulta ginecológica desde antes de la muerte de Isabel. Fingí haberme olvidado la visita que tenía programada a las seis semanas de dar a luz con el doctor Brewster e hice caso omiso de los mensajes que su secretaria me dejó para cambiar el día de visita. Pensé que me costaría más estar aquí; no me molesta tanto la presencia de embarazadas. No me gusta la virgen beatífica, pero la otra, la que tiene cara de preocupación, no me molesta en exceso. Quizá mi inminente encuentro con Carolyn resta importancia a todo lo demás.

—No se preocupe, ocurrirá —me dice de pronto la mujer con cara de beatitud.

—¿Perdone?

—Su bebé. Que tendrá uno. Yo he tardado seis años y ahora espero gemelos. Sé cuándo alguien está pasando por lo que yo pasé. La doctora Soule es la mejor. Y la endocrinóloga especialista en reproducción con la que trabaja es impresionante. Ya verá como ocurrirá, seguro que sí.

Esta violación de la regla no escrita en el protocolo sobre concepción y pérdida de bebés me deja boquiabierta. De la misma forma que nunca hay que preguntarle a una mujer con sobrepeso si está embarazada, ¿acaso no es cierto que jamás hay que dar por sentado que una mujer de aspecto horrible que acude a la consulta del ginecólogo lo hace para intentar quedarse embarazada? ¿No es algo que simplemente no hay que hacer?

—En seis años hemos perdido un bebé con hidrocefalia a las diecinueve semanas y hemos pasado por cuatro abortos, y tres fecundaciones in vitro. Y ahora esperamos a Finn y a Emmet para el diecinueve de junio. Así que ya ve, es sólo cuestión de tiempo. Pero siempre se consigue. La doctora Soule hará que ocurra. Hace milagros.

—¿Señorita Greenleaf? —dice una enfermera con bata de color azulada moteada con violetas desde la puerta—. Por aquí.

—Felicidades —le comento a la mujer, quien de pronto me da la impresión de que tiene derecho a estar satisfecha. Al cruzar la puerta pego la punta del pie al quicio y disimuladamente le doy tres golpecitos. Ya no estoy de acuerdo con que se les pongan nombres a los niños antes de nacer. Dar según qué cosas por sentado es demasiado tentador para el mal de ojo. ¡Quién sabe si un niño cuya vida damos por sentada llegará o no a respirar! Aun así, ni siquiera yo soy lo bastante supersticiosa para creer que podría haber protegido a Isabel de mi propia negligencia refiriéndome siempre a ella como «el bebé».

Durante unos segundos me imagino que me piden que me desnude y me ponga una bata de papel para la consulta, y aunque sé que es absurdo, me siento aliviada cuando la enfermera me acompaña al despacho de Carolyn y no al cuarto de exploraciones. Tardo unos instantes en averiguar qué es lo que me produce desconcierto en este despacho, por qué me resulta tan familiar y extraño a la vez. Entonces caigo en la cuenta: los muebles son idénticos a los que había en el despacho de Jack de Friedman Taft que Carolyn decoró. Está el escritorio negro de nogal, encerado y muy lustroso. Están la estantería con los accesorios justos, las dos sillas para las visitas tapizadas con una tela de elegante estampado geométrico y entrelazado, la fotografía de William cuando apenas andaba en la playa de Nantucket, con las rodillas llenas de arena y el pañal medio suelto. ¡Dios mío! Y están el aparador y la silla Aeron.

—Me hubiese gustado que me informaras de que tenías intención de ir con tu padre y William a la filmación de la película en el parque —suelta Carolyn. Entra por la puerta y atraviesa el despacho a zancadas como si fuese suyo, cosa que, naturalmente, es verdad. Está elegante con una larga falda negra y ceñida, con botas y un jersey de cuello alto también negro. Su barriga se ondula como una pelota pequeña debajo de la fina lana. Yo también me he comprado conjuntos de ropa como éste, conjuntos caros, pero por mucho dinero que gaste de su marido nunca tengo el aspecto de Carolyn Soule. Ella tiene razón. Casándose conmigo, Jack volvió a sus raíces de clase media. Yo no soy sofisticada como William y su madre.

Ahora se ha sentado frente a su mesa, se ha reclinado en la silla. Tiene los dedos entrelazados, las yemas de sus pulgares y meñiques se tocan. Sus uñas están tan limpias y cuidadas como me esperaba.

Me dice:

—Jack me comentó que lo has abandonado. Me contó lo que pasó la noche en que murió Isabel.

Durante unos instantes no puedo reaccionar. Después acepto lo inevitable. Al afrontar mi última traición, Jack hizo lo que más daño podía hacerme.

—Para serte sincera, Emilia, nunca había visto a Jack así. Estaba totalmente desquiciado. Estaba llorando.

—¿Cuándo hablaste con él? —Tengo la voz ronca, ni yo misma la reconozco.

—El lunes por la noche. William se enfadó mucho cuando vio que te ibas con la maleta y llamé a Jack para hablar del tema. Me contó lo que tú creías que había pasado la noche de la muerte de vuestra hija. Y me preguntó si era posible. Me preguntó si era posible que hubieras asfixiado al bebé contra tu pecho.

—¿Te lo preguntó?

—Jack confía en mi criterio. En mi criterio médico por lo menos.

—¿Y qué le dijiste?

Su serenidad se altera mínimamente. Aprieta un meñique contra el otro con tanta fuerza que los dedos se le doblan y se ponen blancos. Frunce la boca y las arrugas se le marcan como los dientes de un tenedor.

—Le dije que era posible. Le dije que sí, que podías haber matado a Isabel de forma accidental. Y le dije que probablemente lo hiciste, porque cualquier mujer que trata a William con tanta negligencia podría perfectamente quedarse dormida y asfixiar a su propio hijo.

La actitud de Carolyn, el desapego clínico de una doctora combinado con la ira reprimida aunque latente de una esposa y madre traicionada, dota de seguridad a sus palabras. Y yo, que carezco de semejante desapego e ira, creo en la precisión de su acusación. Yo no he sido traicionada y no soy médico. Simplemente sé que tiene razón.

—No —advierte Carolyn.

¿No, qué?, me pregunto.

Desde el otro lado de la amplia mesa me pasa una caja de pañuelos de papel. Me toco la mejilla con el dedo y me sorprende darme cuenta de que otra vez estoy llorando.

—No te he pedido que vinieras hoy por eso. No estoy orgullosa de lo que dije. Es horrible lo que dije y me avergüenzo de mí misma. Pero lo que más vergüenza me da es que fue William quien me hizo verlo.

—¿William? ¿William lo sabe?

Carolyn asiente.

—Oyó la conversación. Lo siento. Mi piso es bastante pequeño. Es una séptima planta de un edificio de antes de la guerra que está en la Quinta Avenida. ¿Tanto gritaba?

Por debajo de la suave mejilla de porcelana de Carolyn empieza a asomar un ligero rubor rosado. La he visto enfurecida, pero nunca avergonzada.

—Cuando colgué el teléfono me lo encontré delante de mí con su *Giganotosaurus* y un libro. Me estaba esperando para que le leyese un cuento.

—¿Qué libro era?

Frunce sus cejas maravillosamente depiladas.

—¿Cómo?

—¿Qué libro era?

Seguro que no esperaba que me interesara esta parte de la historia.

—*Lyle, Lyle, Crocodile* —contesta.

Sonrío.

—Es un niño muy leal, Emilia —comenta.

¡Y que lo diga! Lleva más de dos años siendo su más fiel acólito.

—Se enfadó mucho conmigo por haber dicho eso de ti —continúa Carolyn—. Me dijo que tú querías a Isabel y que era imposible que la hubieras matado.

Estoy atónita. ¡Carolyn se refería a que el niño era leal conmigo! ¡William me había defendido y ni más ni menos que delante de su madre!

—¿Y qué le dijiste? —le pregunto.

Hace una pausa y sé que está decidiendo si contarme o no la verdad.

—Le dije que yo no había dicho que tú habías matado al bebé. Le dije que tal vez lo habías asfixiado sin querer. Igual que lo tiraste a él al lago sin querer.

—¡Oh!

—Y me corrigió.

—¿Qué?

—Me recordó que había sido en el Harlem Meer. No en el lago. Me explicó que el lago está mucho más al sur, pasado el Reservoir. Y luego me dijo que la palabra *meer* significa lago en holandés.

Entonces ocurre algo increíble. Algo que no ha ocurrido jamás desde que soy madrastra del hijo de esta mujer. Intercambiamos una sonrisa de resignada impaciencia teñida de orgullo. ¡Qué listo es!, pensamos las dos. ¡Es un pequeño sabelotodo!

Como me siento incapaz de sacar un pañuelo de papel de la caja, Carolyn lo hace por mí.

—Me pidió que te ayudara. Me dijo que yo era médico y que averiguara lo que realmente le había pasado a Isabel.

Me sueno la nariz.

—Tu pediatra tenía una copia del informe de la autopsia de la niña. Me lo enviaron ayer desde su despacho y lo revisé con una compañera mía de la universidad que trabaja en Stanford. Es patóloga y especialista en casos de neonatos. Suelen llamarla a testificar en calidad de experta en los tribunales. Y me confirmó la conclusión del médico forense. Me dijo que no hay absolutamente ninguna prueba que indique que Isabel muriera asfixiada. La asfixia siempre deja alguna huella: el frenillo del labio superior roto, indicios de asfixia posicional, manchas de sangre en los pulmones... En el caso de Isabel no había ningún indicio físico de asfixia. No la asfixiaste. Isabel murió del síndrome de muerte súbita. —La voz de Carolyn se suaviza casi imperceptiblemente—. Sólo que tuviste la terrible desgracia de tenerla en brazos cuando murió.

—¿Tu amiga es patóloga?

—Sí.

—¿Especialista en perinatología?

—Sí.

—¿Y revisó el informe de la autopsia?

—Sí.

—Y dijo que... —mi voz se apaga. Necesito que me lo repita. Necesito volverlo a oír, y por alguna razón Carolyn lo entiende.

Muy despacio me dice:

—Mi amiga la patóloga me dijo que tras leer el informe de la autopsia de Isabel está convencida de que no murió asfixiada. Dijo que, aunque sin una exhumación no puede extraer una conclusión final, no os recomienda ni a Jack ni a ti que deis ese paso. Me dijo que está segura de que Isabel murió de muerte súbita. Y también me dijo que no tenía inconveniente en decírtelo personalmente, en hablar contigo por si tenías alguna pregunta.

Ahora entiendo por qué a las mujeres que la página web de UrbanBaby.com les gusta tanto la doctora Carolyn Soule, por qué no dudan en ponerse en sus manos competentes y compasivas. La ex mujer de mi marido me repite lo mismo, lenta y claramente, cariñosa y pacientemente, una y otra vez hasta que dejo de llorar y empiezo a creer que mi hija no ha muerto porque yo haya sido tan despreocupada e imprudente como para arruinar mi vida, sino porque en ocasiones los bebés mueren, en ocasiones simplemente se van, los impulsos eléctricos de sus cerebros se desconectan, se apagan, se interrumpen por alguna misteriosa razón, sin ningún motivo en absoluto.

29

Salgo de la consulta de Carolyn estupefacta; siento una ligereza que sé que debe ser alegría pero que se parece más al alivio. Ya puedo volver a casa. Debo volver y decirle a Jack lo que sé, lo que he aprendido hoy, lo que su ex mujer y mi padre me han enseñado. También estoy feliz porque al irme de su despacho Carolyn me ha anunciado que se casa.

—¡Felicidades! —le he dicho—. ¿Cuándo es la boda?

—Bueno, no será una boda por todo lo alto. El hermano de mi prometido es juez y oficiará una ceremonia sencilla en su despacho. Y luego iremos a cenar a nuestro *bistrot* favorito. Será el viernes que viene.

—Pero ¡si está a la vuelta de la esquina! —he exclamado.

Me ha sonreído mientras daba unos golpecitos en la pequeña protuberancia de su barriga.

Antes de abandonar el calor de la portería del edificio de Carolyn llamo al móvil de Jack.

Al descolgar no dice nada.

—Soy yo —comento innecesariamente.

—¿Cómo estás?

—Bien. Necesito hablar contigo. ¿Dónde estás? ¿Estás aún en el despacho?

—Sí.

—¿Puedes salir ahora? ¿Estás muy ocupado?

De repente, tenemos que hacer frente al dilema de dónde encontrarnos. No quiero mantener esta conversación en su despacho con Marilyn rondando. Y nuestra casa está cargada de simbolismo. Todavía es temprano, pero decidimos vernos para cenar en el East Side, cerca de su oficina. Me sobra tiempo para pasar un momento por Barneys, en Madison, y recoger mis vaqueros, pero no lo hago.

No los quiero, aunque me sentaban de maravilla; aunque ya estén pagados. Tengo un montón de vaqueros en el armario de casa. No necesitaré otros nuevos, porque hoy vuelvo a casa, ¿verdad? ¿Verdad que hoy volveré a casa?

Llego al restaurante antes que Jack y me dan una pequeña mesa pegada a la pared desde donde puedo ver la puerta y un trozo de la acera por las estrechas ventanas. A esta hora hay muy pocos comensales y nada obstruye mi visión. Cuando lo veo siento un leve vértigo, como cuando uno sueña que se cae y se despierta de golpe. Su oscuro abrigo ondea tras él, igual que los extremos de su bufanda. Incluso a través de la ventana detecto que sus mejillas están rojas por el aire frío. Es como Blancanieves: labios del color del rubí, pelo negro y brillante, mejillas sonrojadas y ojos azules, muy azules.

Cruza el restaurante a zancadas y me roza la mejilla con los labios. El saludo es muy rápido y acerco mi mejilla con delicadeza unos instantes antes de dejar que se quite la bufanda y el abrigo. Se los da al camarero que espera de pie y pide algo para beber.

—¿Desde cuándo bebes Martini con vodka? —le pregunto.

—Nunca bebo Martini con vodka —contesta—, pero es lo primero que me ha venido a la cabeza. ¿Tú quieres algo?

A ti. Te quiero a ti.

—Sólo agua. No. Una copa de vino tinto. Del que sea. Del que sirvan por copas.

El camarero es bueno y omite preguntarme qué tipo de vino quiero; simplemente desaparece.

—Hoy he visto a Carolyn —suelto antes de ponernos a hablar de trivialidades—. Y a mi padre. Los he visto a los dos. A mi padre y a Carolyn.

—¿Cómo?

—Bueno, no a la vez. Primero he visto a mi padre y después a Carolyn. Me ha llamado por teléfono, Jack. Carolyn me ha llamado.

¡Cómo me está costando saber lo que siente! Normalmente me resulta fácil adivinarlo, sus emociones se reflejan en su rostro y me hablan a gritos, incluso aunque a él sólo le susurren. Pero ahora es como si Jack hubiese aprendido una lengua extranjera, una lengua que yo no hablo. En lugar de intentar discernir qué se oculta detrás de la indescifrable máscara, me limito a seguir hablando. Le cuento lo de la amiga patóloga de Carolyn, lo de que no existen indicios físicos que puedan culparme. Le cuento que su ex mujer me ha declarado inocente.

—Yo no lo hice —concluyo—. No murió por mi culpa.

—Lo sé —replica. No me está mirando. Tiene la mirada clavada en el borde de la mesa, en la pesada cubertería de plata o en la servilleta doblada en forma de cisne.

—¿Qué quiere decir que lo sabes? ¿Cómo lo has sabido? ¿Te lo ha dicho Carolyn?

En ese momento aparece el camarero con las bebidas y nos quedamos callados mientras las deja sobre la mesa.

—¿Te ha llamado Carolyn? —le vuelvo a preguntar cuando el camarero se va.

Jack toma un sorbo de su copa y tuerce el gesto. Saca la aceituna y se la mete en la boca.

—No, hace días que no hablo con ella.

—Entonces, ¿cómo te has enterado?

Suspira y escupe con discreción el hueso en la palma de su mano.

—Nunca he creído que la mataras tú, Emilia.

—Sí lo creíste.

—No, no lo creí. —Hace un alto y agita el vaso—. Cuando me lo dijiste, pensé que tal vez fuera posible. Parecías muy convencida. Pero entonces hablé con Carolyn...

Entonces viene el camarero para tomar nota y pasamos más de un minuto decidiendo entre poco hecho o al punto, salteado o a la parrilla, antes de entender a qué se refiere. En cuanto el camarero se ha ido con nuestro pedido y la copa vacía de Jack, comento:

—Pero Carolyn te dijo que había sido yo. Te dijo que alguien que es tan negligente con William puede perfectamente matar a su propio hijo.

Se encoge de hombros.

—No lo entiendo —confieso.

—Carolyn reaccionó como hubiese esperado que lo haría de haberme encontrado lúcido. Está enfadada y su rabia le hace ser irracional. Al oír lo que me dijo me di cuenta de que era absurdo e imposible. Lo que me sorprende es que haya tenido el detalle de llamarte después. Eso sí que me sorprende.

—¿Y no te sientes aliviado?

—Me alivia que te sientas liberada. Me alivia que ya no cargues con la terrible culpabilidad que lleva meses consumiéndote. De modo que, sí, supongo que me siento aliviado. Pero nunca he creído realmente que fueras responsable de la muerte de Isabel, ni necesitaba ninguna prueba para saber que no lo eras.

En este momento no sé qué sentir. Le agradezco su confianza y su lealtad, pero a la vez casi deseo que hubiese pensado que yo había matado a su hija, porque ahora podría ser perdonada.

Me aterra la frialdad contenida que percibo al otro lado de la mesa, me encantaría saber cómo deshacerme de ella, cómo parar esto ahora mismo.

—Le he pedido perdón a mi padre —comento.

—Eso está bien.

—Hemos estado hablando de un montón de cosas. Creo que tienes razón en lo de cómo mi relación con mis padres ha afectado mi forma de concebir la vida en pareja. —Estoy a punto de soltar un discurso sobre mi errónea búsqueda de la perfección, sobre cómo eso ha contaminado nuestra relación y sobre mi decisión de ser más justa de ahora en adelante con él y conmigo misma, cuando Jack alza una mano.

—Emilia, ahórratelo.

—Pero...

—Déjalo.

—¿Qué?

—Lo siento mucho, y te quiero, Emilia. De verdad. Pero no puedo seguir contigo. No puedo seguirle haciendo esto a William.

Me siento como si me hubieran dado un fuerte puñetazo. Me duele el estómago, tengo un nudo en la garganta y no puedo respirar. O respiro demasiado deprisa, no lo sé. ¿Por qué este hombre siempre me hace esto en los restaurantes? No deberíamos haber quedado aquí. Tendría que haberle insistido para que comiéramos un bocadillo de salchicha en un puesto ambulante.

De pronto caigo en la cuenta de que Jack está hablando.

—¿Qué? —susurro.

—He dicho que no es justo para él. Es mi hijo. Tiene que ser mi prioridad. Todo lo demás, lo que yo quiero, lo que me hace feliz, todo eso es secundario. Necesito hacer lo que sea mejor para William.

He recuperado mi voz:

—¿Y eso significa que tienes que dejarme?

Jack acerca la silla a la mesa, se inclina hacia delante y me coge de la mano. Su rostro adquiere una expresión paternal: tierna, cariñosa, condescendiente.

—Emilia, tienes treinta y dos años. ¿Para qué quieres una familia ya hecha? Un niño en edad escolar. Un marido mayor que tú. Es absurdo. Eres demasiado joven.

—¿No te parece que quizás es demasiado tarde para esto?

—Ha sido un error. Hemos cometido un error.

—Has dicho que me quieres.

Apoya la palma de la mano en mi mejilla.

—Y te quiero. Eres un encanto.

Entonces demuestro mi inmadurez apartándome de él y resoplando asqueada en el preciso instante en que el camarero me sirve el pescado. El buen hombre se sobresalta y se le ladea el plato, pero rápidamente limpia la salpicadura de salsa blanca con la punta de su servilleta de lino.

—¿Señora? —me dice.

—Estoy bien —contesto—. Gracias.

Cuando el camarero deja el cordero asado delante de Jack y desaparece, comento:

—No hemos cometido ningún error.

Él ha cogido el tenedor y el cuchillo, pero todavía no ha probado la carne.

Repito:

—No hemos cometido un error. No he cometido ningún error. Tú eres mi familia y quiero estar contigo.

Deja los cubiertos en la mesa.

—William es mi familia —matiza con suavidad.

—Y yo. William y yo.

—Tú no...

—Sí, Jack. Quiero a William. Lo quiero. —Incluso mientras pronuncio las palabras sé lo falsas que suenan, lo desesperadas que suenan. Sé que Jack piensa que lo he dicho únicamente para que no rompa nuestro matrimonio. Sé que cree que miento.

Pero lo exasperante, lo irónico es que lo que he dicho es cierto. Sólo ahora, cuando es demasiado tarde, entiendo que de algún modo ese niño de precocidad irritante y egoísta, con sus dinosaurios y sus cascos para la bicicleta y su alergia a la lactosa, se ha ganado mi corazón. Más que eso. Me ha devuelto a mi bebé al pedirle a su madre, ni más ni menos que a su madre, que me libere de mi supurante vergüenza y mi culpabilidad. Sin pretenderlo, incluso me ha devuelto a mi padre. Y, sin embargo, no puedo evitar pensar que es típico de William hacerse querer cuando quererlo ya no me sirve de nada.

Le digo:

—Dame otra oportunidad.

Jack contesta:

—Lo siento.

—Dame otra oportunidad.

—No puedo.

—¿Cómo que no puedes? ¡Por supuesto que puedes! Sí que puedes.

Sacude la cabeza y de pronto veo que tiene los ojos llorosos.

—No lo hagas —le suplico, o no. No estoy segura de haber hablado.

—No confío en ti, Emilia. Ya no confío en ti.

¿Y qué hacemos? Porque todavía hay que pagar la cuenta. Hay que esperar a que nos retiren los platos y nos traigan los abrigos. Hay que salir a la calle juntos y parar dos taxis. Hay que decidir si nos damos un beso de despedida y, en ese caso, qué tipo de beso (breve, formal, en la mejilla). Habría sido mucho más fácil simplemente desaparecer.

En el taxi tengo una crisis geográfica. Estamos atascados detrás de un camión en pleno tráfico, así que tengo tiempo más que suficiente para decidirme por alguno de los doce destinos alternativos. Hay mil sitios en esta ciudad, pero sólo uno en el que yo quiera estar, sólo un hombre con quien yo quiera estar. Un hombre y un niño.

Me niego a aceptar la ruptura. A aceptar que me eche de su vida. Ahora no, no cuando, al fin, me he dado cuenta de lo que está en juego. Tengo que demostrarle a Jack de alguna forma que él y su hijo son mi familia, que yo soy su familia. Tenemos que estar juntos.

Pero hasta entonces no tengo ropa que ponerme, así que decido ir a recoger mis malditos vaqueros.

—Lléveme a Barneys —le pido al taxista—. A Madison con la Sesenta y uno.

30

La semana es larga y el piso de Simon nunca ha estado tan resplandeciente. Cada mañana hago algo distinto: limpio las molduras de puertas y ventanas, restriego la suciedad acumulada en los azulejos del cuarto de baño, saco brillo al mármol de la cocina, aspiro las bolas de polvo que hay detrás de los libros de las estanterías empotradas. Este último cometido me permite descubrir la colección de DVD pornográficos de Simon y me paso casi toda una mañana comiendo palomitas hechas en el microondas mientras veo a hombres hacerse cosas unos a otros que parecen geométricamente inconcebibles sino imposibles. La experiencia ha sido enriquecedora y creo que, si algún día consigo convencer a Jack de que vuelva conmigo, no se arrepentirá.

Las tardes las dedico a leer mis libros sobre madrastras y a tomar copiosas notas. Cuando ya no puedo más, salgo de casa y deambulo por el centro de la ciudad. Pienso un par de veces en dirigirme al norte, hacia el parque, pero no acabo de decidirme. En lugar de andar por la tierra y la hierba, ando sobre el cemento, y en lugar de árboles y monumentos miro escaparates. En este barrio hay cosas que me encantaría comprarles a William y a Jack, pero no me permito semejante capricho. Parecería una cobardía por mi parte, y aunque sé que a William no le importaría, y que estaría feliz de montar la maqueta del cerebro de un *Chasmosaurus* sin preocuparse de si estoy intentando comprar su cariño, no la compro, ni compro tampoco los calcetines morados de cachemir, el último par que queda de la talla pequeña de hombre, perfectos para los preciosos pies de Jack.

Como mucho. De forma exagerada. Bebo café y engullo magdalenas y bollos recién hechos, hamburguesas y grandes raciones de fideos vietnamitas. Pido comida para dos en un apestoso restaurante de Chinatown de cuya ventana cuelga un llamativo pájaro naranja y me acabo el plato. Compro bocadillos de salchicha en puestos callejeros a las diez de la mañana, antes de que del agua caliente salga vapor. Como en un horrible barucho para turistas en Little Italy y pido un plato de pasta cubierto de queso, que quema, y bechamel con grumos. Es la única comida que no me acabo, pero calmo mi estómago vacío con rodajas de *mozzarella* fresca de Joe's Dairy. La báscula de Simon es lo único que no limpio de su piso, me da miedo acercarme a ella, aunque sea con un plumero o una bayeta. No quiero caer sobre la báscula sin querer y descubrir que he engordado siete kilos y medio durante mi exilio en el Lower Manhattan mientras trato de encontrar la manera de que mi marido cambie de opinión.

El jueves por la noche, después de pasar el día vagando por las calles, sentándome en cafés y subrayando fragmentos de mis libros sobre madrastras como una especie de loca obsesa, le preparo a Simon una sofisticada cena. Cuando llega a casa se encuentra la mesa puesta con platos de porcelana con motivos de rosas y servilletas de lino y una sopa de pescado al azafrán hirviendo a fuego lento. Yo estoy triturando ajo y perejil en un mortero en la encimera de su cocina.

—¿Qué haces? —me pregunta.

—Tranquilo, es granito. No se romperá. Estoy haciendo alioli. No he tenido tiempo para hornear pan, así que he comprado una hogaza de pan de olivas en Dean & DeLuca. ¿Te importa lavar la lechuga?

—¡Guau! —exclama, quitándose la corbata—. ¿A qué se debe tanto empeño?

—Es que tengo que hacer una llamada.

Arquea las cejas.

—La he estado posponiendo.

Mientras Simon lava la lechuga y la seca con papel de cocina, busco mi teléfono móvil y marco el número al que he decidido llamar a primera hora de la tarde, pero que he ido postergando desde entonces. Todos los libros de consulta sobre madrastras sugieren la terapia como opción para la madrastra y terapia familiar para las relaciones que se estancan. Hay dos que hasta animan a la madrastra a hablar personalmente con el terapeuta del hijastro. Al parecer, todos los niños tienen terapeuta. Yo nunca he hablado con el terapeuta de William, el renombrado psicólogo doctor Batholomew Allerton. En realidad, cuando he hablado sobre el doctor Allerton lo he hecho con absoluta ironía. Pero sé que el niño confía en este hombre. Sé que cada semana, cuando se sienta en su despacho, me imagino que en un diminuto sofá, ambos deben hacer algo más que simplemente jugar interminables partidas de Stratego, aunque eso es todo lo que William cuenta de sus visitas al doctor Allerton. Seguro que éste sabe cómo enfocar nuestra compleja y deteriorada situación. Si accede a verme, me ayudará a encontrar el modo de salvar a mi familia.

Tras el pitido del contestador automático empiezo a hablar:

—Doctor Allerton, soy Emilia Greenleaf. Emilia Woolf Greenleaf. La mujer de Jack Woolf. La madrastra de William Woolf. —Recito mi número de teléfono. Dos veces. Y continúo—: Llamo porque, como probablemente ya sabrá, las cosas no nos van muy bien y me preguntaba... tenía la esperanza de que accediera a hablar conmigo o a darme hora. Verá, la cosa es que realmente quiero hablar con usted, bueno, creo que estoy lista para hacerlo. —Mi pausa es demasiado larga—. O podría..., si Jack me dejara... —De nuevo una pausa demasiado larga, se oye otro pitido y la comunicación se corta.

—¡Maldita sea! —exclamo. Vuelvo a llamar—. Hola, doctor Allerton, soy Emilia Greenleaf otra vez. La madrastra de William Woolf. Llamo porque me gustaría saber realmente cómo ser... mejor... con William y hacer la clase de cosas que necesita. O al menos no hacerle daño. Supongo. He pensado que si hablaba con usted, tal vez podría comprender mejor a William y sus sentimientos, tal vez. O algo... —Se me apaga la voz, suena el pitido del contestador automático y la comunicación vuelve a cortarse.

—¡Joder! —Marco de nuevo—. Hola, soy Emilia Greenleaf otra vez. Esto me incomoda mucho, porque seguramente sabe que Jack y yo estamos medio separados, y no es que pretenda hacer nada a sus espaldas, no, pero es que he pensado que quizás usted podría ayudarme a encontrar el modo de, no sé, de arreglar las cosas. Porque quiero que mi relación con Jack funcione, y con William, y sé... —Pitido.

—¿Emilia? —me dice Simon.

—¿Qué? —Sujeto el auricular con una mano mientras marco con la otra.

—¿Sabes lo que es una orden de alejamiento?

Me detengo con el auricular casi pegado a la oreja.

—¿Crees que me estoy pasando?

—Sí, sin duda.

—Mierda.

Mi móvil suena.

—Mierda —repito.

—Contesta —me ordena Simon.

Miro el identificador de llamada.

—Es el doctor.

—¡Contesta!

—No. Debe pensar que soy una psicópata.

—¿Podrías, por favor, dejar de comportarte como una psicópata y coger el maldito teléfono?

La consulta del doctor Allerton es lujosa y está impecablemente decorada, parece mentira que aquí vengan los niños más desquiciados. El sofá y las sillas de la sala de espera están tapizados con una tela sufrida pero suntuosa y todos los juguetes parecen nuevos. Las cajas de plástico están llenas de Legos hasta el borde, el pelo de las muñecas todavía está brillante y sin nudos, y las cajas de cartón con juegos y puzles no están abolladas ni rotas. O el renombrado psicólogo infantil repone los estantes de su sala de espera cada semana o los niños que esperan aquí están tan desmoralizados y deprimidos que no tienen energía para jugar.

Son casi las siete de la mañana y soy su primera visita del día. Me ha colado, eso me dijo ayer noche por teléfono, porque está preocupado. Dice que en mis mensajes yo estaba «aturdida» y «confusa». Intenté explicarle al doctor que no estoy confusa. Que, por fin, tengo las ideas un poco claras y que por eso quería verlo, para pedirle ayuda, pero al cabo de, bueno, varios minutos de confusa conversación, decidimos que lo mejor sería que viniera e intentara explicarle en persona lo que quiero.

Exactamente a las siete en punto, la puerta del otro lado de la sala se abre y un hombre de corta estatura asoma su gran cabeza a la sala de espera. Está cubierta de una alfombra de rizos morenos, compactos y brillantes como un sombrero cosaco de astracán, y su barba gris desciende por su garganta hasta el cuello abierto de su camisa para reunirse con el vello de su pecho. Me sorprende que William nunca haya mencionado que su terapeuta es tan peludo.

—¿Señora Greenleaf? —me dice—. Pase.

El doctor Allerton me señala el sofá y se sienta en una silla Eames de cuero marrón oscuro. Me siento y me quito el abrigo. La bufanda me la dejo puesta, aunque aflojada, y hundo la barbilla entre los pliegues de la suave lana.

—Dígame —empieza el doctor—, ¿qué puedo hacer por usted?

Le cuento una versión larga de lo que le expliqué en el contestador automático, que espero que me ayude a entender mejor a William, a ser mejor madrastra. Le digo que mi relación con Jack está en crisis, y que a menos que encuentre el modo de solucionar este problema, nuestro matrimonio fracasará.

—Mmm... —titubea el doctor cuando, al fin, termino.

¿Para esto me he levantado a las seis de la mañana?

—Mmm... —repite. Y se rasca la barba.

Miro por encima de su hombro hacia la estantería en la que guarda ordenados los juegos y juguetes. Localizo el famoso Stratego que ha consumido tantas horas de terapia semanal de William. Vuelvo a mirar al doctor Allerton. Ahora se rasca la cabeza.

—Emilia —dice—. ¿Puedo llamarla Emilia?

—Sí.

—Emilia, ¿quiere ser mejor madrastra porque cree que es lo que debe hacer por el bien de William y el suyo propio, o porque teme que, de lo contrario, su marido la abandone?

Hace frío en este despacho y hundo la barbilla en la bufanda.

El doctor espera.

—Por las dos cosas —respondo.

Él asiente.

—Le puedo dar algunas pautas como madrastra. Le puedo recomendar unos cuantos libros excelentes que hablan de los cimientos que son necesarios en las familias donde hay un padrastro o madrastra. Le puedo remitir a algunos asesores expertos en la materia. Sin embargo, lo que me preocupa es que haya venido a verme para poder demostrarle algo a Jack y no movida por un deseo auténtico de mejorar la situación.

Pienso en Jack y en lo mucho que lo quiero. Sé que estoy aquí porque quiero demostrarle que puedo ser como él necesita que sea, como William necesita que sea. Pero ¿es ésa la única razón? Pienso en William, en su cara alargada, su seriedad al hablar, sus ojos azules. Lo visualizo patinando por la Wohlman Rink, sus tambaleantes tobillos apenas soportando su peso, la decidida expresión de su rostro mientras patinaba pese al miedo que sentía.

—Emilia, es tremendamente difícil ejercer de madrastra. Es normal que sienta resentimiento hacia su hijastro, es normal la ira. Hasta es normal que, en ocasiones, le caiga mal. No puede pretender ser inmune a estos sentimientos, ni su marido puede pretender que lo sea. No puede controlar sus sentimientos ni los de nadie. Lo único que puede controlar es su propio comportamiento, su propia reacción al inevitable estrés. Eso, si quiere, claro.

—Sí, sí que quiero. Es sólo que...

—¿Qué?

—Que no sé si William... No sé cómo William... —Vuelvo a hundir la barbilla en mi bufanda, escondiéndome del peludo psiquiatra.

El doctor Allerton suspira.

—¿Me está preguntando qué opina William de usted? ¿Por eso ha venido?

—No, no, por supuesto que no. No exactamente... Bueno, ¿habla de mí?

—¿Qué cree usted que opina? —me pregunta el doctor.

Pienso en el riesgo que corrió William saliendo en mi defensa delante de su madre, en la absolución que me ha regalado. Me lo imagino de pie, delante de su madre, con un desgastado ejemplar de *Lyle, Lyle, Crocodile* en una mano y un *Giganotosaurus* de tres palmos de altura en la otra.

—No lo sé —miento.

El viernes paseo por Canal Street mientras trato de decidir si merendaré cuchifrito o mofongo, no sé qué es ninguna de las dos cosas, pero de algún modo sus nombres me resultan atractivos, cuando suena mi teléfono móvil. Por el identificador de llamada sé que es Jack y me pongo tan contenta que salgo corriendo del diminuto restaurante dominicano sin pedir nada.

—¡Jack!

—Necesito tu ayuda.

Está en un Lincoln Town Car dando vueltas al tribunal federal. William está con él y tiene una tremenda pataleta. Por alguna razón, seguramente porque, sin duda, sabe cómo forzar las cosas, ha insistido en verme. ¡Que Dios bendiga a este niño!

Hoy se casa Carolyn y a William no le hace ninguna gracia. Su disconformidad la ha empezado a poner de manifiesto por la mañana, cuando ha tenido una rabieta de camino al colegio, donde ha mordido a uno de sus compañeros y ha intentado tirar una silla desde el patio de la azotea (una acción totalmente inútil porque toda la estructura está vallada, pero lo que cuenta es la intención, no el resultado, que ha sido menos dramático y más frustrante de lo que a él le habría gustado), y al salir del cole cuando le ha propinado una patada tan fuerte a Sonia, que sin romperle la espinilla, le ha hecho perder la calma. Eso, sinceramente, es lo que más me ha sorprendido.

En cuanto ha llegado a casa se ha negado a cambiarse y ponerse su elegante atuendo. Ha insistido en llamar a su padre. Me imagino lo que le habrá costado a Carolyn ceder a su petición. Jack me explica que William quería hablar con él y que Carolyn le ha dejado llamar, pero después le ha suplicado que le ayudase a convencer al niño de que tenía que prepararse para la ceremonia. Apuesto a que se lo ha pedido a regañadientes; y lo siento por ella, lo siento de verdad, y no sólo porque recientemente haya sido la fuente de mi salvación. Tiene que ser de lo más molesto pedirle ayuda a tu ex marido para que calme a tu hijo a fin de que tu boda pueda llevarse a cabo sin incidentes.

Sin embargo, Jack no ha tenido éxito. Al menos no del todo. William lloraba, pero no quería explicar el motivo de su llanto. Ha dicho que quería a su padre, se ha negado a ir a la boda y le ha suplicado a Jack que fuese a recogerlo. Finalmente, ha dejado que lo vistieran, pero sólo a condición de que Jack lo llevara en coche al centro de la ciudad. No obstante, al llegar al Tribunal, no ha querido bajar del coche. Jack ha intentado obligarle a bajar, pero ha pensado que llevar a un niño a rastras hasta el despacho del juez no es la clase de ayuda a la que se refería Carolyn cuando le ha llamado para que lidiara con William. Entre lágrimas el pequeño le ha pedido de pronto que si Jack conseguía que yo fuera, para que pudiéramos hablar, entonces iría a la boda.

—Dile que se ponga —comento.

—Quiere verte.

—¿Cómo vais de tiempo?

—La ceremonia es a las cinco.

Consulto mi reloj.

—Tenemos tiempo de sobra, estoy a sólo una parada de metro.

Todo está de mi parte. Mi tren llega a la estación cuando paso el acceso giratorio, y me meto en el vagón justo antes de que la puerta se cierre. El trayecto hasta la siguiente estación es tan corto que apenas tengo tiempo para pensar en por qué William ha pedido verme ahora, cuando no es nada conveniente para sus padres, cuando es algo que puede alterar completamente los planes de Carolyn. Seguro que ha querido verme por eso, porque sabe cuánto le molestará a su madre; aun así, no deja de ser curioso. Nunca ha recurrido a mí de esta forma y ahora me necesita con urgencia, precisamente cuando yo lo necesito a él.

Salgo de la estación de metro y veo el Town Car esperándome. Abro la puerta. William está sentado en el regazo de su padre y tiene la cara llena de lágrimas y mocos. El abrigo y la americana de Jack están hechos una bola en el asiento de al lado, y lleva el primer botón de la camisa desabrochado y la corbata torcida. Está guapísimo.

—¡Hola, chicos! —los saludo—. ¿Qué tal?

Jack me dedica una mirada que quiere decir: «Éste no es momento para bromas». William, olvidando que he venido por él, parece sorprendido al verme y empieza a gimotear.

—Apartaos un poco —les digo mientras subo al coche.

El conductor mira por el espejo retrovisor y pregunta:

—¿Una vuelta más, señor Woolf?

—Sí, Henry, por favor.

Me reclino en el asiento de tapicería de cuero negro y me ladeo para poder ver a Jack y a William.

—¡Eh, colega! —exclamo—. ¡Bravo! Ya no vas en el elevador.

—Ni nos hemos acordado de cogerlo —suelta Jack.

—¡Estupendo! —le digo a William, asintiendo con complicidad como si fuese yo la única persona que ha caído en la cuenta de que la tarde entera ha sido planeada con el fin de dejar el elevador en casa. William intenta esbozar una sonrisa, pero no lo consigue.

—A ver, ¿qué ocurre, William? ¿Por qué querías verme?

Se encoge de hombros.

—En serio, yo no tengo inconveniente, pero en cualquier momento la policía pensará que el pobre Henry es un terrorista que está espiando un edificio federal y nos detendrán, y a tu madre le dará un ataque de histeria. ¡Venga, desembucha!

Se frota la nariz sucia y luego se limpia la mano en sus costosos pantalones grises. Tengo la esperanza de que, si le convenzo de ir a la boda, su madre me perdonará que esté moqueando.

—No quieres que tu madre se case con tu dentista —comento.

Sacude la cabeza y susurra:

—No.

—Claro, ¿y quién querría? Me refiero a que es un dentista. —Me estremezco—. Pero tú no eres como la mayoría de la gente, William. Tú eres especial, ¿recuerdas? A ti te cae bien ese tipo. ¿Verdad que me dijiste eso? ¿Verdad que me dijiste que te gustaba tu dentista?

—Sí.

—¿Y has cambiado de opinión?

—No.

Jack ha apoyado la cabeza en el reposacabezas y ha cerrado los ojos, como si no soportase la importancia que le estoy dando al asunto.

—Entonces, ¿cuál es el problema?

—No lo sé.

—Yo sí.

Por fin William deja de susurrar.

—¿Lo sabes? —pregunta en voz alta.

—Si mamá se casa con tu dentista y papá está casado conmigo, se acabó, ¿no es cierto? Ya nunca volverán a estar juntos. Tu familia nunca volverá a ser como antes. Con papá, mamá y tú.

Rompe de nuevo a llorar y se frota los ojos. Me entristece que ya empiece a reprimir las lágrimas de forma tan masculina. Pese a la facilidad que tiene este niño para llorar, algo en su interior le dice que no debería hacerlo, que es mejor no llorar, que debería estar avergonzado. Pero de momento no intenta contener el llanto.

—Cuando era pequeño —dice William— solía pensar que, cuando papá y tú dejarais de estar casados, papá y mamá podrían dejar de estar divorciados.

—¿Eso pensabas?

—Sí. Pensaba que cuando el divorcio terminara papá volvería a casa.

—¿Tienes muchos recuerdos de cuando papá vivía contigo y con mamá?

Tuerce el gesto, frunciendo el entrecejo y esforzándose por recordar.

—Algunos. Recuerdo que papá vino un verano con nosotros a Nantucket; pero no tengo muchos recuerdos.

—Eras muy pequeño cuando tus padres se divorciaron.

Se reclina sobre Jack, presionando su pequeña espalda contra el sólido pecho de su padre.

—William, ¿cuando me fui de casa la semana pasada pensaste que papá volvería con mamá?

Percibo que Jack está tenso y sé que William debe notar esa tensión contra su espalda. Jack y yo esperamos a que conteste.

Primero se encoge de hombros y luego susurra:

—Más o menos.

—¿Y por eso hoy estás tan enfadado? ¿Porque tu madre se va a casar con tu dentista en lugar de casarse con tu padre?

William asiente con la cabeza.

Me inclino hacia delante y cojo una de sus pegajosas manos con las mías.

—Entonces, cariño, ¿por qué querías verme? No lo entiendo. Tendría que ser la última persona a la que quisieras ver.

William se abalanza torpemente sobre mis piernas. Empieza a llorar de nuevo y esconde la cabeza entre mis rodillas.

—No lo sé —contesta—. No lo sé.

Le doy la vuelta y lo siento sobre mis piernas. Es la primera vez que lo tengo sentado en mi regazo. Lo nuestro es un lío de rodillas y piernas y tardo un rato en sentarlo de forma que no estemos ridículamente incómodos. Le acaricio el pelo y lo acuno con suavidad.

—Tranquilo, William. Tranquilo —le susurro al oído.

—Es sólo que, no sé, ahora todo se ha ido a la porra —solloza—. Todo es un follón. Arréglalo. Arréglalo. —Está a punto de hiperventilarse, todo su cuerpo tiembla a causa del lloriqueo desenfrenado. Lo abrazo tan fuerte como puedo.

—Lo siento, William —le digo mientras lo acuno—. No puedo.

—¿Por qué ya no vives con nosotros? —me pregunta.

Contengo el aliento, esperando no sé a qué. Entonces interviene Jack:

—Emilia y yo estamos intentando arreglar las cosas, William. Sé que es difícil de entender.

¿En serio?

Le digo:

—Verás, es como lo de Lyle. ¿Debería vivir en la casa de la calle Ochenta y ocho Este o en el zoo con el resto de cocodrilos? Es algo parecido a eso. Estamos intentando decidir.

William se incorpora, baja de mis piernas y se sienta entre su padre y yo.

—Eso es una estupidez, Emilia —protesta con vehemencia—. Sabes perfectamente que el señor Grumps obliga a Lyle a vivir en el zoo. Pero ése no es su hogar; su hogar está con su familia en la calle Ochenta y ocho Este.

—Sí, bueno, pero eso es en la ficción. En la vida real los cocodrilos no tienen familias. Familias humanas. Viven con otros cocodrilos en el zoo de Central Park.

—En el zoo de Central Park no hay cocodrilos, sólo hay caimanes.

—Es una metáfora, William. Lo que intento decir es que quizá yo sea como Lyle. Quizá mi sitio no esté contigo y con papá porque no soy como vosotros. Mis dientes son demasiado afilados y... y mi cola demasiado larga. —La última parte no tiene ningún sentido, pero William pilla la idea. Al menos eso espero. Es Jack el que debería estar hablando y no yo, y no creo que pueda seguir mucho más rato. Estoy tratando de no llorar, pero no aguantaré.

—Lyle tiene que estar con su familia, Emilia. Lo quieren, aunque sea un cocodrilo.

Lo miro fijamente. No sé con certeza si ha dicho lo que creo que ha dicho. ¿Me ha dicho que me quiere o es demasiado pequeño todavía para hablar metafóricamente? ¿Está hablando sólo de un estúpido libro para niños? No me importa, lo abrazo de todas formas. Y entonces Jack se une a nosotros también y los tres nos abrazamos en el asiento trasero del Lincoln Town Car, que de repente me parece excesivamente pequeño.

—¿Doy otra vuelta, señor Woolf? —pregunta Henry.

—No —contesto—, ya estamos listos.

William levanta la cara, sorprendido, y empieza a cabecear.

—¡Venga, cariño! —lo animo—. Es tarde y tu madre se casará con o sin nosotros. No le estropeemos el día.

Rebusco en mi bolso hasta que doy con un pañuelo de papel que no está en muy buen estado. Le limpio la cara a William lo mejor que puedo y después le enderezo a Jack la corbata. Subimos lentamente las escaleras hasta el Tribunal federal.

Carolyn nos espera frente a los detectores de metales junto a un pequeño grupo de gente que está tan nerviosa como ella. Veo que esta vez no va a cometer el error de casarse con un judío bajito. Su dentista es alto, rubio y, sin duda, nórdico. Es un oso polar al lado del koala de Jack. Yo, personalmente, prefiero los bajitos.

Nuestra llegada es recibida con cierta sorpresa, pero con alivio general.

—¡Gracias a Dios! —exclama Carolyn mientras arranca la mano de William de la mía—. ¿Qué ha pasado? Emilia, ¿qué haces...? ¡Oh, déjalo! ¡Vamos! Tendríamos que haber estado en el despacho del juez Doty a las cinco.

Consulto mi reloj. Son las cinco y once minutos.

Carolyn, su dentista escandinavo o islandés, y su pequeño séquito se apresuran a cruzar los detectores de metales. Con la mano que tiene libre William nos despide resignado. Cuando el grupo de gente desaparece en el ascensor, Jack y yo nos apoyamos el uno en el otro aliviados.

—¡Larguémonos de aquí! —propone él.

31

Henry nos lleva hacia el norte, hasta casa de Carolyn, donde tenemos que recoger la maleta que Sonia ha dejado preparada para William en el vestíbulo. No hemos hablado de adónde iremos después, así que le pido a Henry que pare en la calle Setenta y seis. Las distintas entradas al parque tienen nombres muy raros y es gracias a William que sé lo de la Puerta de las Mujeres, que esta entrada concreta en medio del muro de piedra es una de las pocas que no ha sido bautizada con el nombre de una profesión o una ocupación como la Puerta de los Académicos, la Puerta de los Marineros, la de los Inventores, los Ingenieros, los Leñadores o los Artistas. Ésta se llama la Puerta de los Niños.

Al bajar del coche me anudo la bufanda. Hace frío y viento, y golpeo el suelo con los pies varias veces para entrar en calor.

—¿Adónde te apetece ir? —me pregunta Jack.

—A dar un paseo.

—¿Quieres que vayamos a esa cabaña pequeña que hay en el Ramble?

—No podemos ir a la cabaña porque no encuentro la maldita cabaña. William y yo nos pasamos siglos buscándola. Y si no logré encontrarla con luz, seguro que no la encontraré con el sol a punto de ponerse.

—Sé dónde está.

—¿Qué? ¿Cómo es posible que lo sepas?

Jack está mirando hacia el parque, de espaldas a mí, guapo y elegante con su abrigo oscuro. Lleva la bufanda escocesa de color gris azulado suelta y uno de sus extremos ondea al viento alrededor de su cintura. Me aproximo a él con pasos sigilosos, pero no silenciosos; sobre la acera hay ramas y hojas secas, que crujen y se parten bajo mis pies. Sé que me oye, aunque no se vuelva. Cuando estoy detrás de él, le rodeo la cintura con mis brazos, apoyo mi mejilla en la áspera lana de su espalda y respiro al mismo ritmo que él.

—¿Por qué sabes dónde está? —le pregunto otra vez.

—Porque William y yo la buscamos el miércoles por la tarde.

—¿Y la encontrasteis? ¿Cómo pudisteis encontrarla?

—Compré un mapa en el Dairy.

—¡Ah..., un mapa! Claro, haciendo trampas... —Supongo que si hubiese ido al Dairy, si hubiese comprado un mapa como hizo Jack, William y yo también habríamos encontrado la pequeña cabaña del Ramble. La habríamos encontrado y luego tal vez nunca hubiéramos ido al Meer. Nos habríamos ahorrado esa debacle, pero entonces tal vez no hubiera ocurrido nada de lo que ha ocurrido, incluido lo que movió a Carolyn a decirme lo de la muerte de Isabel y lo que ha movido hoy a William a pedir verme cuando necesitaba ayuda.

El viento nos azota mientras recorremos los serpenteantes caminos que discurren a la vera de los árboles de ramas sibilantes. Sopla contra nuestras espaldas y nos empuja por los paseos de asfalto agrietado como a un par de torpes cometas. Mientras nos dirigimos hacia el norte en busca de un camino que se desvíe al oeste en dirección al Ramble y al puente, el sonido de voces infantiles empieza a ganar intensidad. Aquí, en la calle Setenta y siete, hay un parque infantil. Es igual que el resto de parques de Central Park, está lleno de niños abrigados con sus madres, niñeras de color y bebés que agitan sus manos enguantadas frente a los juguetes que cuelgan de los ganchos de sus sillitas. Al pasar por delante del parque, Jack me lanza una mirada, evaluando mi reacción. Miro hacia el interior de la zona vallada. Hay un niño pequeño, de unos cuatro o cinco años, demasiado bajo para ver por encima del cochecito que está empujando. El bebé de la sillita chilla de excitación y se ríe con fuerza por la emoción de que lo pasee su hermano mayor. Su madre camina junto a ellos e interviene ocasionalmente con una mano protectora para corregir la dirección del cochecito, evitando así que choque contra algo.

Pienso en William, y en Isabel. Me lo imagino a él empujándola en su Bugaboo de tela vaquera. Pienso en el bebé que tendrá Carolyn, el hermanito o hermanita que William podrá conocer. Y antes de seguir visualizando escenas, cojo la mano de Jack y seguimos caminando hacia el oeste, hacia el Ramble.

Andamos en silencio, limitándonos a observar cómo nuestro aliento empaña el aire mientras ascendemos. Tardamos sólo diez o quince minutos en llegar a la cabaña. No la encontré porque fui por el lado equivocado; hubiera bastado con coger el camino del lago y atajar hacia el norte. Desde allí se llega directamente.

Es una pequeña construcción de madera, una especie de pérgola de laterales arqueados y tejado agrietado. Las paredes están hechas con estrechos leños de formas extrañas. Es una cabaña propiamente dicha, pero por desgracia no está muy apartada; hasta ella llegan caminos procedentes de todas direcciones.

—No me puedo creer que esté aquí —comento.

—Ni yo que no la encontraras.

Jack alarga los brazos y me cruza el abrigo abierto delante del pecho. Dentro de la cabaña hace mucho más frío que fuera.

Nos sentamos en uno de los pequeños y toscos bancos. Estiro las piernas hacia el centro del suelo hecho de piedras que dibujan rayos divergentes. Jack me imita y sus piernas llegan mucho más lejos que las mías. Pese a su corta estatura es más alto que yo. Formamos una bonita pareja, un buen equipo. Pero ¿es mágica nuestra unión? La historia que siempre le he contado a Jack acerca de la forma en que nos enamoramos era un cuento cabalístico sobre el *bashert*, un cuento de magia y predestinación, y de ángeles que vuelan de una vida a otra.

Me temo que mi padre tiene razón; he tejido una red de sueños no más real que la fantasía que él mismo perseguía.

Mistifiqué e hice místico nuestro amor para justificar el daño que hicimos. El milagroso relato posibilitó ignorar las promesas y los juramentos hechos, los niños recién nacidos y la confianza depositada. Jack y yo éramos *bashert*, de ahí que no tuviéramos más opción que arrojar fuego nuclear sobre aquellos que nos estorbaban. Estábamos hechos el uno para el otro, no por elección sino por el destino. No teníamos más remedio que rendirnos al destino, por eso éramos inocentes.

Pero Jack ya era padre antes de que yo fuera madre, así que no estaba tan convencido como yo de esta historia. La fuerza gravitatoria de su culpabilidad paterna era intensa y yo me vi obligada a convertirme en una aeronauta, constantemente controlando el combustible y redirigiendo el globo, llenándolo de aire caliente para que nuestro diminuto cesto se mantuviera en el aire. Cuando el globo explotó y mis habilidades fracasaron, nos estrellamos aparatosamente, rompiéndonos los huesos y magullándonos las extremidades en nuestra carrera hacia la Tierra.

Ahora sé que no somos un capítulo de un antiguo texto místico escrito por Dios. Nuestro amor no es mágico. Nos amamos como se supone que un hombre y una mujer se tienen que amar. Trabajando duro y con miedo; con esfuerzo y con malentendidos; con momentos de tranquilidad y, final y necesariamente, con confianza.

Abro la boca para explicarle esto a Jack, para decirle cómo es y debe ser nuestro amor, para exponer mi argumentación y desnudar mi corazón, pero habla él primero.

—Me gustan tus vaqueros nuevos —me dice—. Te hacen un trasero estupendo.

—Pero ¿has tenido tiempo para fijarte en mi trasero a pesar de todo?

—Siempre tengo tiempo para eso.

Sonrío y coloco mi pierna encima de la suya. Me rodea con el brazo y pone la mano debajo de ese trasero que tanto le gusta.

Hay mucho que decir, muchas disculpas, muchas promesas. Pero no decimos nada. El cielo se oscurece en este rincón del parque iluminado únicamente por las farolas y el resplandor de los edificios que rodean Central Park.

Después de un buen rato Jack dice:

—Vamos a casa. Aquí hace un frío horrible.

32

Estoy esperando a William. Hace calor para ser septiembre y estoy sudando mientras espero de pie delante de la puerta de la clase de párvulos del Ethical Culture School. No me acerco al resto de madres que esperan, en parte porque las madres del parvulario no confían en las segundas esposas más de lo que lo hacían las madres de la guardería, pero sobre todo porque no quiero que nadie me empuje y me rompa lo que he traído. Es frágil y no me fío de los niños de cinco años.

—¡Eh, hoy no es miércoles! —exclama William al verme.

—Pero es tu día de suerte.

—¿Por qué no estás trabajando?

—He cogido la tarde libre. —Allison me ha conseguido un empleo en la división de apelación de Ayuda Legal Gratuita. Ahora me gano la vida escribiendo alegatos. Cuando mi cuñado y sus colegas no consiguen convencer a un jurado de que dejen a sus jóvenes clientes continuar vagabundeando por las calles solitarias, dirijo la petición a los jueces de apelación. El trabajo me encanta y creo que soy buena. Al fin y al cabo, redactar alegatos es la parte de la abogacía que mejor se me da.

—¿Dónde está Sonia?

—También tiene el día libre.

—¿Qué llevas ahí?

—Un huevo frito.

—Hablo en serio.

—¿Qué crees que es?

—Un barco. Un barco dirigido por radiocontrol.

—¡Bingo! —Bajo el barco a la altura de su cara para que pueda verlo mejor. Es un velero en miniatura, con velas de tela y un mástil de madera. Al timón hay un pequeño pirata que lleva un diminuto parche en el ojo. Me ha costado casi doscientos dólares, pero no era el más caro de la tienda. Ni mucho menos.

—¡Es un barco pirata!

—Exacto. ¡Venga, vamos!

—¿Adónde?

—Adivina —le digo.

—¿Al estanque?

—¡Bingo!

—Vale —contesta William—. Pero voy a coger la mochila y la fiambrera.

—El estanque para barcos dirigidos por radiocontrol en realidad se llama Conservatory Water —me explica William mientras introducimos el barco en las estancas aguas verdes—. Pero la mayoría de la gente no lo sabe.

Maneja los mandos con pericia. Yo permanezco detrás de él y echo un vistazo al estanque. En el camino veo que hay niños encaramándose a la estatua de Alicia en el País de las Maravillas para perseguir a las palomas que les ensucian los hombros con sus excrementos blancos y negros.

—¡Qué chulo es! —exclama William. Dirige el barco pegado a la orilla y luego lo lleva hasta el centro del estanque.

—Ponte al pairo, marinero —lo animo.

—De eso nada. Todo avante.—Pues todo avante, marinero.

William me deja dirigir el barco y lo hago lo mejor que puedo, pero mis círculos no son tan perfectos como los suyos y a los dos nos preocupa que el velero vuelque.

—Este barco es una maravilla, Emilia —dice.

—Es para ti, colega.

—¿De verdad? ¡Para mí! ¡Qué guay! —William intenta dibujar un arriesgado ocho en el agua.

—Es un regalo de cumpleaños.

—Mi cumpleaños es el mes que viene, en octubre —matiza con las cejas fruncidas—. Entonces, ¿no me harás ningún regalo el día de mi cumpleaños?

—No es por tu cumpleaños. Es un regalo y es para celebrar un nacimiento, pero no el tuyo, ¿lo entiendes?

—No.

—Piensa. —Me siento en el borde de cemento del estanque, de espaldas al agua. Miro a William fijamente.

—Blair —adivina al fin.

—¡Exacto!

Carolyn ha llamado a Jack esta mañana de camino al hospital. Está de parto, de modo que William se quedará con nosotros unos cuantos días hasta que ella se haya instalado en casa con el bebé.

—¿Ha nacido hoy, mientras yo estaba en el cole?

—Está naciendo ahora mismo. O dentro de un rato. Tu dentista llamará a papá en cuanto el bebé nazca.

William dice:

—Se va a llamar Blair Soule Doty I. Es un número romano. Y yo soy William Soule Woolf I. Tenemos el mismo apellido materno, pero los dos somos «primeros».

—Lo sé. Me lo has dicho ya mil veces. Es un nombre estupendo. Los dos tenéis nombres estupendos.

—Cuando dibuje a mi familia, tendré que incluir a Blair. —De nuevo hace virar el barco con pericia—. Nunca llegaste a ver el dibujo que hice en la guardería.

—Lo vi. —Cruzo las piernas y levanto el rostro hacia el sol. Siento calor en las mejillas. Estamos teniendo un maravilloso veranillo de San Miguel. Cierro los ojos—: Era precioso.

—Dibujé a Isabel como un ángel.

Abro los ojos.

—Lo sé.

—Lo hice para ti.

—¿A qué te refieres?

—El ángel era para ti. Yo no creo en los ángeles. No creo que haya un cielo donde va la gente cuando se muere, pero pensé que te haría sentir mejor pensar en Isabel de esa forma, como un pequeño ángel con alas sobrevolando tu cabeza.

Alargo el brazo y acaricio el pelo de William. Deja que lo acaricie antes de volverse a concentrar en el barco.

Le digo:

—Y así fue. Me sentí mejor.

—¿Qué crees que hay después de la muerte? ¿Crees en los ángeles?

Pienso en Isabel, un ángel de luminosas alas revoloteando sobre mi cabeza.

—No, me parece que no.

—Los judíos tampoco. Sobre todo los judíos ortodoxos. Bueno, no creen que haya ángeles en el cielo. ¿Recuerdas cuando te dije que yo era judío ortodoxo?

—Lo recuerdo.

—Verás, en realidad no lo soy.

—Lo sé, William.

—Los episcopalianos creen en los ángeles y en el cielo, pero creo que tampoco soy episcopaliano.

—¿No?

—No. Me parece que soy budista. Los budistas creen en la reencarnación. Significa que vuelves a nacer reencarnado en otra persona. O en un animal. ¿Crees en eso? ¿Crees que es posible que Isabel se reencarne en un animal? ¿Tal vez en un pez de este estanque o en un pingüino del zoo de Central Park? A lo mejor se reencarna en Blair. Entonces sería mi hermano en lugar de mi hermana.

Me quedo parada. ¿Es posible que Isabel desee tanto vivir como para reencarnarse en el hijo de otra madre? ¿En el hijo de Carolyn? O tal vez en mi propio hijo, el que tendré en un futuro. ¡Ojalá mi pequeño budista tenga razón!

—No lo sé, William. Supongo que no creo realmente en la reencarnación.

El barco choca con una hoja suelta. El niño lo hace avanzar escorado junto al borde del estanque, efectúa una virada tan brusca que el mástil casi forma un ángulo de inclinación de cuarenta y cinco grados.

—Vale —insiste—, entonces, ¿qué crees que pasó con Isabel cuando murió?

—Supongo que simplemente se fue, que su esencia, lo que la hacía distinta de todos los demás, desapareció con ella.

—O sea que no crees en nada. —Lo dice como si no fuese la primera vez que habla de la no existencia del más allá. Como si entendiese el concepto de no creer en nada.

—No lo sé, William. De verdad, no lo sé.

Gira el mando del control remoto y el barco vira, de nuevo, bruscamente, escorándose, casi volcando antes de enderezarse de nuevo.

—Pues yo soy budista.

—Me parece muy bien —comento.

—Si encuentro a Isabel, te avisaré.

—Genial, me encanta saber que la estarás buscando. —Observo la seguridad con que maneja los mandos—. Ya es hora de ir recogiendo.

—Una vuelta más.

William traza círculos con el barco en el estanque, muy despacio, tomándose su tiempo. Cuando el barco llega a la orilla, lo saco del agua y lo sacudo.

Alarga los brazos para coger su barco. Es demasiado grande para que lo lleve, pero le dejo hacerlo. Guardo los mandos en mi bolso.

—Me encanta mi barco, Emilia. Gracias por el regalo de nacimiento.

—De nada, William Soule Woolf I. Feliz nacimiento de Blair. Te quiero.

Y es verdad que lo quiero. Adoro a este flacucho sabelotodo, con su irritante precocidad y su tremendamente limitada y egoísta forma de ver las cosas. Me he enamorado de él, no con la precipitación alocada e histérica de la pasión instantánea y espontánea que sentí por su padre, sino lentamente, traqueteando y chirriando como un carro de tres ruedas que avanza por una surcada pista de tierra. No me he enamorado tras caerme por un precipicio, he escalado la pared de un risco de Manhattan con los brazos y las piernas extendidas, y en mi búsqueda de puntos de apoyo para mis manos y mis pies se me han roto las uñas, y tengo rasguños y heridas en las rodillas.

Me ha costado mucho descubrir este amor, pero finalmente he podido verlo como lo que es: gracia. La gracia es cuando algo es más bello de lo que merecemos, más elegante y hermoso de lo que debería ser. La gracia es Central Park. Esculpido a partir de las rocas y los pantanos, las piedras y la maleza, por un inmenso proyecto de construcción formado por topógrafos, excavadores, equipos de voladura, arquitectos, albañiles, herreros y enladrilladores, Central Park es, en esta ciudad de acero y cristal, de mármol y asfalto, de ladrillo y piedra, una gracia de 337 hectáreas. Es mucho más bonito, está adornado con muchos más sauces llorones de ramas que cuelgan sobre estanques cubiertos de musgo, puentes de suave curva y perlitas azules y grises de lo que cualquier *broker* obseso del Nasdaq, cualquier taxista licenciado en derecho por la Universidad de Karachi, cualquier madre de gemelos del Upper West Side o cualquiera de los ocho millones de distintos neoyorquinos merece. Sin duda, los habitantes de otras ciudades no son menos maravillosos que nosotros, no son menos especiales ni merecen menos que nosotros un pulmón verde. Pero nosotros tenemos nuestra gracia, más grande que la de casi todas las demás ciudades.

Cuando vi a William, en la entrada del zoo, con las piernas colgando de los hombros de su padre, vi en él el obstáculo de la realización de los designios del ángel. Pero me equivoqué. La grandeza de la vida viene de la mano de la belleza accidental, de una gracia inexplicable. La gracia, como cuando un niño trae a tu vida una magia inesperada.

William Soule Woolf, al que nunca busqué, es mi gracia fortuita.

Agradecimientos

Escribí gran parte de este libro en la MacDowell Colony y siempre agradeceré el regalo de tiempo y espacio que me brindó esa maravillosa institución. La generosidad de la Stanford Calderwood Foundation posibilitó mi estancia allí.

Las siguientes personas me proporcionaron ayuda y discernimiento: Andrew de Le Pain Quotidien, Hillery Borton, Sylvia Brownrigg, Alicia Costelloe, Carmen Dario, Elizabeth Gaffney, Andy Greer, Daniel Handler, Rick Karr, Kristina Larsen, Micheline Marcom, Devin McIntyre, Daniel Mendelsohn, Peggy Orenstein, Susanne Pari, Lis Petkevich, Elissa Schappell, Nancy Schulman y Alix Friedman de la guardería de la calle Noventa y dos Y, Mona Simpson, Carla Sinz, Joshua Tager, Sedge Thomson, Vendela Vida e Ires Wilbanks. Y, por supuesto, Michael Chabon.

Agradezco el apoyo de Maggie Doyle, Karen Glass, Marc Platt y Abby Wolf-Weiss, Sylvie Rabineau y Marianne Velmanns; especialmente el de Mary Evans.

Pero sobre todo quiero dar las gracias a la incomparable Phyllis Grann.

Visite nuestra web en:

www.umbrieleditores.com